프란치스코 교황
그리고 무지개

프란치스코 교황
그리고 무지개

이대환 산문집

오래된 나의 시(詩) 두 편

-'작가의 말'을 대신하며

창

그림자가 없는 나는 답답해요.

누가 검은 종이라도 붙여줘요.

'詩'라고 색종이로 오려 붙여

그게 내 그림자라곤 제발 말아요.

그럴 바엔 산산이 깨어질래요.

대낮의 언덕에서 분수처럼 뛰는 햇빛,

그게 나 홀로 외치는 내 이름이라오.

그림자를 찾는 눈물 마른 절규라오.

(1979)

기러기떼

꽃이 진다 순아
형은 철창 가고
너는 공장 떠난
가을 텅 빈 마당
꽃이 진다 순아

꽃씨 받을 순아
꽃씨 감출 형아
그리워 그리워서
기러기떼 울며 간다
기럭기럭 놀이 진다

(1984)

차례

5부   지나온 길, 가야할 길

1부

아시시의 새들과
갈라진 형제들

헌법이 보장한 기회균등은 평등의 기본조건에 불과하다. 그 기회균등에는 경쟁과 세습이 부단히 야기하고 조장해온 불평등의 광포(狂暴)한 광폭(廣幅)을 조정할 능력이 없다. 만약 현재의 불평등 구조가 더 나빠지고 더 고약해져서 99% 대다수가 '자본주의는 진화해왔듯이 앞으로도 진화할 것'이라는 믿음과 기대를 팽개치는 경우에는 역사관에 박제돼야 할 '피의 혁명'이 다시 피 끓는 심장을 장착할 수도 있다.

자본주의, 어디서 와서 어디로 가는가?

자본주의, 어디서 와서 어디로 가는가? 이 노랫말은 없다. 책은 있다. 한국에만 있다. 미국인 로버트 하일브로너와 윌리엄 밀버그의 공저(共著) 『The Making of Economic Society』의 한국어판 제목이다.

2014년 음력설 밑에 다보스 포럼이 열렸다. '1%의 세계인 2500명'이 모였다. 그 호화찬란한 풍요의 무대 위에 자본주의의 본질적 문제를 올려놓은 이가 있었다. 프란치스코 교황이었다.

> "인간은 부(富)를 창조해야 하지만 부에 의해 지배돼서는 안 된다. 부의 불평등으로 인해 고통받는 가난한 사람들을 구해내야 한다. 평등에 대한 요구는 경제성장보다 더 중요하며, 인류 최상의 비전이다. 더 평등한 분배, 더 나은 고용과 복지를 위한 결의, 체제와 과정이 필요하다."

자본주의, 어디서 왔는가? 그때 교황의 메시지에 답이 있었다. "부의 창조"에서 왔다. 하일브로너는 "부를 창조하는 가장 효율적인 수단과

제도가 시장(市場)"이라 했다. 인간사회는 시장경제를 끈덕지게 키우고 있다. 자유무역협정도 시장경제를 더 키워가는 글로벌 자본주의체제의 수단이자 제도이다.

자본주의, 어디로 가는가? 그때 교황의 메시지에 답이 있었다. "인간이 부에 의해 지배돼서는 안 되며, 평등에 대한 요구는 인류 최상의 비전"인데 그 길로 가고 있지 않다는 것. 여기서 질문은 '자본주의, 어디로 가야 하는가?'라고 수정돼야 한다. 어떤 강제력이 자본주의의 진로를 바로잡아야 한다는 말이다. 역시 그때 교황의 메시지에 답이 있었다. "더 평등한 분배, 더 나은 고용과 복지를 위한 결의"를 거쳐 "체제"를 갖춰야 한다는 것.

미국 사회과학고등연구소 대니 로드릭은 그 포럼에서 "불평등, 경제위기, 기후변화 같은 문제는 시장이나 개인이 아닌 공동체적인 행동으로만 해결될 수 있다"고 했다. 그의 '공동체적인 행동'이란 교황의 '체제'를 실현하자는 것인가? '인류 최상의 비전'이 '체제'와 직결되지 않는다면 『자본론』이 바이블 다음으로 많이 읽힌 진기록은 탄생하지도 않았으리라.

다보스 포럼이 끝난 직후에 오바마 대통령이 국정연설을 통해 교황의 메시지가 낳은 메아리같은 자백과 결의를 내놓았다. "최상층에 있는 사람들은 그 어느 때보다도 잘살고 있지만 미국 근로자의 평균임금은 거의 제자리걸음을 하고 있다. 불평등의 골은 깊어지고 상황 이동은 멈춰 섰다." 상황 이동이란 한국에서 말하는 신분 상승, 계층 이동이다. 그래서 오바마는 남은 임기 중에 기회의 사다리를 재건할 것이며, 의회가 협조하지 않으면 대통령의 행정명령을 발동하겠다고 했다. 교황의 '체제'야 꿈도 못 꾸지만 '작은 결의'를 행동할 태세다.

어느덧 자본주의는 슈퍼리치(Super Rich, 대갑부)가 지배하는 사회체제를 강고히 구축해 버렸다. 경제협력개발기구(OECD)가 2015년 5월에 발표한 보고서도 그것을 구체적 수치로 뒷받침했다. 2012년 현재 24개 회원국은 최상위 부유층 1%가 전체 자산의 18%를 보유한 반면, 하위 40%는 3%만 갖고 있었다. 물론 24개국 평균이 그렇다는 것이지 미국, 중국, 일본, 한국의 경우만 따로 뺀다면 불평등의 격차는 더 크게 벌어진다. 보나마나 지난 세 해 동안에 18%는 더 올라가고 3%는 더 내려갔을 텐데 앙헬 구리아 사무총장은 "OECD 회원국의 불평등이 통계를 내기 시작한 이후 가장 커졌다."는 우려를 표명했다. 이래서 좀 과장되긴 했으나 '1 대 99'란 말이 생겨났고, 이것이 자본주의 위기론의 실체다. 우리가 의식하건 않건 현재 인간사회는 엄중한 질문 하나와 당면하고 있다.

'자본주의, 어디로 가야 하는가?'

헌법이 보장한 기회균등은 평등의 기본조건에 불과하다. 그 기회균등에는 경쟁과 세습이 부단히 야기하고 조장해온 불평등의 광포(狂暴)한 광폭(廣幅)을 조정할 능력이 없다. 그것을 적절히 길들이고 좁혀주는 '체제'를 어떻게 실현할 것인가?

만약 현재의 불평등 구조가 더 나빠지고 더 고약해져서 99% 대다수가 '자본주의는 진화해왔듯이 앞으로도 진화할 것'이라는 믿음과 기대를 팽개치는 경우에는 역사관에 박제돼야 할 '피의 혁명'이 다시 피 끓는 심장을 장착할 수도 있다. 이것은 누구보다 '똑똑한' 슈퍼리치들이 잘 아는 역사의 원리다. 또한 그들은 호메로스가 『일리아드』에서 '생물

중에서 자신의 죽음을 의식하고 그로 인해 고통을 느끼는 단 하나의 존재가 인간'이라 했던 것도 잘 기억할 것이다. 그들이 잘 모르는 것은 '인생은 나그네 길'이라는 소박한 허무주의이고, 그들에게 너무 부족한 것은 '인간은 지구의 하숙생에 불과하다'라는 소박한 허무주의의 감성이다.

인생은 나그네길, 어디서 와서 어디로 가는가? 이 소박한 허무주의의 감성은, 비유를 하자면, 프란치스코 교황이 소망하는 그 체제의 묘목(苗木)을 어떤 풍우(風雨)와 한설(寒雪)에도 꺾이지 않는 거목(巨木)으로 키워낼 숱한 잔뿌리와 같은 것이다. 비록 하찮게 여겨질지 몰라도 그것을 인간의 영혼 속에 깃든 사랑과 연민에 견줄 만한 장면이 없지 않다. 자본주의, 어디로 가야 하는가? 이 질문을 외면하고 회피하는 슈퍼리치들의 소유욕을 축소하여 그만큼 더 사회적 안녕과 인간적 미덕을 확대하려는 '조용한 대화'에서는 그것이 사랑과 연민을 뛰어넘는 설득력을 자아낼 수도 있다. 모든 개인의 삶을 평등의 자리로 환원하는 유일의 절대가 죽음이기에.

프란치스코 교황과 지금 여기의 우리

　그는 대낮에 길을 다니는 것이 고행(苦行)이었다. 팔다리가 멀쩡하고 눈도 귀도 밝았으나 그는 대낮에 길을 다니지 않으려 했다. 손가락질과 욕설 따위야 안 보고 안 들으면 그만이어도 날아드는 돌과 똥을 피할 재간은 없었다. 그의 성명은 황일광(1757-1801). 누가 그의 이름을 지었는지 몰라도 그것이 '日光'이었다면 처절한 역설, 처절한 능욕의 이름이다. 본디 그의 인생은 암흑이었다. 도대체 빛이 없었다. 태어난 순간, 아니 어머니의 자궁 속에 잉태된 순간, 그는 이미 빛을 상실한 생명이었다. 백정이었던 것이다. 조선시대에 사회적으로 노비나 금수보다 못한 취급을 받은 백정. 그 황일광이 어느 날 이렇게 말했다.

　"내게는 천국이 둘이 있다. 하나의 천국은 여기 현세에 있고, 또 하나의 천국은 죽은 뒤에 갈 곳이다."

　황일광에게 현세의 천국은 천주교 형제들이 자신을 똑같은 인간으로 대우해주는 시공(時空)이었다. 그때 영혼과 일신을 천주의 품안에 맡기고 있었던 그는 아마도 평안하고 행복한 표정으로 저 말을 했을 것이다. 하지만 오늘 내 귀에는 절규처럼 들려온다. 인간다운 대우와 인간다운 자유, 그 진정한 삶의 빛과 행복을 찾은 한 인간이 외치는 '환희의 절규'로 들려온다. 어쩐지 그 음색은 일곱 해 만에야 드디어 어두운 땅속에서 세상의 빛으로 나와 버드나무 우듬지에 달라붙은 매미가 땡볕을 즐기듯 맹렬히 울어대는 그것을 닮은 듯하다.

약관이라 부를 16세, 이 나이에 그는 사마시에 합격하고 진사가 되었다. 수재였다. 임금의 총애가 그에게 오지 않을 수 없었고, 권문세가의 눈빛들이 그에게 모이지 않을 수 없었다. 그러니까 그는 황일광과 대척점에 태어나 황일광과 전혀 다르게 성장했다. 인간다운 대우는 늘 넘쳐났다. 집안에 노비들이 많아서 몸을 부리느라 땀 흘릴 일도 없었다. 그런데 어느 날부터 그는 바로 그것들이 양심적으로 부담스럽고 수치스러웠다. 아니, 그것들 때문에 자신이 인간다운 인간으로 살아가지 못하는 것 같았다. 그의 성명은 황사영(1775-1801). 그가 현세를 마친 장면은 비장하다. 조선의 천주교 박해 전말과 천주교회 재건책을 중국 베이징의 신부에게 알리는 백서(帛書)를 작성했으나 뜻을 이루지 못한 채 효수형을 당했던 것이다.

황일광, 황사영. 생년의 격차가 신분의 격차만큼 벌어진 두 사람이 믿음의 천국으로 들어간 해는 같다. 1801년, 신유박해의 순교자들이다. 그해 순교한 정약종과도 인연이 깊다. 황일광은 그의 집에 함께 지내다가 잡혔고, 황사영은 그에게 사사를 했었다. 그들이 순교한 때로부터 이백열세 해나 흘러간 2014년 여름날, 프란치스코 교황이 서울 광화문에서 집전하는 미사를 거쳐 조선시대 숱한 순교자들이 복자(福者)로 거듭나게 된다.

개인적으로 나는 종교가 없다. 다만, 지구의 현존 성직자들 중 가장 존경하고 가장 좋아하는 분이 프란치스코 교황이다. '교황'에서 '황(皇)' 자를 빼고 다른 적절한 말을 넣어야 당신의 빛깔과 향기에 더 어울릴 것이라는 투정을 갖고 있을 정도다.

묘한 노릇이지만, 나는 또 한 분의 프란치스코(1181-1226)를 잊지 않는다. 그분은 이탈리아 아시시의 조그만 언덕 위에 벽화로 존재한다. '새에게 설교'를 하는 프란치스코. 부유한 집안의 아들로 성장하여 군인으로 전쟁까지 치렀던 어느 돈오(頓悟)의 찰나에 삶의 길을 바꿨던 그분은 바티칸의 베드로 대성당 앞에서 구걸하는 걸인에게 충격을 받아 문득 순례를 접고 아시시로 돌아갔다. 사제 서품을 받지 않고 수도사로 현세를 마친 그분의 일상 한 장면을 포착한 벽화. 프란치스코가 나무 곁에서 비둘기를 닮은 새들에게 무슨 설교를 하고 있는 그림. 소박하고 호젓한 성당에서 '새에게 설교'하는 그 말씀을 듣고 싶어서 사십대에 아시시를 세 번이나 찾아갔던 나는 장편소설 『붉은 고래』(현암사, 2004)에서 이렇게 썼다.

거추장스러워 보이는 사제복을 입은 성인의 온화한 얼굴을 마치 부처의 후광 같은 빛살 바퀴가 둥글게 감싸고 있는데, 그는 맨발이다. 이 맨발 앞에는 열댓 마리의 새들이 모이보다 더 진귀한 무엇을 기다리듯 머리를 세워 앉아 있고, 나무 밑 허공에는 서당 공부에 지각한 학동처럼 흰 새 한 마리가 사뿐히 내려앉고 있다. 그는 모이통을 들고 있지 않다. 빈손이다. 오른손은 내려앉고 있는 한 마리의 새를 향하고 있고, 왼손은 시선과 함께 땅바닥의 새들을 향하고 있다. 모이를 쪼기 위해서가 아니라 말씀을 경청하기 위해 모여든 새들.

옛날에 프란치스코 수도사가 아시시의 조용한 언덕에서 새들의 심장까지 감화시키는 '말씀'을 했다면, 오늘에 프란치스코 교황은 바티칸의 웅장한 대성당에서 무뎌질 대로 무뎌진 인간의 양심을 건드리고 반인간적 불평등 사회구조를 두드리는 '말씀'을 하고 있다. 황일광의 처절했던 환희의 절규와 황사영의 의연했던 피범벅 죽음, 그 참뜻을 한국사회가 곰곰이 헤아려보는 계기가 되어야 당신의 한국 방문과 말씀은 이 땅에서 포근한 축복이 되는 동시에, 종교적 복음(福音, Gospel)이 사회적 복음으로 확장되는 또 하나의 축복을 부르리라. 황일광, 황사영을 순교에 이르게 했던 그 복음은 인간의 양심과 영혼을 구원하는 종교적 복음이면서 반인간적인 모순투성이의 조선 지배체제에 맞서는 첨예한 저항의 사회적 복음이 되었던 것이다.

프란치스코 교황은 닷새 만에 한국을 떠난다. 장엄한 행사들도 곧 기록보관실로 들어간다. 그때 이 땅에는 무엇이 남을 것인가? 무엇이 남아야 하는가? 이것은 당신의 몫이 아니다. 우리 국민, 우리 사회의 몫이다.

프란치스코 교황의 말씀과 기도가 한반도 평화체제를 만들지는 못한다. 2014년 5월, 당신이 예루살렘을 찾아가 이스라엘 권력자와 팔레스타인 권력자가 손을 맞잡게 했으나 누군가 당신의 등을 향해 비웃듯이 다시 인간에 의한 참혹한 인간 살육을 자행하지 않았는가. 당신의 말씀과 기도가 세월호 참사의 고통과 슬픔을 지극히 위로할 수는 있어도 한국사회의 적폐를 해소하지는 못한다.

남북이 평화체제를 만드는 일, 돈을 절대적 가치로 숭배하는 한국사회의 타성적 야만성을 다스려 나가는 일, 묵정밭을 개간하듯 고함과 몸부림을 대화와 타협의 문화로 일궈나가는 일. 이 엄청난 시대적 난제들은 지금, 여기, 우리 모두의 몫으로 남을 수밖에 없다.

우리 영혼에 그 말씀이 남을 것인가

'아르헨티나여 나를 위해 울지 말아요(Don't cry for me Argentina)'. 이 유명한 노래는 영화 〈에비타〉 주제곡이다. 에비타(1919-1952)는 1945년 아르헨티나 노동자들이 시민혁명으로 군사정부를 물리치고 대통령에 올렸던 후안 도밍고 페론(1895-1974)의 아내이다. 페론의 재선이 확실시되던 1951년, 남편의 러닝메이트(부통령 후보)로서 선거운동 중 운집한 시민들 앞에서 후보를 사임한다. 온몸에 퍼진 암세포를 견디지 못한 것이다. 바로 그 장면에서 영감을 얻은 노래가 저 주제곡이라 한다.

에비타는 가난한 사람들에게 어머니 같은 권력자였다. '남미의 파리'로 불린 부에노스아이레스 변두리에 임대료 낮은 주택들과 빈민 숙소들을 지었다. 청년들을 위한 체육관도 지었다. 어느 날 빈민촌을 방문한 에비타는 그 비인간적 참상에 충격을 받아 "마을 주민 모두는 꼭 필요한 것만 챙겨서 마을을 떠나세요!"라고 한 다음에 즉시 그들을 버스에 실어 보내고 마을을 불살라 버렸다. 이것은 천사의 재림 같은 일화로 회자되고 있다.

아르헨티나에서 삶(믿음과 사상)을 키운 프란치스코 교황의 방한 기간에 나는 영화 〈에비타〉를 방영해주는 TV채널이 없는가 하여 한참을 뒤졌다. 찾을 수 없었다. 정치적으로나 사회적으로나 한국 못잖게 혼란한 역경을 헤쳐 나온 아르헨티나에서 인생의 예민한 시절을 감당했던, 어느덧 여든 살을 눈앞에 바라보는 당신의 영혼에는 에비타와 페론 그리고 저 노래의 흔적이 얼마나 깊게 남아 있을까? 그리고 라틴아메리카를 흔들었던 해방신학은?

대전 월드컵경기장, 성모승천대축전 미사. 당신은 당부했다. "이 나라의 그리스도인들이 새로운 형태의 가난을 만들어내고 노동자들을 소외시키는 비인간적인 경제 모델들을 거부하기 바랍니다." 이 말씀은 '부익부 빈익빈'이라는 현존 자본주의의 숨길 수 없는 폐단의 정곡을 찌른 것이다. 그런데 우리 종교는 마치 자본주의 경쟁체제에서 서바이벌 게임에 몰두한 것처럼 왜 외형만 비대해지는가? "청빈 서원을 하지만 부자로 살아가는 봉헌된 사람들(수도자)의 위선이 신자들의 영혼에 상처를 입히고 교회를 해칩니다." 음성 꽃동네에서 남긴 이 말씀을 먼저 우리 종교 지도자들이 영혼에 새길 일이다.

"외적으로는 부유해도 내적으로 쓰라린 고통과 허무를 겪는 사회 속에서 암처럼 자라나는 절망의 정신이 많은 젊은이들에게 피해를 주고 있습니다." 이 말씀은 돈을 절대적 가치로 숭배하는 물질주의와 더 많은 돈을 가지려는 욕망에 휘둘린 무한경쟁체제의 폐해를 괴로워하는 것이다. 그런데 우리는 그것을 깊이 생각해 볼 인격적 품위와 인간적 면모를 어느 정도 갖추고 있는가? "가난한 이들을 돕는 것은 반드시 필요하고 좋은 일이지만, 나는 여러분이 인간 증진이라는 분야에서 더 많은 노력을 기울여 주도록 격려하며, 그리하여 모든 사람이 저마다 품위 있게 일용할 양식을 얻고 자기 가정을 돌보는 기쁨을 누리게 되기를 바랍니다." 이 말씀에 담은 지극한 인간애가 과연 우리의 영혼을 건드려 주는가?

박근혜 대통령이 초청한 청와대에서 당신은 평화와 정의를 거론했다. "평화는 단순히 전쟁이 없는 것이 아니라 정의의 결과입니다. 정의는 하나의 덕목으로서 자제와 관용의 수양을 요구합니다. 정의는 우리가 과거의 불의를 잊지는 않되 용서와 관용과 협력을 통하여 그 불의를 극복하라고 요구합니다." 이 말씀은 '피 묻지 않은 정의에 의한 평화'를 역설한 것이다. 사필귀정(事必歸正), 이 피 묻은 정의를 초월하는 정의와 평화. 과연 우리는 6·25전쟁에서 연평도 포격에 이르기까지 그 숱한 과거의 불의를 어떻게 용서하고 관용하여 남북평화체제와 상호협력의 시대적 새 지평을 열어젖힐 것인가?

"한 가족이 둘로 나뉜 것은 큰 고통입니다. 하지만 한국은 하나라는 희망이 있고, 가장 큰 희망은 같은 언어를 쓰는 한 형제라는 것입니다." 어느 한국 청년에게 들려준 당신의 이 말씀에 '피 묻지 않은 정의에 의한 평화'로 가는 오솔길이 있다고, 나는 생각한다. 만나고 대화하라, 또 만나고 대화하라, 또다시……. 남북은 같은 언어이니, 그 언어 속에 우리의 역사와 문화와 정서가 혈액처럼 흐르고 있으니!

무릇 인간은 환경에 영향을 받으며 적응하고 어려운 환경을 극복하기도 한다. 환경은 인간의 조건이다. 이것은 인간의 정신과 성격을 창조한다. 물론 프란치스코 교황은 인간이고 노인이다. 라틴아메리카, 아르헨티나의 고통이 어른거린다. 이제 당신의 말씀은 인간적 소통의 수단을 넘어 복음으로 세계에 퍼져나가고 있다. 인간 존재의 근원을 성찰하라는 종교적 복음이기도 하고, 인간의 조건(사회 또는 사회체제)을 통찰하여 그것을 끝없이 개선해 나가야 한다는 역설(力說)의 사회적 복음이기도 하다.

광화문 광장의 시복미사. 당신의 강론은 '종교적 복음'과 투쟁의 해방신학으로 미끄러지지 않은 '사회적 복음'의 절묘한 일체(一體)였다. "순교자들은 우리 자신이 과연 무엇을 위해 죽을 각오가 돼 있는지, 그런 것이 과연 있는지를 생각하도록 우리에게 도전해 옵니다. 순교자들의 유산은 이 나라와 온 세계에서 평화를 위해, 그리고 진정한 인간 가치를 수호하기 위해 이바지하게 될 것입니다." 애초에 종교적 복음과 사회적 복음은 일체였는지도 모른다.

'나으리'라는 조선시대 호칭이 사라졌다. 농담의 호칭으로만 한국사회에 존재한다. 문학용어에 '서발턴(subaltern)'이 있다. 하위의 종속계층은 스스로를 말할 수 없다는 뜻으로 통용된다. 한국사회에 스스로를 말할 수 없는 사람은 없다. 부자든 빈자든 누구나 SNS를 통해 과격한 정치적 발언도 서슴지 않는다. 오히려 그것이 '진정한 인간 가치'나 '피묻지 않은 정의에 의한 평화'를 해치는 경우가 허다하다는 사실이 우리 사회의 심각한 현안 문제이다.

오늘(2014년 8월 18일) 한낮, 프란치스코 교황은 발언들이 홍수를 이루는 한국사회를 떠나간다. 가톨릭의 장엄한 행사도 당신의 소박한 행보도 머잖아 우리의 추억으로 남을 테지만, 진실로 우리의 영혼에 남아야 하는 것은 당신의 말씀이다.

이번 가을에 나는 아주 오랜만에 이탈리아로 가고 싶다. 로마를 거쳐야 하는데, 바티칸이 아니다. 아시시다. 아시시 언덕의 소담한 프란치스코 성당에 가서 '새에게 설교'를 하는 그 벽화의 말씀을 네 번째로 들어보고 싶다. 내 기억에는, 프란치스코 수도사가 새들에게 이렇게 일러주는 것 같았다.

"새들아, 모이를 더 먹기 위해 부리나 발톱으로 형제들을 공격하지 마라. 어린 새들과 약한 새들이 눈치 보지 않고 모이를 먹을 수 있게 해 줘라."

생물적인, 너무나 생물적인

나는 그림 그리는 재주엔 타고난 젬병이다. 그래도 어쩌다 한 번씩 그림의 구도를 잡으려는 강렬한 유혹이 스치곤 한다. 바로 대중목욕탕 뜨끈뜨끈한 물속에 알몸을 적당히 삶고 있을 때다. 사우나실의 긴 의자에 걸터앉아 여러 알몸들과 경쟁적으로 땀을 빼고 있을 때도 그렇다.

저마다 독특한 알몸을 가진 인간의 내면풍경을 그 표정 그 몸매 그대로 드러내서 같은 캔버스에다 군상(群像)으로 채집한다면? 그것도 여러 각도에서 다양하게 채집한다면? 이러한 '목욕탕 시리즈' 그림을 그릴 능력이 나에게 있다면 오늘의 한국사회를 절묘하게 해부하고 싶다. '생물적인, 너무나 생물적인' 한국사회의 초상을 한눈에 보기 좋게 완성하고 싶다.

잘난 인간이든 못난 인간이든 홀딱 벗겨서 같이 목욕탕에 넣어두면 그게 그거라고 한다. 이 말은 잘난 인간의 교만을 타박하는 자리에선 엔간히 효용성이 있다. 그러나 인간의 정신을 고려하는 경우에는 가치를 유지할 수 없는 말이다.

우리에겐 『레미제라블』이란 소설 제목보다 '장발장'이란 주인공의 이름 때문에 더 널리 '작가'로 알려진 빅토르 위고는, "세상에서 가장 넓은 것이 바다라면 그보다 더 넓은 것은 하늘, 그보다 더 넓은 것은 사람의 속마음"이라 했다. 누구든 발가벗겨 놓으면 그게 그거라는 모든 개인의 내면에 바다나 하늘보다 더 넓은 세계가 존재한다는 것이다.

속마음이란 무엇일까? 위고는 속마음이라 했으나 그냥 마음이라 해도 뉘앙스 이상의 차이는 없어 보이는데, 굳이 산문적으로 풀어헤치면, 이성과 감성과 욕망이 한 식구로 모여 사는 내면의 깊은 곳이라 할 수 있겠다.

모든 개인은 생물적 존재인 동시에 영성적(靈性的) 존재이며 또한 사회적 존재이다. 그러나 어느 한 특징이 개인의 내면에 따로따로 떨어져 칸막이를 치고 독립적으로 거주하는 것이 아니라 얼키설키 한데 섞여 한 식구로 살고 있다.

그런데 요즘 한국사회에는 자기 내면에 심각한 고장을 일으킨 개인이 흔해 보인다. '생물적 존재'로만 살아가려는 인간형이 압도적으로 넘쳐난다는 뜻이다. 개인의 내면에 사회적 존재, 영성적 존재의 집이 없어졌거나 너무 작아졌고 조그맣게 남았다 해도 그 왜소한 것마저 '생물적 존재'가 짓누르고 있다는 뜻이다. 한국사회는 개인의 내면적 왜곡이 사회적 문화적 왜곡으로 이어지는 가운데 생물적 존재의 인간형을 주류적 인간형으로 떠받드는 실정이다.

'생물적 존재'란 무엇인가? 다른 말로 바꾸면 '욕망의 덩어리'다. 어떡하든 돈을 많이 벌어야겠다는 욕망, 어떡하든 건강하게 오래 살겠다는 욕망, 어떡하든 육체적으로 섹시해 보여야겠다는 욕망, 어떡하든 신나게 섹스를 해야겠다는 욕망, 어떡하든 몸에 좋다는 음식을 구해먹겠다는 욕망……. 이것들이 인간을 휘어잡는 것은 인간이 운명적으로 '생물적 존재'인 탓이다.

생물적 존재로서의 욕망들이 잘못된 것인가? 그렇지 않다. 인간이 당연히 추구할 권리이며, 인생에서 매우 중요한 즐거움의 목록이기도 하다. 그러나 문제는 기형(畸形)이라는 데 있다. 생물적 존재, 사회적 존재, 영성적 존재로서의 가치관이 조화를 이뤄야 할 개인의 내면에서, 둘은 말라죽는 터에 하나만 비대해진 심각한 기형을 주목해야 한다. 한 인간의 내면에서 생물적 존재의 집이 비대해지면, 그를 지배하는 것은 이기주의다. 욕망의 덩어리 속에는 이기주의가 뱀처럼 똬리를 틀고 있어서 그것을 자꾸만 탐욕으로 부추긴다.

이기적 욕망을 생물적으로 더 충족시키기 위해 간밤에 대단히 무리했던 인간들이 오늘 아침의 대중목욕탕에도 섞여 있을 것이다. 자신의 볼록한 아랫배에는 '오래 건강하게 살기 위한 욕망'에 이끌린 관심이 자못 진지하게 머물러도, 자기 내면의 심각한 기형은 아예 못 느끼고 못 보는 한국사회의 주류들. 생물적인, 너무나 생물적인 그들의 내면 풍경을 발가벗은 군상 시리즈로 그려낼 수 있다면, 이런저런 포털사이트에 공짜로 제공하고 싶다.

해저로 가라앉은 '동해의 슬픔'

1950년대 중반 일본에는 '진무(神武) 경기'라는 말이 유행했다. '진무'는 일본국 첫 번째 임금의 원호(元號)니까 진무 경기란 건국 이래 최고 호황이라는 뜻이었다. 당시 도쿄는 온통 건설의 현장으로 허공에는 크레인들이 활개치고 있었다. 핵폭탄까지 두 방이나 먹으며 처참하게 파괴당한 일본을 긍휼히 여긴 하느님이 특별히 내린 축복이었을까?

그러나 그것은 한국전쟁의 엄청난 선물이었다. 일본이 미군의 병참역을 맡은 덕택이었다. 오늘날 일본경제의 제일 높은 콧대와 같은 도요타자동차 하나만 돌아봐도 단박에 홀딱 벗긴 것처럼 드러나는 사실이다. 1950년 8월의 도요타자동차는 파산의 벼랑으로 몰려 있었으나 한국전쟁에 투입할 미군용(美軍用) 트럭 생산을 맡음으로써 기사회생과 도약의 발판을 한꺼번에 마련했던 것이다.

진무 경기 시절 일본에 사는 조선인 64만6천여 명(97%는 고향이 남한)의 인간 조건은 어떠했을까? 1952년 4월 샌프란시스코조약이 발효되면서 일본은 독립국 지위를 회복했지만 그와 동시에 재일조선인은 식민지 시대에 강요당했던 '천황의 신민' 자격조차 빼앗겨 한낱 외국인 신세로 전락해 있었다. 일본 법률은 외국인에게서 선거권과 피선거권을 박탈했다. 공무원의 길을 봉쇄했다. 사회보장제도의 수혜를 제한했다. 똑똑한 청년이 대학으로 들어갈 문을 잠가버렸다.

재일조선인이 인생의 희망을 품을 수 없는 상황에서 일본정부는 '재일조선인 귀국 사업'을 기획했다. 그들은 쉽게 파트너를 잡았다. 평양의 조종을 받는 조총련이었다. 그러나 한국정부의 반발과 국제사회의 시선을 의식하지 않을 수 없었다. 일본정부는 꽁무니를 빼야 했다. 일본적십자사가 앞으로 나섰다. 모양새가 그럴싸해졌다. '인도주의 깃발'을 힘껏 흔들 수 있었던 것이다.

인도주의 깃발 아래 일본적십자사는 국제적십자위원회(ICRC)를 끈덕지게 설득했다. 정치적 음모의 개입을 인지한 ICRC는 양심이 찔렸다. 그래 봤자였다. 오래 걸리지 않아 일본적십자사의 유혹과 회유가 그것을 마비시켰다. 그때 ICRC가 내세운 명분은 "고국으로 귀환하는 자유는 어떤 경우라도 인간 각자가 갖는 빼앗을 수 없는 권리"라는 것이었다. 참혹한 전쟁까지 겪은 다음에 더 살벌하게 다시 두 동강난 한반도에 똑같은 하나의 국가가 존재한다고 우겨대는 말씀이었으니, 참으로 고결한 '인도주의 깃발'이었다.

1959년 2월 평양이 '재일동포귀국영접위원회'를 설치했을 때는 국제적 이해관계들도 절묘하게 맞물려 있었다. 일본은 '부담스러운 외국인'을 대량으로 밀어내야 했고, 북한은 전후 재건을 도와준 중국지원군 8만여 명의 귀국에 따른 노동력 공백을 메우면서 도덕적 우월을 과시하고 싶었다. 중국은 북한을 지지했고, 흐루쇼프의 소련은 중국의 영향력이 과대한 북한에 대해 발언권을 강화할 도구로써 귀국 사업을 지원하고 싶었다. 미·일 안보조약을 개정해야 하는 미국은 은밀히 일본의 손을 들어줬다. 한국이 혼자서 규탄했다. 그것은 힘없는 자의 공허한 외침이었다.

1959년 12월 14일 일본 니카타에서 북한 청진으로 가는 거대한 여객선이 '귀국 동포'를 가득 싣고 기적을 울렸다. 일주일 뒤에도 같은 출항이 있었다. 북한의 '만경봉'호가 아니었다. 소련의 '크릴리온'호와 '토볼스크'호였다. 군사적 위협을 운운한 한국정부의 반발을 잠재우려는 소련의 협력이었다.

그때부터 1984년까지 9만3천340명이 북한으로 갔다. 남한 출신 재일조선인의 '북한행 엑소더스'라 불러야 했다. 그들 중 6천730명은 조선인의 가족 구성원인 일본인이었다. 1970년대에 북한은 '반(半)쪽바리'들을 숙청했다. 악명 높은 요덕수용소에 갇히는 반쪽바리들도 흔했다.

1994년 김일성이 사망하고, 북한은 이른바 '고난의 행군'에 진입한다. 굶주리다 못해 두만강 압록강을 건너가 다시는 집으로 돌아가지 않는 인민이 행렬을 이룬다. '북한행 엑소더스'가 '탈북 디아스포라'로 바뀌었다. 탈북 대열에는 귀국 조선인과 그 가족 일원인 일본인도 상당수다. 중국 방랑의 고달픈 여정을 거쳐 남루한 삶을 끌고 다시 일본으로 돌아간 경우도 흔하다.

니가타와 청진을 왕래한 그 뱃길은 동해의 뱃길이다. 물론 청진에 내린 뒤에는 아무리 돌아가고 싶어도 돌아갈 수 없는 불귀(不歸)의 뱃길⋯⋯. 이것이 내가 이름을 지은, 해저에 가라앉은 '동해의 슬픔'이다.

오스트레일리아 국립대 테사 모리스-스즈키 교수가 재일조선인 귀국사업의 국제적 음모를 파헤쳐 2007년 『북한행 엑소더스』라는 저서를 냈다. 그의 노작은 세상에 알려지지 않은 민족적 수난의 진실을 고발한다.

해저로 가라앉은 '동해의 슬픔'을 인양할 잠수부는 한 명도 없는가? 파편처럼 흩어진 인간의 고통을 복구하여 인간정신과 시대정신을 창조해야 하는 작가의 시선과 상상력을, 오늘도 그것은 어마어마한 수압마저 체화한 채 죽음과 같은 침묵으로 기다리고 있건만⋯⋯. 다시 내가 소설의 펜을 잡는다면, 나는 그 잠수부로 나설 생각이다.

통영의 딸 구하기, SNS는 뭐하나

　1986년 11월 22일, 덴마크 코펜하겐 공항. 평양에서 날아온 세 사내가 입국 심사대로 걸어가 일렬로 선다. 맨 앞은 덴마크 주재 북한 대사, 다음이 조선로동당 지도원, 그리고 오길남 박사. 오길남이 누구인가? 통영시민이 북한에서 송환하려는 '통영의 딸 신숙자'의 남편이며 이들 부부의 두 딸 혜원과 규원의 아버지다.

　그날 오길남은 코펜하겐 공항 입국 심사대에서 창구로 밀어 넣는 여권 위에 감쪽같이 쪽지를 얹는다. 독일어와 영어로 "제발, 제발 나를 도와 달라!"고 적은 것이다. 쪽지만으로 못 미더워 떨리는 손으로 자신의 독일어 박사학위 논문까지 잽싸게 밀어 넣고는 눈을 감는다. 억센 손아귀가 진땀에 젖은 그의 몸을 당긴다. 순간적으로 대기실로 끌려간 그는 탈북에 성공한다.

　위 장면은 그의 자서전에 나오는 묘사다. 이어지는 그의 사연 또한 그의 자서전에 나오는 것이다.

　가족을 거느린 오길남이 독일에서 모스크바를 거쳐 평양으로 들어간 때는 1960년대나 70년대도 아니고 1985년 11월 29일이었다. 그의 입북(入北) 결정을 읽으며 나는, "이런 바보같은 박사가 있었어!"라고 탄식했다. 북한이 주체사상의 독재체제로 굳어진 그때, 그는 마치 취업이민을 택한 것처럼 삶을 송두리째 평양으로 옮겨갔다. 내 오독(誤讀)인지 몰라도, 그는 순진해서 어리석고 먹물답게 겁이 많았다.

1942년 경북 의성의 궁핍한 농촌에서 태어난 오길남은 부산 달동네에서 성장했다. 어린 시절에는 좌익 집안 출신의 어머니가 고초 당하는 광경을 목격했다. 그는 서울대 독어독문과를 졸업한 뒤 1970년 10월 프리드리히 에버트 재단 장학생으로 독일 유학의 장도에 올랐다. 마르크스, 레닌, 스탈린을 공부한 뒤 1985년 7월 마르크스의 노동가치설과 생산가격론을 현대 경제학의 관점에서 재조명한 논문으로 박사학위 최종심을 통과했다.

가난한 유학생이 독일 병원의 자그맣고 야무진 '통영 출신'의 간호사 신숙자와 결혼한 때는 1972년 11월로 조국에는 막 유신체제가 들어서 있었다. 그 무렵부터 오길남은 유신반대운동에 적극 가담했다. 그것은 전두환 군사정권 반대로 이어졌다. 박사학위를 받은 그가 먼저 고려한 것은 귀국으로, 한국 대학의 지인들에게 편지를 보낸다. 교수 자리를 잡을 테니 귀국하라는 답장도 받는다. 그러나 그는 반국가단체 활동에 대한 구금과 재판을 두려워했다.

그러한 갈등의 시기에 오길남은 통영 출신 작곡가 윤이상의 편지를 받는다. 그 거물의 편지는 박사학위 취득 축하와 북한에 대한 자랑 그리고 '민족통일운동과 동포를 위해 지식을 써라'는 입북 권유였다. 그의 입북 과정에는 독일 한인사회에 침투한 북한 공작원이 끼어들고 사회학자 송두율의 이름도 오르내린다. 그러나 결정적 영향을 끼친 인물은, 평양에는 여러 차례 다녀왔으나 고향(통영)에는 눈을 감을 때까지 끝내 다녀가지 못한 윤이상이었다. 물론 가장 큰 책임은 그때까지도 북한 체제의 실상을 제대로 읽어내지 못한 채 아내의 완강한 반대마저 윽박질러 무너뜨린 오길남 자신에게 있었다.

평양에 들어가서는 겨우 '대남방송' 요원으로 동원되다가 독일의 한국 유학생을 포섭하라는 지령을 받고 대사와 지도원을 따라 코펜하겐 공항에 내린 오길남. 그에게 탈북 용기를 불어넣은 이는 두 딸과 함께 볼모로 평양에 남은 신숙자였다.

> "내 사랑하는 딸들이 여기서 짐승처럼 박해받을망정, 파렴치하고 가증스럽고 저열한 범죄(이것은 유학생 포섭을 말함) 공모자의 딸이 되어서는 안 된다고 생각해요. 나와 혜원이와 규원이는 교통사고로 죽었다고 생각하세요. 우리의 죽음을 헛되이 하지 마세요."

탈북에는 성공했으나 가족을 못 구해서 통한에 시달리는 오길남에게 1991년 1월 윤이상은 '통영의 모녀'를 담은 사진과 '다시 월북하라'는 편지를 보냈다. 그 사진의 배경이 저 악명 높은 요덕수용소였다. 이 사실을 남한에 거주하고 있는, 그 지옥을 버텨냈던 북한이탈주민들이 알려주었다. 그들은 가장(家長)의 찢긴 가슴을 더 찢어놓는 증언도 들려줬다. 한 번은 아주머니(신숙자) 혼자서 목매어 죽으려 했고, 한 번은 세 모녀가 같이 죽으려고 방에 불을 질렀다는 것.

윤이상 음악제를 마련한 통영시민이 통영의 딸 '신숙자와 두 딸'을 구하려는 10만 서명운동을 마쳤다. 그것은 반기문 유엔 사무총장과 국제인권기구에 전달되었다. 오길남은 '가족 송환과 북한 정치범수용소 해체'를 촉구하러 베를린으로 날아가 강연도 하고 독일 주재 북한대사관 앞에서 시위도 했다.

이 야만적인 비극과 이산 앞에서 왜 한국의 SNS는 쥐 죽은 듯 잠잠했을까? 선거철에 너무 설쳐서 손가락 관절염을 염려하는 휴가 기간이었던가 보다.

아시시의 새들과 갈라진 형제들

6·15와 6·25

남녘의 통념은 6·15와 6·25를 무관하게 여긴다. 정말 그런 것일까?

남녘 지식계층의 다수는 6·15를 남녘 민주화세력의 기념비로 인식한다. 6·15 기념식에 모이는 축하객들의 표정에 늘 그렇게 씌어 있었다. 과연 그런 것일까?

6·15와 6·25는 분리할 수 없다. 이것이 6·15의 운명이다. 둘은 분수관계다. 분모는 6·25다.

이 태생 조건은 6·15선언의 핵심인 '화해와 교류를 통한 평화적 통일'에 고스란히 반영돼 있었다. 남북 양김(兩金, 김대중과 김정일)의 통일방법론 지식 겨루기 주제로나 알맞았을 '연합제'와 '낮은 단계 연방제'는 그것을 보증하려는 일종의 증빙이었다.

'평화적 통일'은 전쟁을 반대한다. 이에 대한 남녘의 가장 폭넓은 지지 세력은 6·25의 참혹한 기억에 그 뿌리를 내리고 있다. 햇볕정책의 대북 지원에 대해 '퍼주기'라며 험담을 퍼부은 이들도 '혹시 북녘이 이판사판으로 나오면 어쩌나'라는 설득에는 한 번쯤 숨을 들이쉬어야 했다. 이렇게 남녘에서 6·15는 6·25와 분리할 수 없다. 다만 날이 갈수록 분자는 커지고 분모는 작아져야 언젠가 '1'로 거듭나게 되고, 이는 남과 북이 진정 그 방향으로 함께 나아가야만 실현할 수 있는 비전이다.

'평화적 통일'은 흡수통일을 반대한다. 전쟁을 일으켜 폐허로 돌려받았던 북녘도 전쟁의 참상을 기억할 테지만, 평양정권은 패전으로 몰리는 전쟁보다 더 속수무책으로 흐를지 모르는 흡수통일 상황을 두려워한다. 그래서 기나긴 화해와 교류의 다음 단계에 이르러서나 갑론을박해야 할 통일방법론에 대한 해법까지도 마치 할아버지의 가훈 액자처럼 미리 달아놓아야 했던 것이라고 짐작할 수 있다.

무엇보다도 남녘의 경제성공이 평양정권에게 흡수통일에 대한 두려움을 안겨주었다. 6·25 때부터 이십여 년 동안은 줄곧 북녘 경제가 남녘 경제보다 우위를 지켰다. 끔찍한 목소리로 줄기차게 '적화통일'을 부르짖었던 그 시절의 평양정권은 꿈에도 흡수통일 당하는 상황을 가정하지 않았을 것이다. 아이러니지만 박정희 정권은 6·25의 기억과 때때로 터진 김일성 정권의 무력도발을 개발독재 통치의 알리바이 같은 배경으로 활용하면서 남과 북의 경제실력을 완전히 역전시켜 '흡수통일'이라는 미래의 말을 잉태시켰다.

이러한 사정들을 통찰할 때, 6·15가 남녘 민주화세력의 기념비라는 통념은 제법 과장된 것이다. '우리가 경제개발에 실패했더라면 통치자금 5억 달러를 비밀리 조달할 수 없어서 남북정상회담도 안됐을 것'이라는 비판은 과장의 본질을 놓친 격한 감정의 발산에 지나지 않는다. 경제와는 다른 차원에서 과장되지 않은 명백한 사실이 있다면, 그것은 평양정권이 남녘의 정치적 민주주의에 대해 경제 격차만큼이나 경계한다는 점이다.

십여 년 전쯤(2005년) 북녘은 '6·15시대'란 신조어를 남발했다. 남녘 일각에서도 '6·15시대'에 대한 논의들이 등장했다. '6·15의 갑작스런 출현'이 남과 북 양측 사회에 새로운 기풍을 일으키며 남북교류의 빈도와 내용을 진전시키고 한반도 안전을 더 두텁게 해준 역할을 부인할 수는 없다. 그러나 2005년 봄에도 6·15시대는 오지 않았었다. 아무리 6·15가 시대적 선구의식과 진보적 윤리의식의 놓지 못할 지팡이였다고 해도, 오지 않은 것은 오지 않은 것이었다. 2015년 봄에 그것은 마치 지난 십여 년을 열심히 거꾸로 걸었던 것처럼 훨씬 더 멀어져 보인다.

한반도 분단체제를 세계적 지배체제의 차원에서 통찰하는 학자들에게도 먼저 남과 북, 각각의 내부를 실상 그대로 엄정히 살피는 정직한 눈이 요구된다. 변화한 현실을 정직하게 인정하지 않으면 시대정신의 담론을 생산하는 근거라고 믿어온 과거의 사고와 신념에 대해 냉철히 자성할 수 없게 되고, 이것은 과거의 사고와 신념을 현재의 오류와 아집으로 변질시키게 된다.

진정한 6·15시대는 도래할 수 있을까? '화해와 교류'는 첫발에 불과하다. 그 앞길엔 남북 양측 체제의 현격한 이질성을 극복해야할 숱한 고개들이 기다릴 것이다. 6·15와 6·25의 분수관계를 해소하는 길은 멀고도 험난한 길이다.

평화통일의 길을 열어가기 위하여

나는 미하일 고르바초프의 훌렁 벗겨진 이마에 세계지도처럼 그려진 얼룩을 기억한다. 세계지도를 닮은 저 얼룩이 20세기 지구적 냉전체제를 파괴할 자기 운명의 묵시(黙示)란 말인가. 텔레비전 화면에서 그를 볼 때마다 머릿속에 돋아났던 생각이다. 그리고 내 영혼을 뒤흔든 그의 한마디를 잊지 못한다. "역사는 늦게 오는 자를 처벌한다." 이 말을 그는 1989년 11월 분단의 장벽이 무너진 베를린 브란덴부르크 문을 찾아가 멋지게 외쳤다. 그때, 하루의 시간은 밤이었으나 역사의 시간은 새벽이었다. 수많은 시민이 새 지평의 먼동을 바라보듯 환호에 젖어 있었다. 어느 누구도 막을 수 없는 어떤 절대적 연대의식이 그들을 하나로 묶고 있었다. 지금, 그 말은 평양의 최고 권좌에 경고의 화살로 쿡 박힌 채 녹슬고 있지만……

시대적 변혁을 이끌었던 모든 지도력은 공(功)과 과(過)를 기록했다. 그들도 태양 아래의 존재로서 명(明)과 암(暗)을 동시에 살아가야 했던 것이다. 이토 히로부미가 그러했고, 마오쩌둥이 그러했다. 이승만도 김일성도 예외가 아니었다. 고르바초프 역시 그것을 벗어나지 못했다.

김일성의 민족사적 공과(功過)를 어떻게 볼 것인가? 보천보 전투든 또 무슨 전투든 다소간 과장이 덧칠되었더라도 그런 것은 무릇 신화의 필수불가결 요소라고 여기는 나는 그의 항일무장투쟁에 대한 공(功)을 애써 깎아내리지 않는다. 하지만 그의 과(過)에 대한 비판도 양보하지 않는다. 분단 고착 후 그의 과는 크게 세 가지라고 본다.

첫째는 민족해방이든 노동해방이든 동족상잔의 참혹한 전쟁(6·25전쟁)을 획책하고 실행한 것. 둘째는 동유럽 사회주의국가들의 연쇄붕괴가 일어난 1980년대 말기보다 훨씬 더 빨랐던 70년대 초기부터 아들(김정일)을 후계자로 지목하여 봉건적 정권세습을 획책하고 실행한 것. 셋째는 세계사적 지각변동 속에서 중국이 한국과의 수교(1992년)를 추진하는 가운데 덩샤오핑이 몇 차례나 권유한 중국식 개혁개방을 끝내 거부한 것.

세상만사에는 인과법칙이 작용하고 있듯, 작금의 북한 실상은 '위대한 어버이 수령'의 3대 패착이 초래한 결과이다. 또한 그것들은 남북관계를 꼬이고 얼어붙게 만드는 '보이지 않는 손'으로 작용하기도 한다.

북한 정권은 '우리식 사회주의 고수'를 지고지선의 절대가치처럼 선전한다. 그것을 위한 최강 수단이 핵무장이다. 핵무장은 6·25전쟁과 분리할 수 없다. 전쟁을 일으켰다 처참한 파괴와 정권 소멸의 위기를 경험한 뒤로는 중국도 소련도 믿을 수 없으니 믿을 것은 핵무장뿐이라며 핵무기를 신봉한다. 핵무장은 세습체제 유지와 분리할 수 없다. 전체주의, 전제주의 수령체제를 존속할 수 있는 최후 보루를 핵무기라고 확신한다. 핵무장은 폐쇄체제와 분리할 수 없다. 개혁개방을 거부하고 '우리식'으로 생존할 수 있는 내부결속의 심리적 핵도 핵무기라고 판단한다.

상대 없는 대화란 있을 수 없다. 심지어 독백과 자기고백도 자신을 상대해야 한다. 훌륭한 생각과 선량한 생각을 제아무리 보듬고 있어도 상대의 처지를 깊이 헤아리지 않은 대화는 벽에 대고 혼자서 떠드는 수준을 넘어서기 어렵다. 이러한 형식의 국제적 대화가 존속한다. '북한 핵문제 해결과 한반도의 비핵화 실현을 위한 다자(多者)회담', 곧 '6자회담'이 그것이다.

평양 권좌에 김일성의 손자(김정은)가 등극한 다음에도 미국과 중국이 마치 먼지를 덮어쓴 게임도구를 가끔 건드려보듯이 '6자회담 재개'를 편리한 외교적 수사(修辭)로 써먹지만, 언제부터인가 상당수 한국인은 6자회담에 대해 '있으나마나한 국제회담'쯤으로 시큰둥해하는데, 요새도 나는 그 명칭에 길게 명시된 '목적'부터가 겉멋만 요란한 의복처럼 미덥지 못하다.

대한민국, 조선민주주의인민공화국, 미국, 중국, 일본, 러시아 등 6개국 차관급이 실무대표로 참여해온 6자회담. 1차 회의는 2003년 8월 베이징에서 열렸다. 그때 한국은 노무현 대통령의 참여정부가 출범 여섯 달째를 맞아 의욕으로 충만해 있었다(대통령 탄핵은 이듬해 봄날의 사건). 남북관계에는 김대중-김정일의 '6·15선언'이라는 신생 동맹을 따라 전후 50년 만에 '민족'을 느낄 만한 화해가 흐르고, 서울 정권과 평양 정권이 '우리 민족끼리'의 대화를 어느 때보다 편하게 왕래하고 있었다. 하지만 역사적 상상력의 빈곤이었을까. 국제적 이해관계의 덫에 걸렸을까. 실력이 모자라 말문이 막혔을까. 분단을 걸머진 두 당자는 '북한 핵문제 해결과 한반도의 비핵화 실현을 위한'이라는 목적을 명시한 명칭에 서명했다.

그때 '한반도의 평화체제 정착을 위한'이라는 목적을 붙였어야 '옳은 것'이고 '좋은 것'이었다고, 지금도 나는 생각한다. 물론 두 종류의 반박이 나올 수 있겠다. "북한이 미국과 마주앉아 '휴전협정'을 '평화협정'으로 바꿔보겠다고 하는 전술에 말려드는 것 아니냐?" "휴전협정에는 한국이 없고 러시아와 일본도 없으니 6자 중 3자는 그 회담 참여에 대한 자격미달이 아니냐?" 이것은 단견의 우문(愚問)에 불과하다. '평화체제 정착'의 하위개념과 하위수단의 목록들 중에 '휴전협정의 평화협정 대체'가 들어가게 되며, '북한 핵문제와 한반도의 비핵화'도 '평화체제 정착' 바로 아래의 하위개념과 하위수단에 위치해야 합당하기 때문이다.

2007년 여름에 이르러서야 베이징 4차 6자회담이 공동성명에다 아예 까먹은 것 같았던 '한반도 영구 평화체제'라는 말을 담았다. 제4항 (평화체제 협상)에 "직접 당사자들은 한반도의 영구 평화체제를 위한 협상을 별도의 포럼을 통해 하기로 했음"이라 밝혔던 것이다. 별도의 포럼을 통해 한반도의 영구 평화체제를 위한 협상을 하기로 한다? 이것은 참으로 불쾌하고 졸렬하다. 단적으로 말해 미국, 러시아, 일본, 중국 4자 모두가 한반도 분단과 그 고착의 막중한 책임자들인 것이다. 한반도 분단의 근원은 누가 뭐래도 일본의 식민지 지배였다. 제2차 세계대전 직후 지구적 냉전체제가 한반도의 허리를 칼로 두부 치듯 자를 때 미국과 러시아(옛 소련)는 집행자였다. 중국은 6·25전쟁 참전으로 한반도의 '잔인한 재분단'을 결정했다.

그들 4자를 한자리에 모아둔 한국과 북한이 하나의 목소리로 한반도 분단에 대한 윤리적 시대적 책임의식을 촉구하지(북한은 중국에게 침묵하더라도) 못했던 것은 우리 민족이 드러낸 실력의 한계였다고 할지언정, 한국만이라도 시대적 진실과 역사적 상상력에 의존하여 그들 4자에게 과거의 죄업을 일깨우며 '한반도 평화체제 정착을 위한 6자회담'을 설득했어야 옳았다. 더구나 현실적으로도 '북한 핵문제 해결과 한반도의 비핵화 실현'은 남북관계의 이슈인 동시에 그들 4자의 패권적 이해관계와 직결된 이슈이니, 한국(또는 남북)이 그것을 '평화체제 정착'의 하위개념과 하위수단에 위치시킬 전략적 주요 근거이기도 했다. "좋다. 핵을 다루자. 그러나 평화체제 밑에서 다루자." 이렇게 나갔어야 옳았다.

북한을 핵보유국으로 인정하는 것에 미국과 중국은 2015년에도 애매한 소리를 하고 있다. 그러나 거의 모든 한국인은 북한이 핵무장을 했다고 믿는다. 21세기 한국사회에서 하나의 상식과 같으며, 감히 '잘못된 상식'이라고 단정적으로 말할 정보나 권력은 지구상에 존재하지 않는다. 이것이 '6자회담 12년'의 초라한 성적표이다. 하지만 한국은 변함없이 남북 화해와 평화를 갈망하고 통일을 염원한다. 심지어 박근혜 대통령이 "통일은 대박"이라 선언하기도 했다. 한국경제는 북한에서 신성장 동력을 얻게 되고 그것이 북한 발전에 직결된다는 경제적 시각에 방점을 찍은 발언 같았다. 통일은 민족의 대박이 될 수도 있고 민족의 쪽박이 될 수도 있다. 남북관계에 화해와 평화가 안정적으로 지속되지 않으면 '대박 통일'은 오지 않는다.

현재 절박한 것은 분단의 강고한 얼음장벽을 녹여나갈 실마리를 구하는 일이다. 이것을 '한국의 대북관계의 전략적 핵'이라 명명할 수 있다. 해법의 실마리를 구하려면 원인 분석이 필수 과정이다. 김일성의 3대 패착과 핵무장이 불가분의 관계로 얽힌 평양 정권은 현 단계에서 결코 핵무장을 포기하지 않을 것이다. 싫고 답답해도 이것이 객관적 조건이다. 그래서 앞으로 10년이 중요하다. 한국의 전략은 특히 중요하다. 한국은 6자회담을 흐지부지 굴리는 대로 굴려가더라도 '대박 통일'의

대전제인 '안정적이고 지속적인 남북 화해와 평화'를 위해 안보 경제 외교 사회 문화의 국가적 역량을 집중해야 한다. 여기서 '튼튼한 안보'는 어떤 이념적, 정파적, 진영적인 가치를 초월하는 것이다. '불안정한 정세(관계)'를 '안정적인 정세(관계)'로 바꿔나가는 도정에 반드시 갖춰야 하는 '평화유지를 위한 가치'이다. 바로 이 대목에서 이 시대는 '대담한 용기 속에 탁월한 슬기를 품은' 위대한 지도력을 기다린다. 대체 그 지도력은 이 땅 어느 곳에서 호흡을 가다듬고 있단 말인가?

안정적이고 지속적인 남북 화해와 평화, 이 일차적 숙원을 풀어나가는 길은 '북한이 개방체제에 연착륙하는 것'이다. 지난 12년간의 6자회담처럼 '한반도의 비핵화'가 남북관계의 모든 가치를 지배하고 통제하도록 방치해둔다면, 북한의 개방체제 연착륙은 요원하고 그만큼 '대박통일'의 준비도 멀어질 수밖에 없다.

고르바초프가 역사는 늦게 오는 자를 처벌한다고 했으나 정작 그의 조국(소비에트연방)은 개혁개방의 학교에 한참 지각을 했다. 오직 중국만 일찍 등교해서 아침자습까지 했지, 동독을 비롯한 동구 사회주의국가들도 모두 지각을 했다. 그들의 지각에 대한 역사의 처벌은 엄중했고, 일찍 나섰던 중국에 대한 역사의 칭찬은 오늘날 중국이 누리는 세계적 위상이다. 북한은 지각이 아니다. 결석이다. 여전히 장기 결석이다. 유급을 넘어 어느덧 퇴학의 위기에 몰렸다. 북한에 대한 역사의 처벌은 애꿎게도 불특정 다수의 인민과 일부 권력층만을 대상으로 동정심마저 바닥난 것처럼 혹독하게 진행되고 있다. 언제쯤 북한이 개혁개방의 학교에 들어설 것인가? 들어설 수 있도록 도와줘서 들어서게 만들 것인가?

남북관계에서 '평화(화해)'와 '개방'은, 가령 중국의 '개혁'과 '개방'이 그랬듯 동전의 양면과 같은 것이다. '선후(先後)'가 아니다. 개방이 개혁을 부르고 개혁이 개방을 안게 되는 것처럼, 평화와 개방은 일체(一體)고 동시(同時)다.

한반도의 비핵화를 최우선 목표로 떠받들며 북한의 국제적 고립상태를 더욱 악화시켜 북한체제의 붕괴를 촉진할 것인가? 현재 북한체제가 십 년이 아니라 열 달을 못 가서 갑자기 붕괴한다고 가정해 보자. 안타까운 사실이지만, 국가의 총체적 역량을 감안할 남한과 북한은 서독과 동독의 경우와 같은 '흡수통일'을 감당할 능력이 크게 모자란다. 당시 서독에 비해 한국이 뒤처지고, 당시 동독에 비해 북한이 훨씬 더 뒤처지기 때문이다. 한국과 미국이 아무리 훌륭한 '작계'를 갖추고 있어도 중국의 손이 평양으로 깊숙이 들어올 수밖에 없고 러시아와 일본도 무슨 지분을 거머쥔 것처럼 덩달아 설쳐댈 텐데, 무엇보다도 그 혼란의 소용돌이 한복판에서 무자비하게 발발할 '동포의 수많은 희생'은 어찌할 것인가? 한국이 '대박 통일'의 길을 개척하는 전략은, 북한이 개방체제에 연착륙하는 것을 최우선 목표로 추구하고 지원하는 가운데 남북관계의 안정적이고 지속적인 화해와 평화를 정착시키는 것이다. 물론 바로 후순위는 핵문제 처리이다.

평양 정권은 개방도 두려워한다. 개방을 문 앞에 잠복한 자객쯤으로 여길 수도 있다. 하지만 그 두려움은 개혁개방의 학교에 나오지 않은 학습부진증에 불과한 것이다. 중국, 베트남이 저술한 '개방체제에 연착륙하는 교과서'부터 정독해야 한다. 여기에는 중국의 행동이 중대하고, 한국과 미국의 협력이 절실하다. 러시아와 일본도 긍정적 영향을 미칠 수 있다. 국제적 이해관계의 절묘한 조화, 이 조정자 역할을 남한과 북한이 신뢰의 대화로써 맡아야 하는데, 이것은 남북관계에 안정적인 화해와 평화가 지속될 때만 가능해지는 일이다. 다만, 북한이 개방체제에 연착륙하는 역정에서 중국의 영향력이 과대해지는 것과 국제적으로 평양 정권의 존속을 보장하는 것에 대한 반론이 제기될 수 있겠다.

중국을 우려하고 경계하는 주장은 "안 그래도 중국이 북한을 거의 접수한 지경인데"라는 한마디에 그 뜻을 담고 있다. 국토의 절반을 내주는 것 아닌가, 이것이다. 이해도 간다. 오랜 조공국가였고, 때때로 동북공정을 휘두르는 중국이니. 그러나 언어와 문화와 역사는 민족의 영원한 자산이고 정체성이다. 일정 기간에 경제적으로 종속된다고 해서 식민지처럼 지배당하지는 않는다. 북한이 개방체제에 연착륙하기만 한다면, 남한과의 교류도 자연히 넓어지고 깊어지기 마련이며, 남한의 조력을 받는 북한은 남한의 경험보다 더 빠르게 경제적 종속을 극복할 수 있다. 시간은 민족의 편이다.

그리고 개방체제에 연착륙한 북한이 어떻게 변모해 나갈까? 중국과 베트남의 사례를 참고하면 북한의 미래에 대한 상상도는 어긋나지 않을 것이다. 시간은 개방의 편이다.

'북한이 개방체제에 연착륙하는 것'을 한국이 남북관계의 최고 전략으로 설정하려면 기존 6자회담의 틀을 적절히 활용하는 능력과 지혜도 갖춰야 하지만 그보다 먼저 시간은 민족과 개방의 편이라는 믿음을 지녀야 한다. 북한이 개방체제에 연착륙하게 될 때, 남북관계에 안정적이고 지속적인 화해와 평화가 정착할 수 있고 그 바탕 위에서만 '대박 평화통일'의 날을 남과 북이 끌며 밀며 함께 데려올 수 있다.

한국에는 남북통일을 통해 여태껏 지구상에 존재한 적 없었던 '유토피아 체제'를 한반도에 실현해야 한다는 정치(精緻)한 학문적 이론도 개발돼 있다. 나 역시 그런 세상을 몽상하는 작가이다. 그러나 시대적 변혁이 이론대로 추진돼왔다면 인간은 이미 유토피아 체제에 살고 있어야 한다.

십 년은 세월이다. 어떤 시대적 전환이 필연적으로 초래하는 갈등과 충돌을 다스리고 가다듬어서 그 주도세력이 기획한 새로운 체제를 든든한 기반 위에 올려놓을 수 있는 시간이다. 십 년이면 새 역사를 쓴다는 것이다. 철책과 지뢰들이 가로막은 '살벌한 분단'의 남북관계라 해서, 북한의 개방체제로의 전환이라 해서 결코 예외가 될 수는 없다.

2부

무지개에 쓰는 편지

드디어 가시면류관처럼 나를 괴롭힌 교모(校帽)를 벗어던질 날이 눈앞에 다가왔다. 할머니와 아버지를 영결한 도로변의 허술한 가옥에서 제법 공부하는 냄새를 풍겨주는 내 방의 앉은뱅이책상, 여기 서랍 속에는 내 언어를 채집한 수첩들이 쉬고 있었다. 바로 그것들이 풋청년의 시(詩)를 낳는 자궁이기도 했다.

내 안에 걸린 무지개

조개사냥

오전 11시께, 땡볕이 쏟아져서 뽀얗게 표백된 마당. 검정고무신을 신은 아이는 촘촘한 그물주머니를 쥐고 있다. 소지품은 달랑 그것뿐. 남루한 반바지와 반소매 셔츠의 어느 구멍에도 알사탕 한 알 없다. 하지만 아홉 살 먹은 머슴애는 바다로 걸어간다. 혼자다. 작달만한 그림자만 앞서갈 뿐…….

내 고향은 지금은 사라진 영일만 안쪽 드넓은 은빛 모래밭. 밤마다 호롱불이 별처럼 깨어나는 초가 마을을 '갱빈'이라 불렀다. '강변'의 경상도 포항식 편리한 발음이었을 '갱빈'.

가까이는 강도 있었다. 남한 10대 하천의 막내 형산강. 우리집 뒤울타리 너머로 시선의 꾸리를 연줄만큼 풀어내면 해수욕장, 해넘이 쪽으로 꼭 그만치 바라보면 하구의 강둑.

'갱빈'과 강둑 사이는 밀밭과 보리밭. 해마다 봄날이 돌아오면 수백의 종달새 쌍쌍이 모래밭에 자라난 푸른 작물의 여린 밑동 틈새에다 한 줌씩 오목한 둥지를 틀었다. 그 귀퉁이에 분교(分校)가 붙어 있었다. 찰 흙을 바르긴 했으나 겨우 부잣집 마당만 한 운동장과 교실 두 칸. 1학년 부터 4학년까지 콩나물시루처럼 한 학급씩 꾸려진 2부제 수업. 곤한 낮 잠을 즐긴 날엔 아침녘인지 저녁녘인지 냉큼 분간을 못해서 허겁지겁 책보자기를 끼고 나서다 부엌의 어머니에게 "어데 가노? 저녁 먹을 때 됐다"라는 놀림을 받았다. '큰집'이란 말이 부러운 시절이기도 했다. 한 학년 동안에 가을 운동회 때나 한 번 가볼 수 있는, 5학년이 되어야 나날이 다니게 되는 본교를 분교 아이들은 '큰집'이라 불렀던 것이다. 그때도 어른들이야 '큰집'이란 말을 꺼림칙하게 여겼을 테지만.

'갱빈'의 동쪽 끄트머리엔 아이들이 흔히 '고아원'이라 부르는 '수녀원'이 딱 붙어 있었다. 곰솔 숲에 에워싸인 성스런 시설은 어마어마한 규모였다. '큰집'보다 더 큰 현대식 주거시설과 '큰집'보다 더 큰 운동장, 수녀원과 성당, 고아원과 양로원, 수련관, 장애인의 집, 의무실……. 발전기로 전깃불도 밝혔다. 식구가 엄청났다. 백인 신부 두 분과 한국인 수녀 백예순 분이 육백 명에 육박하는 불우한 사람들을 돌보고 있었다. 고아만 오백 명을 헤아렸다. 철이 들어서야 그 이름을 제대로 알게 되었지만, 프랑스 노르망디 출신으로 한국에 귀화한 '남 루이제' 신부가 1950년에 첫 삽을 뜬 후 끈덕지고 줄기차게 키워낸 예수성심시녀회였다.

6·25전쟁과 절대빈곤이 헌신짝처럼 버려놓은 어린 목숨들. 그러나 예수성심시녀회는 그들에게 정상교육을 베풀기 위해 분교를 지어 정부에 기증했다. '민간인 아이'라 불린 여염집 아이들도 분교에서 짹짹거리는 참새처럼 "동수야 안녕, 영희야 안녕"을 외치고 또 외치며 한글

을 깨쳤다. 분교 교실은 빽빽했다. 우리 반도 절반이 고아였다. 나는 수녀들을 어머니로 가진 동무가 부러울 때도 있었다. 거대해 보인 현대식 집이 그랬고, 그 안에 있다는 침대가 그랬고, 암수 두 그루 우람한 은행나무가 그늘을 드리우는 의무실이 그랬다. 의무실 앞 하얀 성모마리아상도 은근히 부러웠다.

1967년 여름방학, 얕은 바다를 나와서 다시 땡볕 속으로 타박타박 걸어 집으로 돌아오는 까맣게 그을린 아이의 어깨엔 무거운 먹을거리가 걸려 있었다. 축축한 그물주머니의 싱싱한 조개들. 알몸으로 바닷물에 들어가 '트위스트'를 추다가 발바닥에 뭔가 밟히는 느낌이 오면 폭삭 주저앉거나 물구나무로 처박혀 그놈을 집어 올리는 '조개사냥'. 아이는 조개를 캐러 자꾸 바다로 갔고, 삶은 조개와 그 국물은 저녁의 허기를 달래줄 양식이었다.

아, 누구인가. 여자의 거기를 맨 처음 '조개'라 명명한 너무너무 배불렀던 사내는!

새까만 파리들, 샛노란 첫사랑

조개사냥을 칭찬해 줄 어른은 집에 없었다. 한여름의 한낮, 초가집은 텅 비기 일쑤였다. 아침 먹고 제법 먼 들판으로 나서는 아버지의 지게에는 이미 어머니와 할머니의 점심보자기까지 실려 있었다. 아이는 스스로 점심 챙겨먹기에 익숙했다.

밥은 낡은 찬장 안의 박 바가지에 담겨 있었고, 박 바가지를 덮씌운 흰 보자기에는 파리들이 새까맣게 엉겨 있었다. 뻔뻔스럽고 더러운 놈들. 요행히 아이는 약삭빨랐다. 꽁보리밥과 진배없는 박 바가지의 수북한 밥에다 숟가락으로 구멍을 뚫어 속의 밥을 퍼낼 줄 알았다. 파리가 콜레라나 장티푸스 따위 떼죽음의 전염병을 옮긴다고 자연시간에 배운 지식을 실생활에 응용한 것이었다. 반찬은 식은 된장찌개, 풋고추와 고추장, 열무김치. 도대체 비만 따위를 염려할 까닭이 없는 식단이었다.

무슨 영문이었을까. 우리집은 음력설을 쇠더니 소를 팔아 버렸다. 그래도 나는 곧잘 여름방학 오후의 지루한 시간을 쉽게 까먹으려고 소 먹이는 동무들을 따라 바닷가로 나갔다. 수녀원의 울타리 같은 곰솔 숲 뒤쪽 넓은 백사장에는 '갱빈'의 소들이 쉬엄쉬엄 뜯어먹을 풀들이 마치 게으른 농부의 토질 나쁜 밭에 자라는 작물처럼 제멋대로 깔려 있었다.

소들은 소들대로, 아이들은 아이들대로. 이게 '갱빈' 여름방학의 소 먹이기였다. 하루는 해넘이를 앞두고 갑자기 천둥과 벼락이 세상을 박살낼 것처럼 설치면서 소낙비가 사정없이 쏟아졌다. 나는 이미 알고 있었다. 이런 난리법석에 소들이 어떻게 대처하는지를.

아니나 다를까. 황소 한 마리가 먼저 바다로 들어가니까, 다른 소들도 우르르 바다로 들어가고, 잇따라 몇 군데서 통곡 같은 소리가 터져 나왔다.

"엄마, 엄마, 우리 소!"

"소야! 소야! 우리 소야!"

애끓는 외침들이 일제히 소낙비를 뚫고 화살처럼 바다로 날아가고, 몇몇은 소를 구하러 바다에 뛰어들 기세로 달려가다 파도가 부서지는 자리에서 발을 동동 굴렸다. 그래 보았자 소들은 저만치 깊은 바다에서 어설프게 헤엄이나 치고 있을 따름이었다. 금세라도 바닷물 속으로 바위처럼 풍덩 가라앉을 듯이 아슬아슬한 소들의 헤엄.

목 놓아 울고불고 발을 동동 구르는 아이들은 보나마나 초짜였다. 나는 이미 그 소동의 해피엔딩도 알고 있었다. 거짓말처럼 천둥과 벼락이 사라지면 바다 속의 소들이 또 거짓말처럼 슬그머니 젖은 모래밭으로 걸어 나온다는 것을. 지난해 여름의 어느 날은 나도 우리 누렁이가 벼락에 놀라 바다로 들어가는 것을 발견하고는 얼마나 기겁하고 통곡했던가. 우리 초가집이 고스란히 물에 잠기는 꼴을 속절없이 지켜보는 심정이었다고나 할까.

그해 가을이 깊어가고 있었다. 드센 모래바람이 잦아졌다. 우리 반에 감기 환자가 부쩍 늘었다. 둘째 시간이었다. 총각 선생님이 반장인 나를 심부름 보냈다. 수녀원 의무실에 가서 감기약 타오라는 주문. 분교의 찰흙마당, 모래밭, 우리집 앞, '갱빈'의 골목, 그 다음이 목적지.

의무실 앞뜰이 샛노랗게 물들어 있었다. 빠끔한 데 없이 샛노랬다. 마치 성스런 곳만 골라 샛노란 눈이 펑펑 내린 것 같았다. 나는 냉큼 발을 들이지 못했다. 별안간 내 안에서 김발 같은 설렘이 자옥이 피어오르는 탓이었다. 그 열기가 두 볼을 따끈따끈 데웠을 때, 조심스레 발을 옮긴 나는 심부름도 깜빡 잊고 은행잎뿐인 뜰에서 은행잎 고르기에 빠져 버렸다. 가장 예쁜 열 장을 골라야겠다는 내 머리엔 오직 짝꿍 계집애에게 남몰래 선물하겠다는 일념밖에 없었다. 어쩌면 '샛노란 첫사랑'이 화들짝 눈을 뜬 순간이었다.

너무 진지한 어린 머슴애를 성모 마리아는 어떤 표정으로 지켜보았을까? 황순원의 「소나기」 그 소년은 수숫대 붉은 물로 첫사랑을 붉게 물들였건만 '갱빈' 아이는 은행잎 노란 물로 첫사랑을 노랗게 물들이고 있었다.

은행잎이 다 사라진 겨울이 왔다. 성탄절은 좋았다. 그날 하루라도 성호를 긋고 수녀원의 성당 안으로 들어가면 달콤한 과자들을 맛볼 수 있었다. 벽안(碧眼)의 신부를 구경난 듯이 슬금슬금 훔쳐보는 재미도 쏠쏠히 챙길 수 있었다.

해가 바뀌었다. 1968년. 58개띠는 꼬박 열 살을 채웠다. 나이를 한 살 더 먹어도 겨울날 점심은 변함없이 거의 날마다 '김치밥국'이었다. 그 이름은 틀림없이 '김치국밥'이 아니다. '김치밥국'이다. 마른 멸치와 총총 썬 김장김치와 식은 밥덩이를 가마솥에 함께 넣어 걸쭉한 죽 비슷하게 끓여낸 것으로 배를 채우고 나면, 나는 삽과 호미를 챙겨 슬금슬금 집 뒤 모래언덕 앞으로 나갔다.

미제(美製) 쇠붙이와 국산(國産) 엿

겨울날 오후에 '갱빈'의 모래언덕은 아이들의 탄광이었다. 파내고 또 파내도 끝없이 나오는 '쇠붙이 탄광'이었다. 쓸쓸히 땅거미가 깔리는 즈음은 벌겋게 녹슨 쇠붙이를 달디 단 엿과 맞바꾸는 시간이었다. 야문 계약이라도 해둔 것처럼 날마다 그때에 딱 맞춰 어김없이 엿장수 서넛이 빈 리어카를 밀어 탄광까지 찾아왔다.

우리에게 달디 단 엿을 선물해준 녹슨 쇠붙이는 깡통, 식사도구, 철조망, 탄피, 야전삽 따위였다. 그것은 6·25전쟁 때 형산강전투에서 '갱빈'에 진을 쳤던 미군의 파편이었다. 고아원 친구가 살짝 숨겨온 사탕과 껌이, 어쩌다 분교가 배급해준 굳은 분유덩어리와 강냉이죽이 미군의 손에서 나온 미제(美製)였는데, 미군의 녹슨 전쟁 쓰레기는 우리에게 달디 단 국산(國産) 엿을 맛보게 해줬다.

그나저나 누구의 제안이 만든 '갱빈의 계율'인지, 아니면 이심전심의 오랜 불문율인지, 가난한 아이들은 슬기로웠다. 그 탄광을 추운 겨울의 오후에만 파먹었다. 봄, 여름, 가을엔 그 어떤 날이든 그 누구든 고마운 탄광을 건드리지 않았다. 겨울날 오전에도 그림자조차 얼씬거리지 않았다.

어른이 되어 나는 엿을 안 먹었다. 요새도 안 먹는다. 거북할 것은 없다. 그냥 손이 안 간다. 누군가 나에게 "엿 먹어라"는 욕설을 먹이려 든다면 차라리 '개'자로 시작되는 욕설은 놔뒀다가 어데 쓰느냐고 반문하고 싶다. 어차피 '개띠'이기도 하니까.

버려진 아기와 낙하산

봄방학을 마쳐 학교에 가면 4학년. 내가 분교에서 제일 높은 형이 될 차례였다.

조금은 기분 내도 좋은 개학날 아침이었다. 밥상에 앉은 아버지가 얼굴을 찡그리고 있었다. 술 냄새도 풍겼다. 방안에 긴장의 침묵이 흘렀다. 쩝쩝 밥 씹는 소리만 벌레의 기분 나쁜 울음소리처럼 떠돌고 있었다. 짧은 동안 아주 어색했다. 어머니가 사정을 알려줬다.

식전부터 대포 석 잔을 마셨다는 아버지의 심정을 어린 아들은 엔간히 헤아릴 수 있었다. 형산강 다리와 가까운 윗동네(송내동)에 급한 볼일이 생겨 새벽에 집을 나섰던 당신이 돌아오는 걸음에 '갱빈' 들머리의 조그만 점방 앞에 버려진 강보의 아기를 발견했단다. 추위에 울음으로 맞서고 있던 댕그란 고추를 당신이 품에 안아다가 수녀원에 맡기고는 다시 점방으로 가서 마수걸이 손님처럼 막걸리를 들이켰단다.

몰라. 아기의 엄마는 베트남 갔다가 앉은뱅이로 돌아온 청룡부대 어느 중사의 동거녀였는지. 몰라. 새까만 얼굴로 베트남 정글을 누비다가 아예 새하얀 유골단지로 돌아온 김 상사의 아내였는지. 그 아침의 아기는 아버지의 손을 만났지만, 베트남전쟁이 한창 벌어진 그 시절 그 시간 그 자리엔 달포에 두세 번쯤 강보에 싸인 아기가 버려져 수녀의 품에 넘겨지곤 했다.

"낙하산이다!"

한 달에 서너 차례였나. '갱빈' 아이들 가운데 누군가는 환호를 지르듯 저렇게 외쳐야 했다. 낙하산이 떨어질 조짐을 우리는 얼른 알아차리는 안목을 지니고 있었다. 말간 허공에 몸체 조그만 정찰기가 솔개처럼 빙글빙글 돌고 있으면 머잖아 몸체 굵은 비행기가 날아온다. 그 외침의 권리는 굵은 비행기를 가장 먼저 발견한 눈의 차지였다.

"가자!"

밀밭, 보리밭 샛길로 우리는 마구 뛰어갔다. 거의 시합이었다. 비행기에서 낙하산이 먼저 떨어지는가, 우리가 형산강 둑에 먼저 올라서는가. 이기기도 하고 지기도 했다. 비행기를 늦게 발견했거나 강둑과 멀리 떨어진 지점에서 비행기를 발견한 경우에는 질 수밖에 없었다. 열, 스물, 서른…… 비행기 옆구리는 꾸역꾸역 낙하산을 토해 냈다.

비행기가 이륙한 활주로는 '갱빈'에서 가까웠다. 해병 상륙사단은 우리 마을의 남동방향으로 겨우 십여 리쯤 떨어진 곳이었다. 황석영의 단편소설 「몰개월의 새」, 그 몰개월은 해병 사단이 바다 쪽으로 둘러친 철조망 밑의 모래밭 동네다. 허구의 지명이 아니다. 주민이 부르는 실제

지명이다. 행정 명칭은 일월동(日月洞). 그러나 토박이들은 일월동 그쪽 역시도 워낙 모래투성이 동네여서 '일' 대신 '몰개'를 붙여 '몰개월'이라 불렀다. '몰개'란 '모래'의 토박이말이었다.

베트남 전쟁터로 실려 나가는 한국 청룡부대 용사를 배출하는 몰개월 너머 해병사단. 글쎄, 모를 노릇이었다. 청룡부대는 낙하산을 왜 하구에 떨어뜨렸을까? 강가에 안착하는 낙하산도 많지만 반드시 강물에 빠지는 낙하산도 나왔는데? 그러나 강둑에 올라서서 바라보는 어린 눈에는 거대한 새처럼 느릿느릿 내려오는 낙하산이 무서워 보이기는커녕 마냥 재밌어 보였다. 강물에 빠지는 낙하산이 있어 더 재밌었다.

"오늘 기합 실컷 받을 기다."

"빠따 이십 대는 터질 기다."

강둑의 아이들은, 미리 대기하고 있던 보트가 강물에 떨어진 낙하산을 건져내는 모습을 바라보면서 겨우 저런 흉이나 찍어 붙이며 킬킬댔다.

이순(耳順)의 언덕을 쳐다보는 나이에 이르도록 나는 여태껏 두 종류의 총을 다뤄보았다. 고교생 대학생 교련시간에는 제2차 세계대전에 동원되었던 어느 미군의 손때가 묻은 M1 소총을, 포항 해병사단의 방위병 훈련소와 해안초소 경비병 시절에는 M16 소총을. 권총은 한 번 만져보지도 못했다. 그런 내가 초등학교 4학년 봄날에 벌써 권총을 쓰다듬었다면?

나보다 한 살 적은 하종호, 그의 매형이 해병 중사였다. 검붉은 얼굴의 다부진 체격. '두 번째로 월남 가서 상사가 되어 돌아오겠다'고 선언한 용사가 머잖아 전쟁터로 떠날 전투복 차림으로 처가에 다니러 왔을 때, 나는 멋져 보이는 용사의 관대한 아량을 얻어 그 허리춤에 달린 권총 손잡이를 세 번씩이나 쓰다듬는 영광을 누렸다. 과연 종오 매형은 무사히 상사 계급장을 달고 아내와 아들의 곁으로 돌아왔을까? '갱빈' 시절은 나에게 그런 소식을 확인할 시간을 허락하지 않았다.

양심을 찌른 바늘

밀밭 보리밭이 찬란한 햇빛을 파릇파릇 물들이는 봄날. 세상의 높은 어른들이 어떤 조화를 부렸는지 분교가 독립하여 의젓한 국민학교(초등학교)로 승격되었다. 나는 공책 표지의 밑줄 친 자리에 처음으로 '대송국민학교 송정분교'가 아니라 당당히 '송정국민학교'라고 굵은 연필로 썼다. 마침내 작은집 신세를 완전히 면하고 큰집으로 거듭난 학교의 최고 학년이 되었다. 그대로 이태 더 가면 내가 '역사적인 1회 졸업생'이 될 것이었다. 세월이 한참만 더 흘러도 청춘에 벌써 동창회장을 해먹을 것이었다. 5학년 6학년 없는 '본교'에서 다시 반장으로 뽑힌 나는 슬며시 '대장'의 뿌듯한 맛을 핥으려고도 했다.

대장 노릇에는 실력과 권위를 갖춰야 하는가 보다. 적당히 아량을 베풀 줄도 알아야 하는가 보다. 그 아량이 '성의'라 부르고 싶은 뇌물을 부르는가 보다. 방과 후 한 시간 안에 마치는 '나머지 공부'. 덧셈 뺄셈 나눗셈 곱셈, 받아쓰기, 교과서 베껴 쓰기. 나머지 공부 때는 내가 감독이었다. 정규수업만 해도 너무 길어서 이미 엉덩이에 뿔이 생긴 이른바 '학습 부진아'들에겐 여우 꼬리처럼 늘어진 그 시간이 또 얼마나 지긋지긋했겠는가. 덩치 좋은 녀석이 나에게 협상을 걸었다.

"고디이 큰 거 두 마리 갖고 올게."

"가재 세 마리 더 갖고 올게."

주먹만 한 고동, 홀쭉한 필통 같은 바닷가재는 엉덩이에 뿔난 어부의 아들을 십여 분 만에 교실 밖으로 풀어주는, 아니 갯마을의 신나는 놀이마당으로 보내주는 동그라미 표시였다. 녀석의 공책에 합격 동그라미를 그려줄 수 있는 나의 특권. 그것이 딱 한 차례 나에게 끌어왔던 '구운 고동'의 고소한 맛이여, '구운 바닷가재'의 초승달처럼 구부러진 빨간 갑각 등허리여. 그러나 삶을 통틀어 처음 내 양심을 찔러댔던 바늘들이여, 누구에게도 들키고 싶지 않았던 부끄럼이여.

노고지리

밀밭 보리밭이 무성한 풀밭처럼 푸르러갈수록 나는 늦잠을 잘 수가 없었다. 최고 학년의 반장다운 체면을 위해? 전혀 아니었다. 종달새 탓이었다. 영일만의 일출과 더불어 수십 미터 허공으로 떠오른 수백의 종달새들이 한꺼번에 노골노골 우짖는 소리는, 모내기철 고요한 밤에 무논의 개구기들이 와글와글 울어대는 소리보다 더 시끄러웠다. 노골노골 우짖는 종달새를 '갱빈' 아이들은 늘 '노고지리'라 불렀다. 노고지리가 종달새보다 훨씬 정겨웠다.

옆집 사는 어깨동무 신동수. 저학년 국어책에 '동수야 안녕'이 나온 바람에 어쩔 수 없이 유명해진 그 이름이 '노고지리 생포'에는 대표선수였다. 교실에선 나에게 산수를 배워야 했지만, 책보자기를 방구석에 던져놓고 밭으로 나가면 나는 그의 조수에 불과했다. 허공에 하나의 까만 점으로 박혀 노골노골 우짖던 노고지리가 거의 수직으로 낙하해서 밀밭 속으로 내려앉는 것을 포착한 다음, 몇 분쯤 숨죽이고 기다렸다가 그 지점으로 뛰어들면, 막 안도의 숨을 돌리며 알을 품은 어미가 화들짝 놀라 허공으로 솟아오른다. 그러나 동수는 알록달록한 새알 서넛을 담은 오목한 둥지를 찾아낸다.

어미 생포에 알은 미끼다. 언제나 동수의 솜씨는 날렵하다. 어미가 도망친 둥지 둘레에 연필 같은 나무토막 네댓 개를 꽂고, 그걸 기둥 삼아 둥지 위에다 엉성한 장난감 지붕처럼 그물조각을 덮씌운 뒤, 멀찌감치 물러나 납죽 엎드려서 지켜보고 있다, 다시 수직 낙하로 돌아온 어미가 막 알을 품은 즈음에 기습적으로 덮친다. 어미는 어리석다. 둥지로 들 때는 그 앞에 내려 늘 다니는 자신의 발자국을 따라가지만 둥지를 날 때는 곧장 위로 솟는다. 동수가 덮치는 찰나, 어미는 허공으로 비상하려다 그물에 걸려 퍼드덕거린다. 동수의 손아귀에 포획돼 할딱할딱 공포에 떠는 조그만 어미는 박남수의 「새」에 나오는 싸늘한 죽음의 이미지와는 멀었다. 동수의 새, 어미 노고지리는 알과 생이별 당한 슬픔의 이미지였다. 사과 씨앗같이 생긴 그 촉촉한 두 눈이 지상에 떠도는 모든 슬픔의 고갱이었다.

섬마을 선생님

그해 여름 저녁에는 수녀원이 그 운동장에서 가끔 '공짜영화'를 상영했다. 철봉대에 스크린을 걸어둔 야외영화. 그날 저녁은 공짜영화가 없었다. 그래도 나는 저녁 8시 라디오 시보에 맞춰 거기로 나갔다. 수녀님의 허락을 받아 잠시만 나오겠다는 고아원 친구. 나는 기다렸다. 좀처럼 그는 나타나지 않았다. 그러나 그 자리엔 그때까지 내가 들어본 적 없었던 음악이 흐르고 있었다. 너무 부드럽고 너무 감미로워 요즘에는 겨우 '오묘한'이라 매겨줄 수밖에 없는 그것은 운동장 저편 이층 건물의 어느 공간에서 흘러나오는 것이었다. 거기 늘어앉은 수십 명 수녀들이 빨래를 다듬느라 두들기는 다듬이질 방망이 소리. 어떤 성스런 박자에 맞춘 듯이 오르락내리락 동당동당 두드리는 그것이 내 고막에 닿아 세상에서 가장 부드럽고 감미로운 타악기의 하모니로 창조되었다. 고등학생이 되어서야 장안(長安)의 다듬이질 소리를 통해 애절한 시대적 고통을 읽어내는 두보(杜甫)의 시와 만나 가슴을 쳤지만, 그때 어린 귀는 다듬이질 음악에서 시대적 곤궁의 일성도 엿듣지 못했다. 무려 사십 년이 흐른 뒤에도 내 영혼을 부드러이 위무해주고 감미로이 감싸주는 오묘한 음악으로 내 안에 잔잔히 고여 있을 뿐.

다시 공짜영화를 상영한다는 소문이 돌았다. 내가 등을 기대 '수녀들의 다듬이질 음악'을 들었던 철봉대에 스크린이 걸렸다. 그러나 나는 베트콩 잡는, 귀신 잡는 해병들이 등장할 '대한뉴스'조차 기다릴 수 없었다. 동무 셋과 수녀원 건물 뒤의 단감 과수원을 습격할 기회가 닥쳤기 때문이었다. 수녀원의 청년들과 마을 사람들이 영화에 정신이 팔려 있는 시간을 우리는 결코 놓칠 수 없었다. 먼저 영화 상영하는 데 가서 잠시 얼쩡대자고 제안하는 나의 뇌리엔 알리바이를 세우려는 잔꾀가 꼼지락댔을 것이다.

그날 저녁, 우리는 이미 알고 있었다. 이 여름이 끝나면 수녀원도 고아원도 무너지고 '갱빈'도 이웃마을도 어디론가 뿔뿔이 헤어져야 한다는 것을.

펑펑한 웃옷을 바지 속에 쑤셔 넣고 허리띠를 바짝 졸라맨 복부가 임

산부처럼 불러왔을 때, 우리는 과수원 개구멍을 쏜살처럼 빠져 나와 우리집 뒤의 모래밭에다 노획물을 파묻었다. 큼직한 나무토막으로 표지를 세우는 일도 빼먹지 않았다.

단감이라도 아직은 떫었을 것이다. 좀 떫어도 한낮의 뜨거운 모래구덩이 속에선 빨리 삭을 거라고 믿은 우리는 그 상상만으로 입안에 군침을 모으고 단숨에 수녀원 운동장으로 달려갔다. 공짜영화, 그 신기한 놈의 일부는 몰라도 절대 전부를 놓칠 수야 없었다. 고맙게도 여전히 필름이 돌아가고 있었다. 나는 겹겹이 모래밭에 주저앉은 관객들의 꽁무니에 달라붙었다. 하지만 스크린의 배우부터 바라볼 수 없었다. 내 옆의 수녀부터 살펴야 했다. 검은 수건의 젊은 수녀가 홀짝홀짝 서글피 우는 것을 하얀 수건의 늙은 수녀가 토닥토닥 다독이고 있었다.

영화는 〈섬마을 선생님〉. '해당화 피고 지는 섬 마을에 철새 따라 찾아온 총각 선생님'이 '갱빈' 수녀원의 어두운 운동장에서 검은 수건의 젊은 수녀를 울리고 있었다. '갱빈'의 모래밭엔 붉은 해당화가 줄을 지어 피어났다. '갱빈'의 조그만 교정엔 총각 선생님이 머물렀다. 어떤 수녀와 달밤에 손잡고 해당화 따라 걷더라는 소문의 주인공…….

눈먼 고아, 이별의 가을

여름방학이 끝났다. 어느덧 우리 동네에는 학교 국기 게양대보다 훨씬 더 높다랗고 훨씬 더 튼튼하게 생긴 깃대가 꽂히고, 그 아득한 꼭대기에는 '제선공장'이란 깃발이 펄럭이고 있었다. 나중에 들었지만, 한국 최초의 용광로가 들어설 자리라는 알림이었다. '제강공장' '열연공장' 깃발도 나부꼈다. 어쩌면 그것들은 커다란 이별의 손수건이기도 했다.

　오랜만에 교실이 열렸으나 도무지 책 펼칠 분위기가 아니었다. 오늘 떠나는가, 내일 헤어지는가. 우리반 아이들은 언제든 울음보를 터뜨릴 만반의 준비를 갖추고서 전학 서류 꾸미느라 분필 대신 펜을 잡은 담임 선생님의 눈치만 살펴야 했다.

　이별의 시간을 기다리는 교실에는 슬픈 소식마저 번져 있었다. 수녀원의 장님 아이가 여름방학 기간 중에 형산강 가서 멱 감다가 빠져죽었는데, 화장해서 뼛가루만 강물에 뿌려졌다는 것. 수녀원에는 우리와 동갑내기인 장님도 있다는 소식이야 숱하게 들었으니 여염집 아이들은 아무도 짓궂은 헛소문으로 여기지 않았다. 나는 대뜸 눈시울이 뜨끔했다. 잔뜩 강물을 마시고 커다란 물고기처럼 둑으로 끌려 나왔을 동갑내기 눈먼 고아. 이 영상이 미처 나의 망막을 떠나기도 전에 우리집은 이삿짐을 꾸렸다.

　수녀원, 고아원, 그이들 대식구는 어쩌는가? 떠나긴 떠날 테지만, 나는 알 수 없었다. 고아원의 내 짝꿍, 김철호와 헤어져야 한다는 설움이 나의 것이었다. 사회시간에 선생님이 칠판에 빼곡하게 판서를 할 때는 언제나 선생님이 백묵을 놓는 것과 거의 동시에 연필을 놓는 철호. 필기를 시작할 때만 슬쩍 한 번 공책을 내려다보고는 끝낼 때까지 선생님의 손만 쳐다보고 있어도 거짓말처럼 줄이 어긋나지 않은 철호. 이 별쭝맞은 재주꾼과 나는 서로 젖은 눈빛으로 악수를 나누었다.

　바람에 꽃이 지고 그 꽃을 그의 가슴도 나의 가슴도 받는 날이 와야, 그때 꽃이 지는 어느 저물 무렵, 서로 다른 머나먼 길을 걸어온 우리가 젖은 눈빛의 해후를 이룰 것인가? 만날 날은 뜬구름, 어떤 기약도 할 수 없었다.

울창한 곰솔 숲이 사라지고, 내 샛노란 첫사랑의 아름드리 암수 두 그루 은행나무가 쓰러지고, 하얀 성모마리아가 치워지고, '큰집'보다 훨씬 큰 현대식 건물들이 다이너마이트 폭약에 폭삭 무너져야 하는 시간이 '갱빈'으로 성큼성큼 다가오는 계절이었다. 마침내 포항제철이 터 닦는 공사를 시작하게 된다는 그해 가을은.

'갱빈'에다 이적을 일으키듯 엄청난 성역의 보금자리를 일구었던 벽안의 성직자는 포항제철을 어떻게 받아들였을까? 포항제철을 세워야만 했던 박태준은 그 고마운 신부를 찾아가 무슨 말을 했을까? 그때로부터 꼬박 서른 해가 지난 다음, 나는 일흔 살 노인(박태준 포철 회장)에게서 직접 듣게 되었다.

"신부님, 가난한 우리나라를 위한 그 동안의 노고와 봉사에 진심으로 감사를 드립니다. 그러나 우리나라는 여전히 가난하고 그래서 아직도 고아들이 많습니다. 그 아이들을 위해서 이만한 시설을 또 하나 더 만든다고 해도 근본적인 대책이 될 수는 없지 않습니까? 포항제철을 성공해서 우리도 부강한 나라를 만들어 보려고 합니다. 고아들에게 좋은 일자리를 주고, 더 이상은 고아원을 세우지 않아도 되는 나라를 만들겠다는 것입니다. 신부님, 그러니 도와주십시오."

어찌 듣는 이의 순수한 영혼을 건드리지 못했으랴. 수녀원, 고아원 시설을 폭파하는 도화선에 직접 불을 붙인 이가 바로 벽안의 성직자였다고 한다.

그나저나 내 짝꿍 김철호는 어디서 무얼 하며 살고 있을까? 속기사

라도 되었을까? 고아 신세를 탓하며 무너지지나 않았을까? 아이는 몇
이나 낳았을까? 아이들은 잘 컸을까? 회갑이란 나이가 다가오고 있는
데 건강에는 별 탈이 없는가? 여태껏 나는 한 조각의 소식도 얻지 못했
건만……

죽음과 방황과 문학

내가 넘겨본 문학의 첫 장, 거기엔 죽음의 냄새가 기다리고 있었다.
1974년 초가을, 나는 고1이었다. 시인이 무엇인지 작가가 무엇인지 까
맣게 몰랐으나 머잖아 문학의 세계로 데려가는 죽음 냄새가 교복(校服)
입은 풋청년의 온몸을 칭칭 에워싸고 있었다.

그것은 '돈벌이 재주'라곤 농사밖에 없는 아버지의 선물이었다. '갱
빈'에서 오십여 리 떨어진 낯선 농촌 동네의 도로변 초가집에 남루한
이삿짐을 풀어놓은 지 일곱 해째, 쉰아홉의 이른 봄부터 허수아비처럼
야위어가며 큰방의 구들장군으로 전락한 당신이 어느 날 갑자기 외아
들의 푸른 영혼 속으로 들어와 '인생은 무엇인가? 죽음은 무엇인가? 신
(神)은 무엇인가?'라는 너무 무거운 물음으로 둔갑해 버렸다.

해넘이 즈음, 뿌연 먼지를 일으키며 우당탕탕 자갈도로를 달려온 버
스가 우리집 건너편 이발소 앞에 멈추었다. 책가방을 들고 맥없이 내리
는 나를 마중하려는 것처럼 막 이발소의 문을 열고 나온 '시다' 청년이
거의 속삭이는 목소리로 말했다. "느거 집에 초상 났데이."

나는 되묻지 않았다. 놀라지도 않았다. 모름지기 시간의 문제일 뿐이
라고 믿는 가운데 오래 기다려온 일이 속절없이 이뤄졌다는 소식을 들

은 경우처럼, 그저 무덤덤하게 받는 한 순간이었다. 천천히 도로를 건너 대문이 눈에 들어오자 비로소 눈두덩이 뜨끔해지는가 싶더니 푹 꼬꾸라질 뻔한 충격과 함께 뜨거운 눈물이 왈칵 쏟아져 내렸다. 티 없는 슬픔을 아버지의 죽음에 바치는 것이었다.

그러나 망자(亡者)는 아버지가 아니었다. 할머니였다. 꼬꾸라진 허리를 탱자나무 지팡이로 가까스로 떠받치며 미수(米壽)의 저문 삶을 총총한 정신으로 꼬장꼬장 버티고 있던 할머니, 쌀독이 있는 아랫방에서 밤마다 나와 나란히 누워 도란도란 이야기꽃을 피우곤 했던 할머니, 나의 왼쪽 가슴에 손바닥 크기의 이름표를 꽂았던 그날로부터 지난 십여 년에 걸쳐 어느 하루도 빠짐없이 내 이부자리를 깔아주셨던 할머니.

어머니가 아버지를 모시고 병원으로 가고 없는 한낮, 텅 빈 집에 홀로 남은 당신은 저 19세기 후반부터 그때까지 어금니를 악물며 헤쳐 나왔던 숱한 가시밭길을 단지 몇몇 쓰라린 기억으로만 다시 엮어 보았으려나. 마루에 걸터앉아 그저 푸르기만 했던 무심한 하늘을 일말의 원망도 없이 그저 무심히 쳐다보는 당신의 눈에 불현듯 오래된 빨래 서너 점처럼 허공에 나부끼는 당신의 인생이 잡혔으려나……. 비록 고약한 농약 냄새를 물씬물씬 풍겨댔어도 오랜 동거자의 자결(自決)을 나는 아름다운 선택이라 받아들였다. 이미 스물여덟 해 전 해방공간에서 아들 셋을 앞세워 보낸 기구한 처지에 하나 남은 아들까지 먼저 보낼 수야 없다는 어머니로서의 고통과 결단을 이해할 만큼 성숙해 있었던 것이다.

이때의 깊은 슬픔을 나는 1999년 실천문학사에서 펴낸 장편소설 『겨울의 집』을 마무리하는 장면에 이르러 이렇게 되살려놓았다. 거기서는 내 할머니와 닮은 여인, 그 고달픈 '20세기 한반도의 전형적인 어머니'를 칠포댁이라 불렀다.

　칠포댁은 방의 안쪽에 쓰러져 있었다. 직각으로 굽었던 허리가 처녀 시절처럼 펼쳐진 채 (중략) 속이 뒤집히고 위장이 타는 고통을 부여안고서 바깥으로 나오지 않고 오히려 안으로 기어 들어간 그 인고의 장면을 상상하노라면, 아, 장렬한 순교를 지켜보는 것처럼 감동스러웠다.

　할머니의 장례를 치르고 보름쯤 지나 아버지가 눈을 감았다. 온 식구들이 체념 속에서 마치 백일홍이 지기를 기다리듯 서럽게 기다려온 영결이 마침내 피할 수 없는 현실로 닥친 것이었다. 마침 우물가의 장미꽃이 빨갛게 피를 토하고 있었다.
　당신의 체온처럼 따끈한 뼛가루 한 줌을 품에 넣고 화장장을 돌아서는 내 앞에는 종점을 알 수 없는 길이 하염없이 뻗어나가고 있었다. 고달픈 영혼의 여정을 삶으로써 밀고 나가야 할 그 길의 이름은 '방황(彷徨)'이었다.
　그때 내 교복의 안주머니에는 지갑 대신 늘 그만한 크기의 수첩이 꽂혀 있었다. 좀 우아하게 일컫는다면, 그것은 명상을 갈무리해 두는 비밀의 기록장이었다. 멍청히 먼 데를 자주 바라보는 수업시간이든 혼자 거리를 배회하는 동안이든 책을 읽는 중이든 가슴을 패는 어떤 사색의 한 가닥이 떠오르면 나는 그 수첩을 펼쳐서 가지런히 언어로 포착해 놓았다. 또 그것을 자꾸만 되풀이로 읽곤 했다. 그래서 몇 마디는 아직도 온전히 기억의 한 갈피에 찍혀 있다.

　한 알의 풀씨가 푸른 하늘을 간직하고 있다면 풀씨를 남긴 꽃이 항상

하늘을 우러러보고 있었기 때문이다.

사색은 고독의 밥이다. 사색이 없다면 고독은 부질없는 허무이다.

방황은 영혼의 길이고, 타락은 욕망의 길이다.

인간이 신의 피조물이 아니라 신이 인간의 피조물이다. 까마득한 어느 시대부터인가 인간사회는 인간의 욕망을 길들일 수 있는 어떤 절대적 가치와 죽음에 대한 인간의 두려움을 다스릴 수 있는 어떤 절대적 존재의 필요성을 절감하게 되었을 테고, 바로 거기서 신을 잉태하게 되었을 것이다.

생텍쥐페리의 '어린 왕자'와 '늑대'가 나에게도 일러준 '길들이다'라는 단어에 열흘쯤 매달려 있었다는 기억을 남긴, 할머니의 자결과 아버지의 죽음이 내 존재의 척추를 관통한 그해 가을로부터 꼬박 이태 동안 나는 뿌연 막걸리를 일용의 양식(糧食)으로 삼고 있었다. 교복은 언제나 거추장스런 구속의 옷이었다. 그래서 풋청년의 '삶의 양식(樣式)과 교칙(校則)'은 부단한 불화로 점철될 수밖에 없었다.

박사학위를 받는 과정까지 도합 이십여 년에 걸친 '학생 생활'을 통틀어 이른바 시험공부를 위해 '꼬박 보름 동안' 눈에 불을 켠 적이 있었다. 그것이 처음이자 마지막이었다. 고2 때였다. 원양어선이든 상선이든 배를 타고 해외로 떠돌겠다는 비밀의 설계에 따라 담임선생님에게 자퇴서를 내밀고는 내리 학교를 빼먹으며 '떠날 자금'을 마련한답시고 일용 품팔이로 나서고 있던 내가 농약을 먹겠다는 홀어머니의 결연한

의지 앞에서 외아들의 쥐뿔같은 효심을 발휘해 간신히 생각을 바꾸고 다시 교실로 돌아간 날이었다. 장대처럼 빼빼하고 훌쩍 솟아난 담임선생님(성함도 독특하여 잊을 수 없는 '김용팔')이 나지막한 체구의 '돌아온 방랑자'를 교무실로 불러서 진지하게 말씀하셨다.

"나는 두 달이든 석 달은 기다릴 각오였는데, 이제 돌아왔으니 술만 일등 하지 말고, 공부도 일등 해봐라."

나는 무턱대고 쉽게 대답했다.

"예."

그리고 며칠 뒤에 전 과목이 등장하는 '중간고사' 일정표가 공고되었다. 여유는 보름 남짓. 나는 하루에 4시간씩만 잤다. 일요일엔 무려 18시간에 걸쳐 책과 씨름하는 기록도 세웠다. 수업시간에 제대로 귀담아 들은 적 없었던 물리는 아예 가장 난이도 높은 문제집을 골라 달달 외어 버렸다. 모방의 응용이랄까, 이게 큰 역할을 해줬다. 갓 교편을 잡은 젊은 교사가 일부러 매우 어렵게 출제한 물리시험에서 우등생들을 보기 좋게 따돌렸던 것이다. 인문계 전체 일등. 우리반 친구들이 환호성을 지르고 박수를 쳤다. 김용팔 선생님은 더 기뻐하셨다. 이틀 연속으로 종례시간에 저 칭찬과 환희와 보람의 웃음꽃을 활짝 피우셨다. 나는 쑥스러우면서 뿌듯하고 뿌듯하면서 쑥스러웠다. '어려운 약속'을 지켜냈다는 것에 스스로 대견스럽기도 했다. 약속을 중히 여기는 내 성미는 그때 이미 내 안에 자라나고 있었던가 보다.

누군가 실수로 밤하늘에 쏘아올린 폭죽 한 방이었다고나 할까. 꼭 그런 꼴의 결과를 얻었던 것이 야무지게 덤볐던 내 '시험공부'의 전부라고 고백했지만, 그 약속을 실천한 뒤부터 나는 다시 영어 단어도 수학 공식도 막걸리 사발 속에 빠뜨리고 말았다. 머리는 상념의 회색 언어들로 그득하고, 몸짓은 '농땡이' 기질로 넘쳐났다. 물론 의대생 고시생 또래들이 입시준비에 바친 시간과 노력에 뒤지지 않을 수준의 길고 치열한 방황이었으니 나의 그 시간 총량이 그들의 그 시간 총량에 못 미칠 것이라 생각하진 않는다. 단지 한 줄의 선명한 밑줄같은 후회는 남아 있다. 영어공부마저 팽개치진 말 것을, 이것이다.

고3의 가을을 나는 〈지치고 병든 벌레의 몸뚱이처럼/서늘한 꽃무덤에 파묻혀/영원의 잠으로 초대받고 싶은 계절〉이라 읊조리고 있었다. 정상적인 인문계 고3이라면 누구나 피를 말려야 하는 계절, 나는 아버지의 육신을 불태운 화장장 굴뚝 너머로 핏빛 저녁노을을 바라보면서 저렇게 맹랑한 허무의 넋두리를 쓸쓸히 읊으며 어정거리곤 했다.

고1 여름부터 학교 성적에 조금도 연연하지 않는 대신 존재와 소멸의 모순관계에 휘둘리는 사색의 시절, 교과서에 무관심한 대신 『짜라투스트라는 이렇게 말했다』, 『죄와 벌』, 『의지와 표상으로서의 세계』 등 제대로 이해하지 못했을 책을 가방에 넣고는 잔뜩 어깨를 웅크린 채 터덜터덜 헤매는 시절, 영어 단어와 세계사 연대표를 외지 않는 대신 뿌연 막걸리에 취해 한국 대중가요 반세기를 섭렵하는 시절, 내 영혼으로 굴절되어 들어오는 모든 감상(感想)을 언어로 채집하는 데 몰두하는 시절. 이것이 나의 고교시절이며 문학의 이름으로 돌아볼 수밖에 없는 우울한 풋청년의 초상이다.

드디어 가시면류관처럼 나를 괴롭힌 교모(校帽)를 벗어던질 날이 눈앞에 다가왔다. 할머니와 아버지를 영결한 도로변의 허술한 가옥에서 제법 공부하는 냄새를 풍겨주는 내 방의 앉은뱅이책상, 여기 서랍 속에는 내 언어를 채집한 수첩들이 쉬고 있었다. 바로 그것들이 풋청년의 시(詩)를 낳는 자궁이기도 했다.

졸업장 외엔 아무 것도 받을 게 없는 졸업식. 농땡이 친구들이 나에게 농담을 던졌다.

"이대환, 최다 결석상 달라고 해라."

나는 그냥 웃었다. 위로를 담은 그들의 계산이 옳았다. 유기정학, 무기정학, 퇴학보류 등 교칙위반에 대한 처벌기간들이 몽땅 결석일수로 잡힌 데다 2학년 때 자퇴 설계의 결석일수도 있었으니 아마 480명 중 '최다 결석자'였을 것이다.

나는 졸업의 마지막 절차로 나를 각별히 보살펴주신 두 선생님을 뵈러 교무실로 향했다. 현관에 올라서는데 문득 내가 고3 되는 절기에 멀리 대구의 다른 학교로 전근 떠난 김용팔 선생님의 모습이 앞을 막아섰다. '스마트폰'이라는 말이 공상과학만화에도 등장하지 않았던 시절. 나는 상상만 했다. 다른 선생님들께 나의 '무사 졸업' 소식을 들으셨을 테지.

이따금 나를 상담실로 부르셨던 윤리 선생님이 정색하여 가로되, "자네한테 졸업장은 우등상장보다 훨씬 귀한 줄 알아라. 교직생활 20년 만에 나보다 더 늙은 학생을 졸업시키는 것은 자네가 처음인데, 그러니 앞으로 무조건 모교에 감사해야지."

시를 쓰는 국어 선생님이 미소를 머금고 가로되, "따분해 보이던 눈에 오늘은 싱싱한 활기가 고였구나."

두 선생님 앞에서 나는 머리만 긁적거렸다. 유난히 국어 선생님을 향한 감사의 마음이 깊었다. 교칙과의 불화로 고2 겨울에 유기정학을 받고 고3 초여름에 무기정학을 받은 내가 그해 초겨울 퇴학의 위기로 내몰렸을 때, 그분은 교장실에서, "이 학생은 장차 모교의 명예를 해치지 않을 것입니다. 문학의 심혼을 갖추었기 때문입니다. 이것을 저는 교사와 시인의 양심으로 보증할 수 있습니다."라는 호소와 주장을 펼쳤다고 한다. 그분이 내게 들려준 것은 아니고 다른 선생님이 내 친구에게 살짝 건넨 귀띔이었는데, 감히 내가 확인의 질문을 해볼 수야 없었다. 그저 감사드릴 따름이었다.

언어의 세계와 만나지 않았더라면 할머니의 자결과 아버지의 죽음이 풋청년을 '방황'이 아니라 '타락'의 길로 안내했을 고교시절, 요행히 나는 나의 세계를 이해하고 감싸주는 선생님들 덕분에 졸업장을 받으며 마감할 수 있었다. 이 무슨 보은(報恩)이랴마는, 작가의 길을 가는 내가 졸저의 약력에 '포항고교 졸업'을 밝히는 까닭은, 그 보잘것없는 것이 모교의 명예에 조금도 보탬이 되지 않는 세상일지라도 '졸업으로 끌어준 은사에 대한 감사'의 뜻을 표하려는 것이다.

고교 교문을 등지고 나선 그 시간에는 또 다른 행운도 나를 기다리고 있었다. 고교 시절을 통틀어 내가 최초로 진지하게 펼쳐본 『진학』에서 중앙대학교 문예창작학과라는 아주 특이한 대상을 발견했던 것이다. 정말이지 그 '발견'이 없었더라면 나는 대학생은 되지 못했을 터. 이런 경우를 '우연'이 아니라 '운명'이라 한다면 유감없이 동의하겠다.

'창'을 쓰고 한강에 '방뇨'한 뒤 '눈먼 홍이'를 불러주다

본고사 점수 비중이 압도적으로 높고 예비고사 반영률이 아주 낮았던 중앙대 문창과. 이 조건이 나에겐 유리했다. 예비고사 점수의 '서울 지원 가능 커트라인'(1977년엔 이런 제도가 있었다)을 어설프게 허들 넘듯 어렵사리 뛰어넘었던 것이다. 본고사 시험시간에 받아든 국어 영어 두

과목 시험지. 왠지 술술 풀렸다. 시를 택한 실기시험도 나에게 웃는 낯을 보였다. 시제(詩題)가 '창'이었다. 고3 가을에 내가 쓴 시들 중에 '문'이 있었다. '창'으로 시 짓기에 한참 골몰하고 있던 내가 어느 순간 엉큼한 미소를 머금고 말았다. 왜 이 고생이지. 문이나 창이나 비슷한 이미지니까 그 시에서 '문'자만 '창'자로 갈아 끼우면 될 걸. 그 자리의 나는 '문'도 다른 나의 시들과 함께 가지런히 기억하고 있었다. 내 수첩들의 숱한 언어를 기억하듯, 그렇게.

이래서 문창과의 '문'이 나에게 열렸다. 교칙과의 불화가 종식된 대학시절을 나는 '시대와의 불화' 무대로 맞지 않았다. 개발독재가 절정으로 치달은 유신체제 종반기에 대학생활을 시작했으나 허무주의 낭만주의 탐미주의 따위들이 '짬뽕'으로 뒤섞인 회색 세계를 헤매는 나의 청년문학 지대에서 시대와 현실은 멀리 떨어져 있었다.

죽음의 냄새를 따라 문학의 문을 열고 들어가서 십대 후반기 풋청년 시절을 고통스레 비틀비틀 통과한 나는 이십대의 두 번째 가을을 맞아 입시 고사장에 시제로 등장했던 그 「창」을, 내 영혼에 박힌 한 줄기 빛 —대낮의 언덕에서 사금파리 조각이나 거울 조각이 반사한 외줄기 햇빛의 이름으로 절절히 불렀다.

> 그림자가 없는 나는 답답해요.
> 누가 검은 종이라도 붙여줘요.
> '詩'라고 색종이로 오려 붙여
> 그게 내 그림자라곤 제발 말아요.
> 그럴 바엔 산산이 깨어질래요.

대낮의 언덕에서 분수처럼 뛰는 햇빛,
그게 나 홀로 외치는 내 이름이라오.
그림자를 찾는 눈물 마른 절규라오.

이 책의 들머리에서 '작가의 말'을 대신하고 있는 「창」이 부끄러울
것도 자랑스러울 것도 없는 스물한 살 내 푸른 영혼의 자화상이다. 어
디에 역사와 현실이 있는가? 그 얼룩조차 묻지 않았다.
그리고 아직은 '생태'란 말도 아득히 몰랐으나 한강(漢江)에다 오줌을
갈겨 버렸다. 졸시 「방뇨」의 전문이다.

청명한 가을 한낮
한강에 오줌을 갈기노니
일주일 뒤 생일 아침
하숙집 식탁에 오를 숭늉이어
제발 내 오줌이기를 비노라.
아니면 오줌이어
목쉬고 캄캄한 강물의 노래에 스몄다가
저 노래들이 먼 바다에 모여
기어이
검은 바위로 솟아오를 때
새똥에 섞여온 풀씨 한 톨 뿌리 내릴
옥토 한 줌을 일구어다오.

한강에 오줌을 갈겨준 그해(대학 3학년) 늦가을 어느 저녁, 며칠 포항

에 내려와 있던 나는 오랜만에 형산강 강둑을 걸었다. 유년의 추억을 묻은 포항제철 쪽 강둑이 아니라 어린 날에는 밟아본 적 없는 시내 쪽 (포항시 해도동 옆) 강둑을 따라 하구로 내려가다 우뚝 멈춰 섰다. 내 영혼에는 '아버지가 발견한 강보의 아기'와 '익사한 동갑내기 눈먼 고아'가 동일 인물로 존재한다는 사실을 전광석화로 깨달은 찰나였다. 그 아이의 고운 웃음이 내 영혼에 영영 시들지 않을 꽃송이로 피어 있다는 사실도 알아차리게 되었다. '갱빈'의 두 아이는 나이 차가 크건만 참으로 신묘한 조화처럼 내 안에는 일심동체의 한 아이로 부활해 있었다. 한참만에 다시 느려터진 발길을 옮기는 나는 부르지 않을 수 없는 노래를 부르듯 「눈먼 홍이」라는 시를 쓰고 있었다.

내 안에서 일심동체의 한 아이로 거듭나긴 했으나 1968년 여름 형산강에서 멱을 감다 겨우 열 살만 채우고 생을 마친 아이, 형산강 강물에 가루로 뿌려진 그 장님 고아의 이름을 나는 성도 없이 그저 '홍이'라 지었다. 아주 늦었지만 진혼의 노래를 바치려면 그의 이름부터 불러줘야 한다고 생각했던 것이다. 그날 저녁 형산강 강둑을 걷는 사이에 태어난 시 「눈먼 홍이」는 몇 년 더 지나서 종이에 활자로 박혔다.

오래 잊었다가도 한 번 부르기만 하면
괜스레 목 잠기는
이름 하나는

내 좁은 가슴에 못 박혀
인제는 사랑도 노래도 정녕 뽑을 수 없는
그 이름 하나는

내 어릴 적 분교 마을
눈먼 홍이의 앞니 빠진 웃음

베트남 땅 밀림의 폭우 속
마지막 네 이름을 불러본
얼룩무늬 아버지의 찢어진 절규가
부산항 떠나는 날 뱃고동 소리처럼
남녘 바람결에 아스라이 묻어올 적마다

봉숭아 꽃봉오리 펼치듯
송이송이 피어나는
눈먼 홍이의 앞니 빠진 웃음

첫 닭이 울도록
은행잎 노오란 꿈은
서리 묻은 땅을 덮는데

수녀원 철문 밑에
돌 지난 너를 버려두고
앙 앙 앙 목 끊어 울어대는 너를
호올로 버려두고
하얀 신작로 따라 자박자박 잠기어 간
엄마 발자국 소리
꿈결의 물살처럼 다가올 적마다

피멍울음 삭여 삭여
눈물 대신 맺히는
눈면 홍이의 앞니 빠진 웃음

오오래 잊었다가도
어느 가을 해질 무렵
다시 유년의 강둑에 앉아 소리쳐 불러 보면
갈대꽃은 예처럼 새하얀 갈채로 쏟아지는데
너를 재운 형산강에 불은 붙는데
차마 울음이 되지 못하는 홍아

죽은 네 아비의 눈동자는
강 건너 공장의 한 톨 불빛으로 살아오건만
어딜 갔나 외톨박이
눈이 먼 나의 홍아!

소설 그리고 시대

나는 마흔한 살(1999년) 겨울에 '20세기 그 겨울의 시대에 얼어터진 상처로써 오히려 들꽃 같은 삶을 피워낸' 우리 어버이의 삶으로 『겨울의 집』을 다 지은 다음, 작가 후기에서 천연덕스레 적고 있다.

이념이 인간의 조건을 만드는 것이 아니라 인간의 조건이 이념을 창조한다는 믿음, 이것은 인간을 신뢰하러 나가는 최후의 통로이다. 그리고 문학의 원초적 반체제성이 내 또래나 후배 작가들의 정신에 싱싱하게 되살아나는 날이 오기를 기다리고 희망한다.

'창'을 쓰고 한강에 '방뇨'하고 '눈먼 홍이'를 불러준 청년문학에서부터 저 발언에 이르기까지, 그 거리를 가늠하자니 아찔하게 멀어 보인다. 스물한 살과 마흔한 살, 그 스무 해 세월만큼이나 아득한 길이 두 세계관을 꾸불꾸불 연결하고 있을 것이다.

언제였나. 내가 소설을 처음 써본 때가…….

1979년 12월의 마지막 날을 잊을 수 없다. 대학 3년을 마친 그 겨울, 나는 고교시절에 일 년 선배로 만난 정영상과 시골 우리집 내 방에서 동숙자처럼 보내고 있었다. 전교조 해직교사 시인으로서 〈봄은 화염병으로부터 온다〉고 외치더니, 〈행복은 성적순이 아니다〉고 부르짖더니, 그 봄 그 행복의 한 자락도 제대로 잡아보지 못한 채, 아니, 두 꼬마의 애비 노릇도 해주지 못한 채, 바보같이, 기껏 서른일곱 살(1993년 4월)에 느닷없이 숨을 멈추고 고향마을 산자락에 외로이 누워버린 순정의 시인!

그해 12월 방학하기 바쁘게 나는 서울에서, 정영상은 공주에서 고향(포항)으로 돌아왔다. 우리 둘은 쌓인 회포를 핑계 삼아 젓가락 장단을 두들기며 엉망으로 마셔대는 술자리에서 제법 우쭐한 기분에 갇혀 '신춘문예 시 당선' 내기를 걸었다. 나는 서울의 한 신문에 보낸 「오뚜기를 보며」에 회심의 기대를 걸었다. 첫 연은 여전히 뚜렷하다.

오뚝이를 바라보면 도립의 욕망이 끓어오르고

내가 물구나무를 서 있는 것처럼
똑바로 선 그가 불안하고 힘겨워 보인다.

기다리는 전보는 끝내 오지 않았다. 망년으로 밤샘 술을 마신 우리는
새해 아침에 응모한 신문을 찾았다. 정영상은 이름이 없고 그래도 내
이름은 최후심에 거론돼 있었다. 정영상보다 내가 더 아쉬워하고 더 속
상해했다. 더구나 심사위원의 한 분이 강단에서 나를 귀여워해주는 구
상(具常) 시인이었다. 봄날에 개학해서야 스승은 이런 귀띔을 해주셨다.
동료 심사위원이 이 친구는 젊으니 다음이 어떻겠느냐고 해서 그리 따
랐으니 섭섭해도 섭섭해 하지 말고 자만하지도 말고……. 아마 스승은
'자만'을 염려하셨을 것이다.

그러나 나는 벌써 '시'에 대한 자만을 염려하지 않을 문학청년으로
변신해 있었다. 1980년 새해 첫날, 두툼한 대학노트 한 권과 모나미 볼
펜 한 통을 사들고 시골 방구석에 틀어 박혔다. 두어 달포를 거의 두문
불출로 지냈다. 지칠 줄 모르고 깨알 같은 글씨로 노트를 채워나가면
서……. 국제펜(PEN)클럽한국본부의 장편소설 현상공모 공지를 보고는
무조건 덤볐던 것이다. 4월엔가 당선 통지를 받았고.

그렇게 좀 어처구니없이 소설과 인연을 맺은 나는 졸업을 앞두고 귀
향했다. 더 미룰 수 없는 병역의무가 청춘을 기다리고 있었다. 해병사
단에서 3주 훈련을 받고 곧바로 해안초소에 배치되었다. 첫 야간경계
근무를 마친 아침, 오래된 불문의 공식처럼 진행하려는 이른바 '기념
빠따'. 나는 지체 없이 벌떡 일어나 출퇴근의 길을 따라 줄행랑쳤다. 그
리고 그날 한낮에 찾아온 전령에게서 '구타금지 언약'이라는 전갈을 듣
고 이튿날 저녁 근무시간에 맞춰서 묵묵히 초소로 나갔다. '가장 기합

빠진 방위병'의 꼬리표를 달고 살아간 여섯 달. '부선망(父先亡) 독자(獨子)'의 규정에 따라, 다시 말해 '아버지 없는 외아들'을 위한 국가의 배려에 따라 보충역 여섯 달로 군복을 벗은 신출내기 소설가. 또래들보다 스무 달쯤 군복을 빨리 벗었으니 이건 아무래도 일찍 세상 떠난 아버지의 선물이라 해야겠다.

방위병에서 벗어난 나는 서울 언론계 취직에 대한 미련을 싹둑 잘라 버리고 여섯 달 전에 귀향할 때의 결심 그대로 고향에서 교편을 잡았다. 신설 사립 고등학교였다. 채용 과정의 고비는 '고교 생활기록부 사본 제출'이었다. 일 년 전에 나왔던 '장편소설 당선' 관련의 기사들이 가장 유력한 응원이라면 그것은 가장 불리한 약점이었다. 역시 뜻이 있는 곳에 길은 있었다. 그 서류를 떼러 모교를 찾았더니 '고등학생 이대환'을 잘 아는 선생님이 교감선생님으로 계셨다. 그분이 내가 지원한 신설 학교의 설립자(이사장)와 아주 만만한 사이였다. 두 사람이 통화를 했다. "쓸데없는 서류 가지고 귀찮게 하지 말고, 좋은 인재나 놓치지 마라." 이래서 그 문제투성이 서류는 내밀지 않게 되었다.

내가 고교시절에 선생님들에게 받은 은혜를 후배들에게 갚아주려 했던 교사시절, 바야흐로 나는 시대의 지평 앞에 서 있었다. 그 학교에서 내가 국어와 한문을 가르친 서른 달 동안, 아, 이사장은 자기 선배인 그 교감을 얼마나 자주 원망했을까……. 막심 고리키의 『어머니』, 니콜라이 오스뜨로프스키의 『강철은 어떻게 단련되는가』, 『러시아혁명사』, 『중국의 붉은 별』, 『호지명』 등등이 내 머리맡에 쌓여 있었다. 한국 장편소설들 중에 감동을 안긴 것은 신상웅(辛相雄)의 『심야의 정담』이었다. 작가정신이 당대와 어떻게 맞서야 하는가? 그 작가, 그 작품은 오늘도 나에게 변함없는 대답의 하나다.

"우리는 끝까지 지켜서 있어야만 해."

현대사의 격랑에 휩쓸린 젊은이 셋의 험난한 역정을 추적한, 그래서 제목에 '정담(鼎談)'이 붙은 그 작품의 마지막 문장이었던 것 같다.

내 안에 걸린 무지개

내가 『겨울의 집』을 짓기 시작한 1997년 겨울이었다. 그해 겨울은 시인 정영상이 목련꽃 떨어지듯 느닷없이 고향의 흙으로 돌아가고 나서 다섯 번째로 돌아온 겨울이었다. 어느 밤이었다. 술을 입에 못 대는 한 제자와 시장 골목의 술집에 앉아 있던 내가 문득 택시를 잡아타고 정영상의 묘소로 달려갔다. 정영상의 시편들을 읽었다는 제자도 따라붙은 그날 밤, 나는 그의 무덤 앞에서 얼마나 울었는지 모른다. 슬픈 통곡이었다. 그런데 얄궂은 노릇이었다. 울음과 눈물에는 정화(淨化)의 마력이 있다더니, 비로소 펄펄 끓곤 하던 그리움이 내 안에서 엔간히 다스려졌다.

정영상의 유택 곁에는 해마다 목련꽃이 피어난다. 몇 년 전에 나는 그의 기일을 앞두고 상석 위에 술잔과 함께 육필로 쓴 「목련꽃」이라는 시를 놓았다. '일찍 떠난 정영상에게'라는 부제를 달지 않을 수 없었던, 여기 처음 인쇄되는 그 짧막한 시는 그날 밤의 통곡이 다스려준 뒤에 남은 '잔잔한 그리움'이었다.

아직은 별들이 길을 잃지 않아

올해도 어김없이

그대 없는 봄은 돌아오고

내 마음 빈자리엔

다시 목련꽃이 피어나네.

『겨울의 집』을 다 지은 마흔한 살, 나는 '남은 길은 더 멀기'를 바라면서 '먼 길이야말로 축복'이라 확신했다. 어차피 인생의 길은 종점이 있어도 작가정신의 길은 종점이 없을 테니까.

내 삶에 '개띠'가 네 바퀴를 돌고 다섯 바퀴째를 절반도 훨씬 더 지난 요새도 나는 당대를 활보하는 야만에 맞서는 일이 진정한 작가정신의 운명이기를 꿈꾼다. 민족분단과 휴머니즘, 물신숭배와 분배정의, 과학기술과 인문정신, 시장경제와 생태주의……. 그들 사이에 세워진 모순의 장벽에 끊임없이 구멍을 내려는 작가정신은 오늘날의 '말라비틀어진 인간관계'에도 막걸리나 생수와 같은 역할을 감당할 것이다.

그리고 나는 청춘의 다섯 해 남짓, 죽음의 냄새에 마취된 열일곱 살 때부터 「창」을 쓴 스물두 살 때까지, 그 음주와 방황과 낭만의 시절을 여태껏 그래왔듯 앞으로도 언제까지나 늘 소중히 간직할 것이다. 내 인간성의 확고한 터전을 닦아준 계절들이었으니 그것이 허물어지면 내 실존의 기반도 허물어질 수밖에 없다.

그런데 야릇한 노릇이다. 그 터전 위에는 바래지지 않고 나부끼지 않고 무너지지 않는 무지개가 걸려 있다. 그 크기를 잴 수는 없어도 일곱 가지 빛깔의 정체를 헤아릴 수는 있다.

조개사냥, 보리밥 담은 박 바가지의 새까만 파리들과 짝꿍 계집애를 위한 샛노란 은행잎들, 천둥 번개 치고 소낙비 쏟아지는 바다의 아슬아슬한 소 헤엄, 친구 손에 잡힌 어미 노고지리의 슬픈 눈빛, 국산 엿을 빨게 해준 미제 쇠붙이 탄광, 버려진 강보의 아기와 낙하산, 익사한 눈먼 고아…….

어느덧 머리칼이 희끗희끗한 내 안에 걸린 무지개는 틀림없이 그런 빛깔들로 이뤄져 있다. 지금은 한 점 자취조차 찾을 수 없이 깡그리 사라진 '갱빈'이 남긴 선물이다. '갱빈'을 세계일류 제철소로 바꾼 최고 일꾼 박태준(朴泰俊). 어쩌면 그 무지개가 나에게 그의 평전 『세계 최고의 철강인 박태준』을 쓰게 했는지 모른다.

쓸쓸한 날에 나는 내 안에 걸린 무지개를 바라본다. 어느 해 세모였나. 개띠 새해가 다가서는 때에 한참 나의 무지개를 바라본 나는 잔뜩 목에 힘을 넣어 '새로 서른 살 먹는 후배들'에게 흰소리마저 떠들었다.

문제는 그대들이 억압을 억압으로 느껴야 한다는 것이다. 뭐가 억압이냐고? 얼른 찍어도 남북분단과 북녘의 집단주의 광기와 남녘의 물신숭배 열기와……. 그러므로 서른 살들이여, 공자의 이립(而立)을 정중히 물리고 루소의 '삼십대여, 쾌락을 경계하라!'는 경고를 영혼에 새기라.

듣는 귀가 있든 없든 공허하게 컹컹 짖는 심야의 수캐처럼, 나는 듣든 말든 하고 싶은 말을 늘어놓았다. 늙기도 전에 '꼰대' 노릇을 하려고 안달 부린 꼴이었지만, 고백컨대, 〈하루에 사상이 하나씩 죽는 남자〉, 에즈라 파운드의 시(詩) 한 줄과 같은 일월을 쌓지 말아야 한다는, 야무지게 해본 자기 다짐이었다. 또한 그것은 스승이 나에게 일깨웠던 정신을 후배들에게 물려주려는 마음이기도 했다. 내가 대학 4학년이었을 때 교수와 학생으로 첫 인연을 맺어 어느덧 서른여섯 해도 더 흘렀으나 언제든 한결같이 작가정신의 엄부(嚴父)인 동시에 허물없는 술친구인 신상웅, 그가 삼십대를 위해 경종을 울려주는 에세이 「삼십대론」에서 루소의 저 경고까지 인용했던 것이다.

　과연 나는 서른 살 먹는 후배들을 훈계하려 덤볐던 그 기백으로 남은 생의 날들을 완주할 수 있을까? 그리고 살아가노라면 관절에 심한 무리가 덤벼들겠지. 뒤통수엔 더럽게 까칠한 인간이라는 손가락질들이 달라붙겠지. 다만, 나는 내 안에 걸린 무지개를 숨겨둔 필생의 연인처럼 가끔씩 남몰래 바라볼 생각이다. 그때마다 수녀들의 다듬이질 방망이가 창조한 그 음악 소리도 신비한 배경음악으로 은은히 깔릴 테니…….

강(江)에게 쓰는 편지

내 어린 가슴에도 주머니는 있었답니다. 아무도 몰래 간직하고 싶었던 비밀의 소망을 숨겨둔 곳이었지요. 지금쯤 그것은 먼 바다에서 한 마리 고기로 떠돌고 있을까요? 서녘 하늘이 홍시 빛으로 물든 고요한 어느 해질 녘, 고사리손으로 만든 종이배에 실어서 아무도 몰래 형산강(兄山江)에 띄웠던 내 비밀의 소망! 그날, 찰랑이는 물결 위에 종이배를 내려놓은 그 기구(祈求)의 손길로 나는 오늘 이 편지를 씁니다. 강(江), 그대에게.

딱딱하고 조그만 의자에 앉아 선생님이 분필로 그린 칠판의 지도를 쳐다보고 있었던 소년 시절의 환한 하루였지요. 그대는 드디어 내 눈앞에 문명의 어머니로 등장했습니다. 세계 4대 고대문명의 발상지. 이집트 문명의 나일강, 메소포타미아 문명의 티그리스강과 유프라테스강, 인더스 문명의 인더스강, 황하 문명의 황하. 선생님이 결론을 곁들였답니다.

"강이 있어서 찬란한 고대문명이 탄생하고 발달할 수 있었다."

이 한 말씀이, 강과 문명은 불가분의 관계라는 하나의 확고한 고정관념으로 내 기억에 압정처럼 박혔습니다. 그리고 그대를 잊어먹은 세월이 하염없이 흘러갔습니다.

그 쇳조각 같은 기억에서 별안간 어떤 생명력이 꼬물대는 느낌을 받은 내 생의 절기(節氣)는 '십대'를 졸업할 즈음이었던 것 같습니다. 그때서야 비로소 '젖줄'이란 말을 그대에게 선사했던 것이지요. 강은 문명의 젖줄, 강은 도시의 젖줄. 머리칼이 병사처럼 짧아야만 했던 교복의 억압을 훌훌 벗어던진 갓 스무 살의 봄날, 귀밑까지 덮은 장발을 바람결에 날리며 어떤 의례에 집중하듯 한강(漢江)을 바라보고 있자니, 시골 청년의 눈에도 그대의 위용은 틀림없이 문명과 도시의 젖줄이었습니다.

그해 가을에는 강가를 따라 걷는 날이 많았습니다. '강'에 바치는 연작시를 쓰려고 그대와 긴 대화를 나누었던 겁니다. 청춘의 나는 참으로 아둔했나 봅니다. 연탄빛으로 흐르는 그대의 모습을 지켜보며 마치 내 폐가 그 빛깔로 병든 것 같은 고통을 처음 겪은 때는 그로부터 이태나 더 지난 가을날이었으니까요.

그때는 내가 스물한 살 먹는 생일을 앞둔 어느 한낮이었습니다. 명수대 앞 강가를 거닐다 오래 참아온 오줌을 누듯이 「방뇨」란 시를 읊었는데, 그것은 내가 이 세상에 태어나 최초로 들었던, 무어라 형언할 수 없는 신음소리 때문에 내 푸른 영혼이 거의 저절로 북처럼 울린 사건이었습니다. 오죽했으면 〈하숙집 식탁에 오르는 숭늉이 내 오줌이길〉 바란다는 풍자를 했겠습니까만, 그래도 〈내 오줌〉이 생명 없는 〈검은 바위〉에다 〈새똥에 섞여온 풀씨 한 톨 뿌리 내릴 옥토 한 줌을 일구어〉 주기를 빌었습니다.

그대의 연탄빛 신음소리를 나는 〈목쉬고 캄캄한 노래〉로 듣고 있으면서도 이상(理想)을 버리면 숨 쉬기조차 벅찼던 싱싱한 청춘답게 차라리 〈내 오줌〉에 희망을 걸었나 봅니다. 그리고 고백하겠습니다. 바로 그 자리에서 나는 그대의 이미지를 장식하고 장악해온 '문명'과 '젖줄'이란 말에 매우 불순한 혐의를 품었습니다. 문명과 젖줄이 개발과 파괴를 정당화하기 위한 심리적 기제로 악용되고 있었구나. 대강 이런 내용이었습니다. 아직은 이 나라에 생태운동이나 환경운동이 사회적 시민적 차원에서 일어나기 전이었고, 나는 그쪽 방면의 선구자가 아니어서 생태란 말도 환경이란 말도 무겁게 받지는 못했습니다.

대학을 졸업하고 서울을 떠났습니다. 내 가슴으로 가느다란 외가닥의 강물을 흘려 보내준 한강과 기약 없는 이별을 했습니다. 고향으로 돌아왔습니다. 교편을 잡았습니다. 강을 건너가고 건너오는 새로운 일상이 시작됐습니다. 어린 시절에 그 종이배를 띄웠던 형산강과 재회한 것이었습니다. 휘적휘적 쫓기고 몰리며 살아가는 날들이 강물 속의 구름처럼 덧없이 지나갔습니다.

아마도 스물일곱 살의 생일 무렵이었던 것 같습니다. 퇴근하는 발길이 홀로 강가에 닿았습니다. 참으로 오랜만에 그대를 만나러 갔던 것입니다. 내 영혼에 새기는 각오를 고백할 상대가 어린 내 눈시울을 적셔준 형신강이었습니다. 마침 그대는 별빛을 받으려고 먼저 어둠을 받는 중이었습니다. 나는 나를 타이르듯 나에게 속삭였습니다.

"세계와 시대와 인간을 통찰하는 일에 촉각을 곤두세우고 있어도 마음 한 구석에는 어떤 종류의 계산도 할 줄 모르는 의자를 놓아둬야 한다."

그날 이후, 나는 가끔씩 그대를 찾아갔습니다. 내가 찾아갈 때마다 늘 저녁노을이나 저녁어스름을 스님의 가사(袈裟)처럼 걸치고 있던 그대가 단 한 번 나에게 말을 걸어왔습니다. 아닙니다. 그게 아니었습니다. 내 귀밑머리를 스쳐 지나가는 강바람에 까마득히 잊고 지내온 이름 하나를 실어 보냈습니다. 싯달타. 순간적으로 내 온몸에 소름이 돋았습니다.

참 야릇한 노릇이었습니다. 어쩌면 환상이었을 테지요. 낯선 사문(沙門) 한 사람이 노을에 물드는 강물을 지켜보고 있었습니다. 바로 내 곁에 서서 말입니다. 말을 걸거나 손을 잡거나 그럴 수는 없었습니다. 그러나 형언할 수 없도록 정중한 재회였습니다. 우주에 흐르는 신묘한 인연의 자장(磁場) 한 가닥이 내 심장 속으로 전류처럼 흐르는 짧은 시간이었습니다.

고교시절에 읽었던 헤르만 헤세의 『싯달타』와 하루에 한두 시간씩 재회하여 상상의 대화를 나눈 그해 가을, 이 장면은 결코 잊지 못할 것입니다. 기나긴 방황의 여정을 거의 마친 뒤 이윽고 늙어가는 싯달타는 묵상 속에서 흐르는 강물의 소리에 귀를 기울이게 됩니다.

그는 정답게 흘러가는 강기슭에서 수정과 같이 투명하고 신비로운 물결을 물끄러미 들여다보았다. 강은 여러 가지 눈초리로 그를 바라보고 있었다—혹은 푸른 눈, 흰 눈, 혹은 수정 같은 눈, 혹은 하늘빛 같은 눈으로 보고 있었다. 오, 그렇다. 그는 그 강물의 가르침을 배우기 위해 귀를 기울였다. 이 흐르는 강물을 이해하는 사람은 다른 모든 인생의 비밀을 이해할 수 있을 것 같았다.

그리하여 마침내 싯달타는 말합니다.

　"모든 창조물의 소리들이 이 강물 속에 있소. 만일 그 수천 가지 소리를 동시에 들을 수 있다면 강은 당신에게 무슨 소리를 할까요?"

여기에 이르러서야 나는 새삼 깨달았습니다. 문명과 젖줄이라는 강의 이미지가 강을 고통과 죽음으로 몰아넣는 심리적 기제로 악용되어 왔다는 내 불순한 혐의가 옳았다는 것을, 연탄빛 강물에는 창조물의 소리들이 살 수 없다는 것을, 강물의 연탄빛은 창조물의 소리들이 죽은 빛깔이라는 것을.

물론, 바뀔 수 없습니다. 그대가 문명과 도시의 젖줄이란 것은 누구도 부인할 수 없는 엄연한 사실입니다. 그러나 문명과 도시가 그대를 병들게 하고 그대의 유장한 흐름을 파괴하려 한다는 것도 모두가 인정할 수밖에 없는 위험한 현실입니다.

그 엄연한 사실과 그 위험한 현실. 어느 하나는 옳고 어느 하나는 그른 것일까요? 둘은 모순관계일까요? 그렇지는 않다고 나는 생각합니다. 의식의 문제, 윤리의 문제일 것입니다. 인간사회가 돈벌이를 피할 수 없게 하지만, 그렇다고 어머니를 위협한다면 그것은 도무지 용서받지 못할 패륜을 저지르는 것 아니겠습니까?

이 나라의 대통령 당선자가 자신에게 익숙한 토목의 안경을 벗지 못하여 이 땅의 젖줄들을 파고 막고 뜯어고쳐서 대운하를 만들겠다고 맹렬히 나서는 지금, 나는 무슨 염치로 감히 그대에게 위로의 말을 속삭일 수 있을까요? 다만, 이것만은 그대에게 털어놓겠습니다.

내 눈빛에 끼는 이끼를 늘 그대가 정갈히 씻어주기를 소망합니다. 언젠가는 내 귀에도 흐르는 강물 속에 살고 있는 창조물의 소리들이 들려오기를 묵묵히 기다리며 비록 어지러움을 털지 못한 묵상이어도 강물에 적시곤 하겠습니다. 그리고 아이들이 비밀의 소망을 실은 종이배를 새알처럼 가슴에 품고 다시 노을이 깃드는 강가로 걸어오게 되기를 간절히 빌겠습니다.

시인 정영상이 있었네

기억하는 이는 흔치 않지만 「환청」이란 시 한 편이 정영상을 아낀 지인들의 기억에 마치 오래된 시집의 케케묵은 책갈피에 잘 채집된 은행잎처럼 남아 있을 것이다.

체육시간이라 급한 김에 그만 누가 수도 꼭지 잠그는 걸 잊어버리고 뛰어 나갔을까 안동 복주여중에서 수돗물 떨어지는 소리 죽령 너머 단양의 내 방에까지 들려온다.

1956년 포항 변두리의 아늑한 산기슭에 태어나 '문학병'을 얻은 고향에서 고교시절까지 보내고 공주로 가서 대학을 졸업한 뒤 안동 복주여중에 근무하다 이른바 전교조 해직사태로 숱한 동지들과 더불어 교편을 잃은 '교사' 정영상. 그러나 꿈에도 그리던 교단으로 돌아가지 못한 채 1993년 4월 겨우 37세에 심장마비로 갑작스레 세상을 하직한 '영원한 해직교사' 정영상. 포항과 안동과 공주에서 순정하게 타오르는 영혼의 불길로 시의 처녀지에 덤벼들었던 '시인' 정영상.

그의 전교조 동료들과 고향의 벗들과 이 땅의 80년대를 민중문학에 관심을 기울이며 살았던 문학인들은 '정영상'의 이름을 크게든 작게든 또는 뚜렷하게든 희미하게든 가슴에 지니고 있을 테지만, 더 넓은 범위 안에서는 그의 이름이 시나브로 지워지고 말았다. 정영상과 함께 문학 동인 활동을 했고 정영상과 함께 해직의 고통을 짊어졌던 어느 중견 교사는, 정영상과 시의 어깨동무인 나에게 전교조의 젊은 교사들마저 정영상을 모른다고 가슴아파했다.

그렇게 잊혀져가는 이유를 정영상의 생에서 찾는다면, 시재(詩才)를 미처 다 펼치지 못하고 생을 미완으로 마쳤기 때문일 것이다. 시인뿐만 아니다. 교사로서도, 지아비로서도, 아버지로서도 정영상은 생을 성급한 미완으로 마쳤다.

어차피 삶의 완성이란 존재할 수 없다고 하지만, 정영상이 여전히 이 세상에 체온을 보태고 있다면 무언가 우리 시단에 주목받아 마땅한 일을 성취했을 것이라는 아쉬움을, 나는 떨쳐버릴 수가 없다. 그의 생에 이승의 세월이 더 허락되었더라면 지금쯤 정영상은 시인으로서도 몇 편의 명작과 더불어 길이 후세에 이름을 남길 중견으로 듬직하게 우리 시단의 한 자리를 빛내고 있을 것이며, 아마 생태문제에 대한 시적 대응에도 남다른 성과를 거두었을 것이다. 유고로 남은 「목욕탕엘 가면」에도 생태를 파괴하는 인간의 야만에 대한 그의 엄중한 경고가 담겨 있다. 아직 분노조차 삭이지 못한 그대로.

목욕탕엘 가면 바닥에 뒹구는 일회용 면도기들이 언젠가 두고 보자며 나를 벼르는 것 같습니다.

여기저기 흩어진 칫솔, 비누, 때타올 등 제 목숨껏 살지도 못하고 쓰레기 더미가 된 일회용들이 으드득 이를 갈며 한결같이 큰 재앙이 되어 다시 돌아올 날을 손꼽아 기다리는 것 같습니다. (중략)

언젠가, 언젠가 두고 보자! 그렇게 벼르는 것 같습니다.

정영상은 서른 살을 넘어서 『혼자만 잘 살면 무슨 재민겨』의 전우익 선생을 흠모하여 연애하듯 편지를 나누곤 했는데, 그 깍듯한 글월에도 만물과 유기적으로 공존하려는 고뇌를 내비쳤다.

풀 한 포기, 돌멩이 하나, 나뭇잎과 햇살, 아침과 저녁, 밤과 낮에 대해 투시하는 고뇌 없이 대뜸 문학을 한다고 하여 민중시 몇 편을 읽고 시를 쓰는 후배들을 보면 걱정도 되고 저 스스로도 큰 반성을 합니다.

1984년, 그 엄혹한 억압의 시대에 〈봄은 화염병으로부터 온다〉고 노래했던 정영상은 그런 한편으로 "투쟁의 무기가 되는 시는 한 송이 들꽃 속에서도 찾아져야 한다"는 서적 신념을 양보하지 않았다. 해직의 곤궁에 갇혀 지내면서 자기 내면을 성찰하는 일에도 게으름을 부리지 않아 〈내 슬픔은 내 나이와 동갑이고 내 싸움과 술버릇과도 동갑〉이라며 자신의 못난 일면을 〈불치의 병〉으로 규정짓기도 했다.

정영상, 그는 이름 앞에 '영원한 해직교사'란 수식어를 달고 젊은 육신을 고향의 햇볕 소복한 산자락에 묻었다. 짧은 생이나마 시집 세 권과 산문집 한 권, 특히 문학 동료들에게 순정한 기억을 남겼기에 그의 타계 10주년(2003)에는 그가 청춘을 아로새긴 캠퍼스(공주대학교)에 어여

쁜 시비로 부활하기도 했다.

실천문학사가 펴낸 정영상의 첫 시집은 『행복은 성적순이 아니다』였다. 우리 사회는 그러한가? 살아남은 자들이 대답해 나갈 질문으로 남겨져 있다.

노파들의 유모차

새끼들은 떠나고
유모차만 남았네

새끼들은 떠나고
갑자기 팍삭 늙은 여자들만 남았네

시골 장날이다 빈 유모차가 일렬종대로 우줄우줄 장을 보러 가고 있
다 늙은 여자들의 수다도 함께 줄을 섰다

새끼들은 떠나고
빈 수다만 남았네

　　　　　-남태식, 「유모차」 전문

일렬종대로 늘어선 유모차와 할머니들의 모습을 더 생동적으로 보

여 주려고 일부러 산문처럼 풀어놓았을 3연은 고스란히 이 나라 시골 장터의 새로운 진풍경으로 자리 잡고 있다.

장터에 데려갈 어린 손자는 물론 없지만 짐 들어줄 아들도 며느리도 딸도 없는 할머니들을 착실히 봉양하는 저 유모차! 국수를 삶아먹고 동전을 판돈으로 '고스톱'을 치기 위해, 밑도 끝도 없는 텅 빈 단지 안의 공명과 같은 수다를 떨기 위해 마을회관으로 가는 길에는 듬직한 지팡이가 되어 주는 저 유모차!

어느 옛 선비는 쟁반 위의 맛좋은 홍시를 보아도 품어 가 반길 어버이가 없어서 그를 슬퍼한다고 탄식했건만, 식민지와 육이오와 찢어지는 가난의 온갖 풍상을 이겨내서 마치 우리 역사의 무게처럼 이 땅을 억눌러온 빈곤과 압제마저 거뜬히 극복한 20세기 후반의 저 이름 없는 주역들이 바야흐로 삶의 황혼을 맞아 겨우 유모차에나 거동을 의지하고 있는 것이다. 하지만 나라에는 무얼 바라지도 않는다. 그저 자식들만 잘되면 그만이란다. 자식들이 '즐거운 수다'의 밑천만 되어 준다면 그게 최고 행복이란다.

자, 늙은 여자들마저 가고 늙은 수다마저 사라진다고 하자. 그때는 주인 잃은 유모차만 덩그러니 폐품처럼 남게 되겠지. 그러면 먹물들은 '마침내 한반도 남녘에서 20세기적인 세대가 최후의 막을 내렸다'고 기록하게 되겠지. 그들의 임종을 더러는 빈 유모차 혼자서 지켰노라고, 시인은 노래하겠지.

박

전기도 없는 갯마을 초가집에 살던 어린 시절, 할머니와 나는 우리가 거처하던 사랑채의 굴뚝 옆에 '박'을 키웠다. 싹이 돋아나고 엔간히 자라나서 가녀린 줄기의 끄트머리가 다부진 손가락처럼 지붕으로 올라간 새끼줄을 거머쥐게 되면, 그날부터 할머니는 박에게 오줌 주기로 하루를 열었다. 밤새 할머니와 내가 눈 요강의 오줌을 들고 문 밖으로 나가 박의 뿌리 둘레에 찬찬히 뿌리는 할머니의 모습은 무척 진지해 보였다.

이른 아침의 햇볕을 쪼이는 박이 할머니한테서 겨우 오줌이나 얻어 걸렸을까? 그것은 할머니의 따끈한 애정이었다. 사탕이나 과자, 떡이나 엿, 사과나 감 따위가 생기면 '지집아(누나)들' 몰래 용의주도하게 감춰 뒀다가 들키지 않고 나에게 꺼내준 그런 애정……

할머니와 손자의 오줌을 받아먹은 우리의 박은 해마다 무럭무럭 자라났다. 지난해 초겨울에 새로 얹은 이엉이 퇴색해 가는 초여름의 지붕 위엔 하얀 박꽃들이 피어났다. 밤에는 별들이 내려앉은 것 같았다. 이윽고 들녘에 황금빛이 감도는 즈음에는 밤하늘이 신묘한 요술을 부렸는지 아이의 얼굴 같은 여러 덩이 박들이 지붕을 차지하고 있었다. 그것들이 보름달을 닮은 어느 날, 할머니는 요강의 오줌 주기를 그만뒀다.

가을이 무르익은 절기의 우리 집 밥상엔 어김없이 박나물이 올랐다. 박꽃 빛깔인 박의 속살은 밥상에 오를 수밖에 없었다. 박 바가지를 만들자면 속살을 파내야 했으니까. 어쩐지 박나물에는 지린내 비슷한 냄새가 배어 있었던 듯하다. 요리 재료로 삼을 박에는 오줌을 안 준다는데, 바가지 하려고 오줌으로 키운 것이었으니, 그 속살에 지린내가 좀 스며들었으리라. 그러나 가난은 모든 소비재를 아까운 존재로 모시지 않았던가. 지린내야 나든 말든 나는 어머니의 맛깔난 솜씨가 보태진 박나물을 고추장에 비벼 잘도 먹었다. 할머니와 내 오줌을 맛보는 것 같은 기분이 전혀 없었다면 거짓말일 테고…….

다시 한가위다. 귀성행렬, 귀성열차, 겨레의 대이동. 이 말들을 빼면 뉴스는 성립되지 않을 것이다. 해마다 반복되건만 어쩐지 지겹지 않다. 아니, 찬사처럼 늘어놓고 찬사처럼 들린다.

그런데 귀성객이어. 고향의 지붕에는 보름달처럼 환히 웃으며 그대들을 맞아줄 박이 단 한 덩이도 없다. 그대들이 고향을 등지는 것과 함께 박은 우리의 지붕에서 사라졌다. 그대들이 몰고온 자가용을 늙은 어버이는 대견해 하겠지만, 그 어버이마저 지붕 위의 박처럼 이 세상에서 사라지면, 그때는 고향이 무엇일까? 귀성행렬은 있을까? 그때 고향은 '흥부의 박' 같은 부동산일 것인가!

3부

소설의 특권은
무엇을 할 것인가?

소설에서 가장 중요한 것은 작가의 인간이해에 대한 태도이다. 리얼리즘과 모더
니즘이 화해불능이라고 하든 화해가능이라고 하든 그것은 작가의 창작현장을 지
배하는 담론이 될 수 없다. 창작현장은 모든 담론의 간섭을 배격하되, 현실과 인
간의 관계와 그 인간의 내면에 대해 각별한 주의를 기울여야 한다. 세계와 사물
을 인식하고 해석하는 작중인물의 시선이 어느 한쪽의 세계관에 갇혀 있어야 한
다는 주장은 인간이해에 대한 오만이며 억압이다. 모든 개인에 대한 인간이해로
부터 작가는 세계의 재구성을 출발하게 한다.

한국소설의 현실 복원에 관한 한 작가의 생각

소설의 집과 백만 개의 창

개인의 내면에 대한 천착 없이 소설의 내적 형식은 완성될 수 없다. 소설의 내적 형식은 문제적 개인이 명백한 자기인식으로 나아가는 길이기 때문이다. 소설의 이론들과는 무관하게 현실에 존재하는 개인은 저마다 모종의 문제에 연루되기 마련이고, 모든 개인은 완벽한 단독자로서의 존재가 불가능하여 누구든 그의 삶은 형식적으로나 내용적으로나 현실과 불가분의 관계를 맺게 된다. 그래서 소설의 주요인물로 선택된 개인의 숙명은 현실과 얽힌 문제를 피할 수 없고, 소설의 서술 대상은 현실이라는 담론이 발전할 수 있었다. 물론 소설의 집에는 창문이 하나가 아니고 백만 개나 된다는 주장에도 진지한 주의를 기울여왔다. 현실을 관찰하고 현실과 소통하는 소설의 전능에 가까운 다양한 시각을 그보다 적절히 비유하기도 어려울 것이다.

'소설과 현실'이라고 할 때 '현실'이란 말의 뜻은, "정책, 제도, 정치적 상황, 시대정신, 거대이데올로기 등으로 표현되는 역사적 현실로 확대되기도 하고, 개인이 자기유지, 자기실현, 자기완성 하는 데 필요한 제반 상황과 여건들로 좁혀지기도"(조남현, 『소설신론』, 2004) 한다. 이 개념적 규정의 미덕은 소설에 반영된 현실이 얼마나 다양할 수 있는가를 설명해 준다는 점이다. 실제로 소설이 서술해야 할 실재의 현실은 다층적이고 복합적이며 방대하고 풍부하여, 하나의 소설이 당대 현실을 총체적으로 재현한다는 것은 원천적으로 불가능한 일이다. 소설의 집에 있는 백만 개의 창을 다 동원해도 그것은 이루어질 수 없다. 그러나 문제는 현실에 대한 작가의 인식태도다. 하나의 소설이 창작되는 과정은 어떤 인간을 둘러싼 현상들(또는 현실의 어느 일면)에 대한 미적 탐구를 수행하는 과정이라고 할 수도 있는데, 이때 작가가 그 현상들의 배후에 본질로서 실재하는 현실을 어떻게 인식하는가에 따라 그 소설의 구조와 세계는 달라지게 되어 있다. 이것이 이 글에서 말하는 '현실'이며, 물론 현상을 포괄하는 개념이다. 비록 소설이 객관적 현실을 있는 그대로 재현하는 일은 불가능하더라도, 작가는 세부적 사실을 면밀하게 관찰하는 동안에 세계관의 촉수를 곤두세우고 집요하게 객관적 현실에 개입해 들어가야 하고 이를 통해 독자의 손으로 돌아간 자신의 소설이 현실에 대응하는 유기체로서의 생명력을 담지하게 만들어야 한다.

그런데 1990년대부터 현재에 이르기까지 한국소설은 현실 관련성이 약화되었다는 진단과 평가가 일반화된 가운데 현실을 유기(遺棄)하고 있다는 문제가 대두하고 있다. 이러한 양상은 일부 젊은 작가들의 현실 배제적 소설을 여러 비평가들이 부각시키는 형태로 더 빠르게 '매우 정당한 문학적 대세'처럼 진행되고 형성되었으며, 이것이 한때 '신세대문학'이라 불리기도 했다.

1990년대 이후 한국 젊은 작가들의 많은 소설이 역사적인 기억의 망각 위에 축조되었다거나 한국문학에서 현실의 요소가 점점 희박해지고 있다는 통찰은, 그들이 소설의 집에 달린 백만 개의 창 중에 어느 하나에만 눈을 박고 있는 '이상한 진풍경'을 배경으로 한다.

그 창은 어떤 창인가? 단독자로 자처하거나 단독자를 꿈꾸는 문제적 개인으로 선택된 가공인물의 내면을 들여다보는 현미경같은 구멍일 수도 있다. 이 구멍으로는 삶에 대한 전망이 보이지 않는다. 당연히 당대의 딜레마도 보이지 않는다. 다만 그것은 유폐된 일상적 시공간과 소통할 답답한 통로일 뿐이며, 내면세계에 대한 미시적 묘사와 성찰이라는 상찬을 돌려받을 가능성 쪽으로 뚫려 있다. 그래서 소설이 '현실의 풍부함을 환기'시킬 수 없고, 소설에서 '삶과 그 문제들에 대한 전체적인 접근'을 기획하는 작가의 세계관을 만날 수 없으며, "젊은 작가들일수록 그들의 세계는 작고 오밀조밀해서 이 작품이 어떤 사상을 표현하고 있는지 제대로 알아차릴 수 없는 경우가 많다."(방민호, 『문명의 감각』, 2003)라는 비평적 곤혹에 봉착한다. 그들에게는 소설의 주인공은 외부세계에 대한 낯설음으로부터 생겨난다는 비평의 언어가 성가신 잔소리로 들릴지 모른다.

문학의 자율성이 획득한 최대의 성과는 현실의 부정적 드러냄이며, 그 부정적 드러냄을 통해서 사회는 어떤 것이 그 사회에 결핍되어 있으며, 어떤 것이 그 사회의 꿈인가를 역으로 인식한다. 문학에서 부정의 창조적 역할을 강조한 김현의 이 진술(『문학사회학』, 1985)에 나오는 '현실'과 '사회'는 거의 동의어로 풀이될 수 있으며, '사회의 꿈'이란 궁극적으로는 유토피아지만 현실적으로는 소외와 억압과 폭력이 최소화된 공동체이다.

그러나 지금 여기 '젊은 소설'의 심각한 문제점은 현실의 부정적 드러냄을 방기하는 데 있다. 사회의 꿈을 탐구하거나 그 꿈의 유실(流失) 때문에 고뇌하지 않는다. 현실 배제적 경향의 젊은 작가들이 소설에서 현실의 유기를 반복하고 일부 비평가들이 그것을 치켜세움으로써 마치 큰물에 벼와 콩의 전답이 떠내려가는 것처럼 소설의 뿌리를 받아주고 있던 현실이 떠내려가는 유실을 목도하게 되었다. 남은 것은 뿌리 뽑힌 소설. 이래서 현실 배제적 젊은 소설은 문학적 난관에 빠져 버렸다. 지난 세기말부터 한국문단에 광범위하게 유포되어온 '문학의 위기론'이 대중의 시장질서에 휘말린 채 여전히 한국소설의 우울증으로 깊어가고 있지만, 이 문제의 본질은 현실을 잉태할 자궁의 기능이 소진되면서 현실을 불임(不姙)하는 한국소설 내부에도 도사리고 있는 것이다.

소설의 위엄이 붕괴되다

지난 세기말 이후로 한국문학이 현실을 유기하게 된 시대적 원인과 배경을 분석하는 자리에는 반드시 1980년대 한국문학의 과도한 정치주의가 단죄의 대상으로 호출당한다. 1980년대는 국가적으로 집단화된 폭력과 억압이 한국사회를 지배한 시대였다. 그에 대응하는 한국문학은 개인적 상처와 욕망에 관심을 기울일 여유도 없이 1970년 김지하의 '풍자냐 자살이냐'의 풍자마저 비겁한 우회주의로 몰아세우고 사회주의 혁명에 복무하는 세계관과 언어로써 인간의 존엄을 사수하고 인간의 해방에 복무하겠다는 정공법으로 나아갔다. 이것은 한편으로 문학의 당대적 책무를 수행한 것이었으나 다른 한편으로 문학의 형식과 내용이 지나치게 정치주의에 포섭당하는 명백한 과오를 남겼다.

1990년대 문학은 1980년대 문학의 그러한 과오에 대한 반동으로 출발하였다. 한국문학 내부에 잠재되어 있던 그 반동의 저력을 결정적으로 자극한 것은 물론 1980년대 문학이 투쟁하며 추구해온 '사회의 꿈'을 허망하게 좌절시킨 세계사적 대세로서, 그 역사적 실증은 세계체제로서 냉전체제의 해빙에 뒤따른 동구(東歐) 사회주의 국가들의 연쇄붕괴와 소비에트러시아의 해체였다.

한국문학의 지형도가 급격히 변화되는 가운데 1980년대 문학이 추구한 '사회의 꿈'이 신기루에 불과했다는 시대적 판명과 함께 전통적인 문학의 아성도 무너졌다. 1980년대 한국사회에서 통용된 전통적인 문학의 아성이란, 문학은 언어로 표현되는 인간정신의 미학적 총체로서 시대정신을 이끌어나가는 예술이며, 특히 민족과 민중의 정신을 각성시키는 예술의 최고봉으로 인정되었다는 사실이다. 그러나 현존 사회주의의 몰락은 사회주의적 세계관과 담론을 냉소와 불신의 대상으로 전락시켰다.

이러한 시대적 배경 속에서 1990년대가 열리고 20세기의 황혼이 드리워진 한국사회의 세기말은 문학의 사회적 복무, 혁명적 복무를 웃음거리로 만드는 무대가 되었다. 그 무대에서 감각적 향락에 대한 문학적 금기는 허물어졌다. 계몽에 대한 환멸이 횡행했다. 사회적, 문화적 분위기가 '사회의 꿈'을 비추지 않고 계몽이성을 내장하지 않은 새로운 소설을 요망하는 것으로 광범위하게 인정되었다. 2000년대의 개막을 기념하듯 한국 독서시장은 일본작가 무라카미 하루키의 『상실의 시대』가 이른바 '무라카미 하루키 현상'을 일으켰다. 주인공 와타나베가 17세의 어느 봄날에 자살한 친구(기즈키)로 인해 '상실'로써 청춘을 시작한다고 할지라도 번역출판의 과정에서 원제 '노르웨이의 숲'을 '상실의 시대'로 교체할 때는 한국사회에서 '1980년대의 상실'을 거듭 환기시키고 기정사실화하려는 저의를 깔고 있었는지도 모르지만, 문학을 외부적 현실보다는 내면세계 쪽으로 밀어가는 그의 소설이 한국 독서시장에서 '대박을 터뜨린' 사례는 한국의 현실 배제적 젊은 작가들이 소설에서 현실을 따분한 것이며 거추장스런 누더기와 같다고 여길 수 있는 하나의 근거가 되었다. 그들에게 리얼리즘은 낡은 기법, 낡은 세계관으로 치부되었으며, 현실은 관심의 영역에서 제외되었다.

한국문단에는 1990년대 젊은 세대의 문학을 일컫는 이름으로 '신세대문학'이란 용어가 널리 유포되었다. 그것은, "긍정적인 의미에서 나온 말이건 비아냥에서 나온 말이건, 결국 90년대 문학을 지난 시대의 문학과 단절된 어떤 것으로 유도"(김사인, 《창작과비평》, 1998년 가을호)해 나갔다. 여기서 지난 시대의 문학과의 단절이란 문학이 정치주의의 압박에서 벗어나고 혁명적 복무에서 해방된다는 차원을 훨씬 넘어서는 것으로, 문학이 현실을 의식적이고 의도적으로 외면하여 결국 문학(특히, 소설)이 현실을 유기하는 경향으로 굳어져 갔다. 이것은 사회를 바라보는 입장과 문학을 바라보는 입장, 이 양자가 80년대에는 행복하게 일치될 수 있었다면 90년대에는 그 양자가 분열되는 시대라는 식으로 정리되기도 했다. 김영하의 이 견해(위의 책)에 따르면 김현의 『문학사회학』과 같은 저서는 애초에 부질없는 노력이었다.

한국사회가 6·25전쟁 이후 최대 국난으로 불린 'IMF관리체제'로 지탱해 나가는 한복판에 있었을 때, 1990년대 한국소설 무대에서 조명을 받은 젊은 소설가들의 하나로서 스스로 '90년대 거품의 수혜자'라고 인정한 김영하는, "90년대가 일부의 주장처럼 쓰레기같은 작품이 범람한 시대로 함부로 재단되기에는 아직 이르다는 생각"(위의 책)이라고 했다. 이 항의는 현실과 전망을 상실한 채 과장된 포즈로서 이목을 끌어보려는 '신세대문학'에 대한 변호의지를 반영하고 있지만 그것의 곤혹스런 문제점을 역설적으로 드러내기도 한다. '일부의 주장'이라고 지목한 '신세대문학'에 대한 '쓰레기같은 작품'이라는 극단적 비난은 의식적이고 의도적으로 현실을 유기하는 글쓰기를 매도한 것이기 때문이다.

1980년대를 풍미한 진보적 문학은 문학을 정치적 이념과 노선의 하위범주로 종속시켰다고 했지만, 다른 한편의 문학은 현실에 대응하려는 인식과 의지를 결여하고 있었다. 이것은 문학을 리얼리즘/모더니즘, 민족문학/자유주의문학으로 양분하는 인식론적 배경이었다. 진보를 표방하는 문학적 흐름이 대두하여 당대를 관통하면서 문단은 리얼리즘/모더니즘, 민족문학/자유주의문학으로 극단화되어 '진영'으로 갈라지는 양상을 야기했다. 여기에는 '진보'의 요인이 상대적으로 더 강하게 작용했지만 현실에 대한 비판적 인식을 결여한 다른 쪽의 문학인들 역시 책임을 공유해야할 문제였다. 그럼에도 불구하고 과도한 현실재현의지와 당파적 세계관을 현실에 대응하는 문학적 무기로 삼았다는 리얼리즘론과 민족문학론의 책임만 따져 물으려는 한 '젊은 작가'의 반동의식이, 작가의 시선은 문학을 바라보는 경우와 사회를 바라보는 경우가 분리되어야 한다는 식으로 정리되었다고 볼 수 있다.

그러한 인식이 일반화된 1990년대 한국소설은 새로운 전망의 부재 속에서 문화적 지형을 급변시키는 사이버스페이스와 대면하게 되었다. 그것은 PC통신의 등장과 확산이었다.

1992년 천리안과 하이텔이 PC통신 서비스를 시작했다. 이것은 한국의 개인용 컴퓨터가 사회적 위상을 획득하는 시대적 사건이었다.

1994년에는 나우누리가 PC통신 서비스를 개시했다. 천리안과 하이텔은 5년 이내에 유료 서비스 가입자 백만 명을 돌파했다. 다시 주목할 것은 초기 가입자 대다수가 10대 중반에서 20대 중반에 이르는 청소년이었다는 점이다. 왜냐하면 그들이 그때부터 그 이후의 십여 년 동안에 한국 독서시장의 주요한 고객으로 등장하고, 이것이 1990년대 한국문학의 가장 큰 문제인 상업주의와 결탁되면서 현실 배제의 젊은 소설들이 극단적 포즈를 취하거나 단독자적 존재양식으로서 개인의 내면으로 기어들 때 박수를 치는 응원집단이 되었기 때문이다.

PC통신은 기존 소설의 하위 장르로서 '사이버소설'이라는 통신소설을 출현시켰다. 1994년 출간된 『퇴마록』은 문화적 사건으로 기억되고 있다. 통신에 인기리 연재된 소설이 출판시장에도 큰 반향을 일으켰던 것이다. 그 즈음에는 '판타지 소설'이라는 또 하나의 하위 장르 소설도 대중의 관심사로 부각되었다. '장르 판타지'로 나온 최초 작품인 『드래곤 라자』에 대해, "이제 하위 장르 소설 독자들은 정련된 문체나 자아와 사회 성찰에서만 문학성이 나온다고 생각하지 않게 되었다. 독자에게 불러일으키는 격렬한 감정, 유머의 활용 등 통속소설의 잣대였던 것들이 이들에게는 문학성을 판단하는 기준으로까지 승격되었다"(송경아, 《내일을 여는 작가》, 2003년 가을호)라는 의견도 제출되었다. 그리고 1999년에 마치 1990년대를 마감하는 기념처럼 『해리포터』가 판타지 소설의 엄청난 상업적 위력을 보여주었다.

그리고 1990년대에는 소설의 전통적 지위를 깎아내리고 영역을 위축시키는 서사 장르들이 문화소비 시장질서의 지배자로 등극하였다. 게임, 영화, 애니메이션이 그것이다. 컴퓨터-서사장르로 분리되는 게임은 〈쥬라기 공원〉(1993), 〈단군의 땅〉(1994) 등으로 출발하여 온라인 게임 〈리니지〉(1998), 〈리니지 2〉(2003)로 발전을 거듭하고, 2006년 한국 사회를 뒤흔드는 정치적 스캔들의 주인공으로 떠오른 〈바다 이야기〉가 증명했듯이 어마어마한 규모의 독자(고객)를 확보하고 있다.

종합예술에도 기본적으로 서사문학에 의존하는 영화가 〈쉬리〉, 〈공동경비구역 JSA〉를 거쳐 〈태극기 휘날리며〉, 〈왕의 남자〉에서 '천만 관객시대'를 돌파하면서 엄청난 영향력을 과시하고 있다. 애니메이션은 〈블루 시걸〉(1996), 〈아마게돈〉(1996)에 국가적 지원이 이뤄졌지만 일본의 그것에 비해 화질과 시나리오의 완성도가 뒤처진다는 비판을 받았으며, 여전히 기술적 개선과 '미학적 완결성을 갖춘 서사(시나리오)'의 결합을 기다리는 처지다.

이러한 문화적 지형의 충격적 재편 속에서 한국소설의 존재는 더욱 초라해졌다. '팔리는 소설'이라고 해봤자 이미 현실을 불임하고 있어서 극히 한정된 사회적 영향력조차 기대할 수 없게 되었다. 이것은 작가에 대한 '정신적 예우와 권위'의 심각한 훼손에도 크게 기여하여 출판의 장사판에서는 '안 팔리는 작가'로 홀대를 당해도 당대의 정신적 상징으로 대접받는 작가들이 건재했다는 사실마저 사회적 추억거리로 퇴화시키고 있다.

냉전체제의 해빙과 현존 사회주의 국가들의 붕괴라는 세계사의 흐름을 배경으로 1980년대 정치주의 문학에 대한 반동을 동력으로 삼으며 의식적이고 의도적으로 현실을 유기한 1990년대 신세대문학의 경향, 그러나 때마침 형성된 새로운 문화적 지형도 위에서 그들은 중심의 지위를 박탈당하고 변방으로 밀려났다.

문학이 문화예술의 중심으로 복귀하기 위한 고민과 노력의 일환으로 문학의 내적 파열을 감내하며 외적 확장을 감행하기 위해 하위 서사

장르인 사이버 소설, 판타지 소설, 게임, 애니메이션, 영화, 만화 등과 접목할 방안에 대한 논의가 기획되기도 했다. 그것은 달라진 현실에 적응하려는 실사구시의 태도이긴 해도 누추한 연명의 방안이었다. 김동리가 '소설은 인생(사회)을 서술한 창조적 이야기'라고 정의했을 때의 소박한 품위마저 흔들리는 모습이었다.

물론 인간의 세상에서 생성과 소멸의 수레바퀴를 벗어나 영속할 수 있는 것은 아무것도 없다. 생성과 소멸의 사이에는 끊임없는 변화가 일어나기 마련이다. 소설의 운명도 예외일 수 없다. 소설은 발전하고 있는 유일한 장르이며, 소설은 모든 장르들 중에서 아직 생성 중에 있는 새로운 세계의 경향들을 가장 잘 반영한다는 바로 그 이유 때문에 우리 시대의 문학발전이 이루어낸 드라마의 주도적인 주인공이 되었다는 미하일 바흐찐의 진단은 특히 당대현실에 대한 대응력을 상실한 한국의 현실 배제적 젊은 소설들에게는 헌사로 바쳐질 수 없다. 그들에겐 잊혀도 좋은 과거의 명예에 불과하다. 현재 한국소설은 발전하고 있는 장르가 아니다. 문화예술과 시대정신을 주도하는 주인공은 더욱 아니다. 내적 파열을 거듭하면서 하위 서사 장르에 포섭되고 있다. 소설의 지위가 흔들려서 소설의 위엄이 붕괴될 조짐이다.

지금 여기서 다시 기억할 것은 '소설의 죽음'이 예견된 시대에도 오히려 소설의 지위와 위엄은 건재했다는 사실이다. 제1차 세계대전이 끝난 이후에는 영화가, 제2차 세계대전이 끝난 이후에는 텔레비전이 소설을 위협하였고, '소설의 죽음'은 20세기 전반기 지배적 미학이념인 모더니즘이 즐겨 쓴 고전적 선율 중의 하나였지만, 그러나 소설의 죽음이 예견되는 시대적 환경 속에서 오히려 20세기 전반기의 유럽과 미국과 러시아, 그리고 한국에서 소설은 미하일 바흐찐의 소설에 대한 찬사에 증거물을 들이대듯 지위와 위엄을 공고히 지켰다.

문제는 한국소설의 지위와 위엄을 회복할 길을 찾는 일이다. 소설의 주인공은 언제나 길을 찾는 자인 것처럼, 지금 한국의 작가들은 그 길을 찾아 나서야 한다. 소설의 지위와 위엄은, 소설이 인간정신의 미학적 총체로서 시대정신을 선도한다는 믿음 위에 존립할 수 있다. 일차적으로 현실을 유기한 소설은 현실적 대응력을 상실하여 그 길을 찾을 능력이 없다.

소설의 현실 유기에 일조한 관념투쟁

1980년대는 담론의 시대였다. 문학비평에서 양분된 진영은 리얼리즘과 모더니즘이었다. 리얼리즘은 1980년대 문학운동을 지도하는 이념으로 진보적 문학작품을 비평하는 이론이었다. 그러나 1990년대에 현실 배제적 젊은 소설들이 대두하면서 리얼리즘의 영향력이 위축되는 가운데 리얼리즘론을 생산하고 주도해온 매체인 《창작과비평》, 《실천문학》, 《내일을 여는 작가》 등이 1996년 하반기에 이르러 다시 리얼리즘과 모더니즘의 논쟁을 시작했으며, 이후 몇 년에 걸쳐 그것은 한국문학에서 담론의 생존을 위한 안간힘으로 존재하였다.

1980년대에 리얼리즘 담론을 공급해온 쪽에서는 1990년대 모더니즘을 용인하기 어려웠다. "90년대 모더니즘이 민족에 대한 사유를 기피하고 때로는 냉소하는 듯한 양태를 보이는 것은 90년대 문학의 문제성을 반영한다. 민족문제를 남의 일 보듯이하는 자세로 모더니즘의 독자성이 확보되리라고 여기는 것은 어리석다"(윤지관, 《창작과비평》, 2002

년 봄호)라고 모더니즘에게 훈시한다. 모더니즘은 1980년대의 리얼리즘이 인간해방에 복무하면서 그것을 추구하는 것이 문학의 존재이유라고 주장했던 전력을 들춰내, "아이러니를 모르는 해방의 논리가 얼마나 압제적인 체제를 낳게 되는가는 계몽이성의 변증법이 빚어낸 인류재앙의 역사를 통해 배울 만큼 배우지 않았는가"(황종연, 《창작과비평》, 2002년 여름호)라고 리얼리즘에게 반문한다. 윤지관과 황종연의 논쟁 중에는 리얼리즘과 모더니즘이 '소설과 현실의 관계'에 대해 얼마나 큰 인식의 낙차를 보여주는가를 새삼 환기시키는 주장이 제기되었다.

존재의 근저에 자리한 정체성의 몸체에는 계급과 뒤엉킨 민족의 요소들이 여기저기 끼여 있기 마련이며, 자아의 내면의식을 탐사하는 과정에서도 어두운 심리의 구렁에서 분단을 포함한 민족현실의 재현들과 부딪치는 체험이 일어나게 된다. 모더니즘이 굳이 민족문제를 괄호 치고자 하는 이론적 관념에 매임 없이 곧바로 자기의 내면적 실체(혹은 환상) 속으로 직핍해 들어갈 때, 그리하여 해체를 통해서든 재구축을 통해서든 이 문제로의 통로를 뚫어나가는 순간, 모더니즘의 위력도 부활의 단초를 얻고 동시에 리얼리즘의 순간이 도래할 전망도 열리게 될 것이다.(윤지관, 위의 책)

한국 리얼리즘론자들은 개인의 경험이 역사·계급·장소에 굳건히 뿌리박은 구체적 형상으로 나타나야 한다고 요구하지만 그것은 작가 개인의 의지나 노력만으로 얻어지는 것은 아니다. 앞으로의 한국소설에서 우리는 어쩌면 리얼리즘의 이름으로 칭송되는 수많은 삶의 표상들을 다시는 만나지 못할지도 모른다. 슬픔과 기쁨을 함께하며 더불어 살아온 가난한 사람들의 체험, 민족의 역사와 운명을 같이하는 개인과 집단의 연대기, 정직하게 노동하고 성실하게 살림하는 남녀의 위엄을 다시는 만나지 못할지도 모른다. 심지어 새로운 리얼리즘을 표방하고 나온 신작소설에서 온갖 공허한 환상의 파노라마만을 접하게 될지도 모른다.(황종연, 위의 책)

윤지관은 제국주의적 지배와 대항 민족주의의 독재, 종교적 충돌과 테러, 절대적 빈곤과 지배권력의 부패 등 세계사적 곤혹을 적시하지 않았다. 거창하게 세계까지 둘러볼 것 없이 민족분단의 질곡이라도 망각하지 말아야 한다는 것이다. 이제 '진영'은 사라졌으나 리얼리즘에 찬표를 던지는 작가든 모더니즘에 찬표를 던지는 작가든, 아니면 양자에다 무관심한 작가든, 작가의식 속에서나 창작과정에서 마땅히 민족의 '현실'을 고민해야 한다는 충고를 주저하지 않는다. 하나의 아쉬움이 있다면 '북한의 독재체제와 절대빈곤'에 대한 항목마저 따로 드러내지 않고 두루뭉수리로 '민족문제' 속에 수렴해버린 점이다.

그러나 황종연의 독단적 주장은 리얼리즘이 소멸될 운명에 처했다는 것으로 읽힌다. 마르크스의 계급투쟁이 파산을 맞았으니 민족문제의 질곡이 엄연한 현실로 존재하더라도 리얼리즘도 파산될 운명이라는 것으로 읽힌다. 큰 서사의 대문학이 사라지는 시대에 작은 서사에서의 '리얼한 맛'이나 제대로 살려낼 궁리를 하라는 빈정거림으로 읽히기도 한다.

윤지관과 황종연의 리얼리즘과 모더니즘 논쟁은 세계에 대한 두 인식론의 화해 불능을 거듭 확인하는 계기가 되었다. 그러나 그 이전에 양자의 화해를 안내하는 지혜가 제출되기도 했다. '리얼리즘과 모더니즘의 회통(會通)'이 그 하나이다. 양자 절충 내지는 상보(相補)를 권유한 격인데, 최원식의 그것은 김윤식의 '리얼리즘과 모더니즘의 길항'이라는 대안과 유사한 지향이었다. 윤지관과 황종연의 논쟁에 뒤이어 그 지향은, "'80년대적인 것과 90년대적인 것'의 변증법적 소통"이 이뤄져야 하고 리얼리즘이나 모더니즘이라는 용어를, "역사적 한정 속에서는 사용하되 이제부터의 문학을 말하는 데는 사용하지 않는 것이 어떤가"(김명인, 《창작과비평》, 2002년 가을호)라는 제안으로 이어졌다.

이들의 절충적 방법론이나 논쟁에 앞서 방민호는 창작의 현장에서 '리얼리즘의 대의'를 지키는 데 활용할 만한 논지를 제시하였다.

재현이 불가능하다면 그것을 부정하고도 남을 반영론의 내용이 있는가 하는 의문이 남는다. 반영론의 주된 내용은 인간 의식으로부터 독립되어 존재하는 객관적 실재의 존재와 이 실재에 대한 본질적 차원의 접근 가능성을 승인하는 데 있으며, 만약 재현의 부정이 곧 반영론의 취지에 대한 부정으로 직결된다면 문학에서 리얼리즘을 주장할 인식론적 근거는 사라져버린다.

필자에게는 재현의 가능성을 유보하고도 리얼리즘의 인식론적 기초를 유지하는 일이 불가능해 보이지만은 않는다. 그것은 현실을 알 수 없는 물자체(物自體)로 상정하는 것이 아니라 인간적 담론을 통해 끊임없이 접근하고, 수렴해가는 실재로 상정하는 것이다. 이런 개념 위에 서면, 문학은 디테일의 차원에서든 작품 전체의 구조 차원에서든 현실의 재현을 주장하지는 않으면서도 객관적 현실을 의식하고 작품의 효과를 그것에 되돌리고자 하는 리얼리즘의 대의를 버리지 않을 수 있게 된다. (《창작과비평》, 1997년 겨울호)

그러나 리얼리즘과 모더니즘의 회통, 길항, 변증법적 소통은 이미 1930년대에 김기림이 '모더니즘의 역사적 위치'에서 제안한 방법론이었다. 21세기에 들어 방민호는, "오늘의 시점은 지난 10년의 문학에 대한 새로운 부정을 준비해야 할 시점"(『비평의 도그마를 넘어』, 2000)이라고 주장하는 자리에서 김기림의 그 선구적 사유를 간추리고 다음과 같이 제안하였다.

> 김기림은 모더니즘 이후에 새롭게 올 문학은 모더니즘과 모더니즘이 부정했던 카프KAPF적 경향을 종합한 새로운 차원의 것이 되어야 하리라고 했다. 모더니즘 시를 기교주의적 말초화로부터 다시 끌어내고 또 문명에 대한 시적 감수를 비판으로, 그 태도를 바로잡아야 했을 때, 그것은 모더니즘이 발견해낸 말의 가치에 대한 인식을 통해 사회성과 역사성을 형상화하는 것이 되어야 했다. 이를 그는 "전대의 경향파와 모더니즘의 종합"이라는 말로 표현했다. 이러한 김기림의 논법을 빌린다면 오늘의 한국문학은 지난 10년의 문학적 실천과 그 이전, 즉 1980년대의 문학적 실천을 종합한 새로운 차원의 것이 되어야 한다고 말할 수 있다.(위의 책)

리얼리즘과 모더니즘의 길항·회통·변증법적 소통·종합은 결국 세계에 대한 두 인식론 사이에 있는 화해불능의 장벽을 깨야 하고 또 그것이 존재한다는 통념을 깨야 한다는 것이다. 그런데 왜 1930년대의 사유가 2000년대에 들어서도 여전히 절실하게 유효한 것인가? 여러 가지 이유가 있겠지만, 1980년대와 1990년대를 통과하는 동안에 리얼리즘과 모더니즘이 일종의 헤게모니 투쟁을 벌이는 양상의 적대적 관계를 설정하면서 부단히 관념적인 이념화의 길을 걸어왔기 때문이라는 지적을 반드시 포함시켜야 한다. 그것은 양 진영의 이론적 정치화(精緻化)에 기여한 공로를 남겼을 것이다. 그러나 최고의 관건은 실제 창작이다. 당대에 생산되는 작품이다.

리얼리즘과 모더니즘이 관념적 투쟁을 수행하는 동안에 소설에서 현실을 유기하는 젊은 작가들은 그 현장에 관심을 기울이지 않았다. 1980년대의 정치주의, 혁명복무주의를 청산해야 한다는 우산 아래에 문학적 존재를 맡긴 그들은 소설이 한반도의 현실이나 세계사적 곤혹과 씨름해야 할 어떤 이유도 없다는 태도를 견지하고 있었다. 그들의 주된 관심은 소설을 더욱 극단적으로 밀고 나가는 방법론이었다. 그들은 지긋지긋한 짐을 부리듯 현실을 유기했으며 소설의 위엄을 촌스러운 권위주의쯤으로 밀쳐놓았다.

소설의 권위를 존중하고 옹호해야 하며, 그것을 회복하는 일차적 관건은 소설이 현실을 복원하는 것이라고 믿는 나는, 그러나 리얼리즘과 모더니즘의 대립과 반목 또는 회통과 종합의 코드를 통해 소설을 창작하고 소설을 이해해야 한다는 전제는 크게 잘못된 것이라고 판단하며, 대신 다음과 같이 정리된 생각을 갖고 있다.

세계의 재현 – 인간 이해와 현실 복원

소설에서 가장 중요한 것은 작가의 인간이해에 대한 태도이다. 리얼리즘과 모더니즘이 화해불능이라고 하든 화해가능이라고 하든 그것은 작가의 창작현장을 지배하는 담론이 될 수 없다. 창작현장은 모든 담론의 간섭을 배격하되, 현실과 인간의 관계와 그 인간의 내면에 대해 각별한 주의를 기울여야 한다. 세계와 사물을 인식하고 해석하는 작중인물의 시선이 어느 한쪽의 세계관에 갇혀 있어야 한다는 주장은 인간이해에 대한 오만이며 억압이다. 바보 같아서 문제적 개인이든, 악마 같아서 문제적 개인이든, 욕망의 화신 같아서 문제적 개인이든, 선의 화신 같아서 문제적 개인이든, 너무 평범하여 문제적 개인이든, 심지어는 공자와 부처와 예수가 소설의 인물로 나와서 문제적 개인으로 주목을 받든, 작가에게는 그들 모두가 인간이다. 그래서 그들 모든 개인에 대한 인간이해로부터 작가는 세계의 재구성을 출발하게 한다.

인간은 어떤 존재인가? 생물적 존재이며, 사회적 존재이며, 정치적 존재이며, 영성적 존재다. 그러나 어떤 개인도 어느 하나의 존재로 살아가지 않는다. 다시 말해 욕망의 화신 같은 존재에게도 악마 같은 존재에게도 그를 둘러싼 현실의 관계망이 있기 마련이며 양심이 있기에 아주 짧은 순간에라도 슬픔과 연민을 느끼는 영성적 존재일 수밖에 없다. 돈과 권력과 건강을 완벽하게 소유한 개인이 사회적, 정치적 존재로서 최상의 극진한 대우를 받으며 살아간다 하더라도 그는 생물적 존재이므로 죽음을 예견하고 죽음을 두려워할 수밖에 없으며 그것이 영성적 존재를 자극하여 종국에는 허무주의로 빠질 가능성마저 열려 있다. 그러니까 지상에 존재했거나 존재하는 모든 개인에게서 생물적, 사회적, 정치적, 영성적 존재의 영역을 분리할 수 없다. 소설이라는 유기체 조직에서 구성, 인물, 주제라는 요소를 따로 분리할 수 없도록 그것들이 유기적으로 얽혀 있는 것과 마찬가지로, 모든 개인의 삶에도 그 존재의 영역들이 유기적으로 얽혀 있는 것이다.

1980년대 리얼리즘론의 한계는 무엇보다 인간을 정치와 사회의 범주로 환원하는 인식론적 한계에 맞닿아 있다. 마르크시즘의 흐름 속에서도 그것을 재해석하는 견해가 제출되고 있다. 이것은 마르크시즘에 대한 계몽주의적, 이성주의적 해석을 지양하고 현실의 다층성과 다차원성에 주목해야 한다는 주장이다. 집합이나 집단에 몰두한 나머지 '개체'에 주목하지 않거나 '개체'와 '개체'의 이질성, 환원불가능성에 주목하지 않으면 인간이해의 편협성과 배타성을 극복할 수 없다. 이 세상의 모든 개인이 혁명적 전망에 복무하는 정치적 인간으로 살아가야 한다는 절대적 윤리기준은 그 자체로 인간에 대한 결례이다. 작가는 마르크스라는 개인을 소설의 주인공으로 등장시킨 경우라도 반드시 『자본론』을 사유하고 집필하는 그의 사상과 영혼의 실체를 총체적으로 재현하겠지만, 아내가 요양을 떠난 동안에 가정부와 잠자리를 같이하고, 임신시키고, 혁명적 사상가로서의 명성에 흠집 내지 않기 위해 태어난 사내아이를 노동자 부부에게 입양시킨 뒤 필생의 비밀로 삼는, 이성이 욕망에 휘둘리는 생물적 존재이며 속류를 방불케 하는 정치적 존재로서의 한 남자의 실상도 놓쳐서는 안 되는 것이다. 소설의 주인공이 모두 막심 고리키의 '어머니'와 같은 인물이 되기 위해 각성해야 한다며 채찍을 휘두른다면, 그것은 전제적 억압이다.

그러나 1990년대 이래의 모더니즘론이 보여준 과오 역시 무엇보다 인간이해의 편협성과 배타성이다. 황종연이 '개인의 경험이 역사·계급·장소에 굳건히 뿌리박은 구체적 형상으로 나타나야 한다고 요구하지만 그것은 작가 개인의 의지나 노력만으로 얻어지는 것은 아니다.'라고 했는데, 이것은 '요즘 현실의 개인들이 그런 식으로 살고 있지 않기 때문에 작가가 일방적으로 개인들이 그런 식으로 살고 있다고 하거나 살아가야 한다고 우길 수는 없지 않느냐?'라는 뜻으로 들린다. 그러나 어떤 개인이든 그의 내면에는 현실문제의 파편이라도 박혀 있을 수밖에 없다. 모든 개인이 자기 내면이나 들여다보면서 공동체주의를 경멸하며 살아가고 있다고 상정하는 것은 인간에 대한 심각한 모독이다. 작가는 창작 현장에서 당연히 인물의 내면세계를 세심히 살펴야 하지만 거기에 박힌 현실문제의 파편을 찾아내 그 생김새를 관찰하고 그것이 날아온 경로를 역추적해야 한다. 그럼에도 불구하고 큰 서사에 대한 미련한 집착을 버리고 미시적 묘사에나 몰두하라고 주문하는 것은 소설의 위엄에 대한 모독이기도 하다. 이런 점에서 황종연의 주장은 크게 틀렸다.

소설의 위엄을 한껏 끌어올린 러시아의 두 거장, 도스또예프스키와 톨스토이의 경우를 돌아볼 필요가 있다. 내면의 미시적 묘사에 몰두해야 한다고 주문하는 모더니스트는 두 거장의 큰 서사가 이 시대에 다시 출현해도 외면당할 것이라고 예단할지 모르지만, 한국소설에서 리얼리즘과 모더니즘의 논쟁보다 높은 차원의 대작을 대망하는 눈에는 두 거장이 남긴 아이러니가 새삼 불거져 보인다.

> 사회주의에 대한 그(도스또예프스키 - 필자)의 비판은 순전히 넌센스인 반면 그가 그려내는 세계는 사회주의의 필요성을, 인류를 가난과 치욕에서 건져질 것을 절규하고 있다. 그의 경우에도 우리는 〈리얼리즘의 승리〉 - 혼란에 빠진 낭만적인 정치가 도스또예프스키에 대한 냉철하고 현실감각이 강한 예술가 도스또예프스키의 승리 - 를 이야기할 수 있다.(하놀드 하우저 지음, 백낙청·염무웅 옮김, 『문학과 예술의 사회사』, 1974)

> 1905년의 혁명이 있은 뒤 그(톨스토이- 필자)는 〈노동자들에게〉라는 호

소문에서 다음과 같이 말했다. "곤경의 원인이 사람들 자신 속에 있지 않고 외부환경에 있다는 생각처럼 사람에게 해로운 것은 없다." 외부현실에 대한 톨스토이의 수동적 태도는 (…) 평민 대중의 생각과 감정에는 전혀 생소한 태도를 표현한 것이었다. 하지만 (…) 그는 강직하기 이를 데 없는 사회현실의 관찰자요 정의의 참된 벗이며 (…) 자본주의의 가차 없는 비판자다.(위의 책)

리얼리즘이나 모더니즘의 담론에 의지한 적이 없었고, 더 나아가 짜르체제 말기의 러시아 사회주의 혁명전선에 투신하기는커녕 적극적으로 이념적 동의를 보내지도 않았지만 두 거장의 소설은 당대와 인간에 대한 소설의 위엄을 획득하면서 두 거장이 의식하지 못하는 사이에 당대현실에 강한 영향력을 끼쳤다. 이에 대해 아놀드 하우저는 도스또예프스키를 가리켜 '역설적인 리얼리즘의 승리'라고 했지만, 작가로서 그의 승리는 인간이해에 대한 편협성과 배타성을 배격하면서 개인의 내면을 심리학자처럼 탐사하는 동시에 언제나 그의 존재와 언행에 당대현실과 그 질곡을 제대로 투영시키려 했던 치열한 작가적 고투에서 기인한 것이었다.

지금 여기서 소설의 지위를 지키고 소설의 위엄을 회복하는 일차적 관건은 소설이 현실을 복원하는 것이라고 말했지만, 소설은 어떤 문제적 개인에 대해서도 인간이해에 대한 편협성과 배타성을 배격하고 생물적·사회적·정치적·영성적 존재의 총체적 실존으로서 현실을 살아가고 있는 그의 인간조건과 내면세계를 관찰하고 분석하고 재구성해야한다는 것이다. 그리고 작가의 이러한 창작 현장은 이미 '리얼리즘과 모더니즘의 길항, 회통, 변증법적 소통, 종합'이라는 차원을 초월한 위치에 있다.

분단체제론과 탈북행렬

1987년 6월항쟁이 확보한 민주화 공간에서 실시된 그해 12월 대통령선거가 양김(김대중·김영삼)세력의 소아적 분열로 말미암아 민주화 세력의 패배로 귀착되었을 때 나는, "사람들의 마음이 아침의 신선한 공기를 받아들이려는 창문처럼 활짝 열리고 손자를 안은 할아버지처럼 너그러워질 수 있는 문화적 전환과 도약의 발판을 팽개친 것"이라고 생각했다. 그 패배의 충격이 한국사회에 정치적 허무주의를 조성하고 있었을 때, 러시아와 동구에서는 현존 사회주의의 와해를 초래할 지각변동이 진행되고 있었다. 마침내 그것이 현실로 불거지고, 이후 현존 사회주의의 역사적 좌절에 대한 수많은 사회학적 분석이 제출되었다. 그 지점에서 나는 인간의 윤리의식에 대한 깊은 회의에 빠져들었고, 고민 끝에 다다른 결론은 '인간은 사회주의를 할 수 있는 천부의 윤리적 자질이 크게 부족하다'라는 것이었다. 1920년대에 이어 다시 1980년대에 풍미했던 리얼리즘론의 당파성은 정치조직의 강령을 문학에 강제이식한 것이라는 생각도 스스로 확인하였다. 이념이 인간조건을 생산하는 것이 아니라 인간조건이 이념을 창조하는 것이며, 체제가 인민을 위하여 복무하는 것이지 인민이 체제를 위하여 복무하는 것이 아니라는 믿음을 터득하게 되었다.

그로부터 십여 년 뒤, 나는 식민지 말기로부터 냉전체제가 와해된 세기말에 이르기까지의 한반도 현대사를 관통하는, 그 시대를 순정과 열

정으로 살아간 '청춘의 사상 여정'을 추적하는 장편소설 『붉은 고래』(전
3권, 현암사, 2004년)를 발표했다.

소설의 구조 속에 에세이를 불러들이고 기나긴 에세이를 쓰는 자세
로 밀고나간 『붉은 고래』의 주요인물은 삼형제다. 맏이는 사회주의 독
립운동가 출신으로 해방 후 일본으로 밀항(망명)하여 조총련 간부가 되
어 아내와 아이들을 귀국선(북송선)에 태워 북한으로 보내고, 둘째는 남
한에서 육군사관학교를 졸업하고 한국 육군의 엘리트 장교로 성장하여
10·26사태 직후에 자신의 의지와는 무관하게 역사의 격랑으로 불려나
와 자신의 의지에 따라 5공을 만드는 군사정권의 실력자가 되고, 막내
는 남한에서 고등학교를 졸업하고 일본으로 밀항하여 맏형을 만난 뒤
공작선을 타고 북한으로 들어갔다 남파교육을 받고 남한으로 밀파되지
만 곧 검거되어 무기수로 복역하게 된다.

소설은 막내(허경욱)를 화자로 내세운다. 영어(囹圄)의 몸으로 십 년을
훨씬 더 견디고 나서도 옥중에 갇혀 있다 둘째형의 권력에 힘입어 가석
방된 허경욱은 다시 십 년 넘게 '바깥 현실'에서 삶을 꾸린 뒤 회갑을 앞
둔 나이에 이르러 처음 유럽여행을 하면서 집안의 과거를 더듬어 나간
다. 그의 나그네 발길이 멈추는 곳은 베를린으로, 그곳 주재 북한 대사
관에 나와 있는 조카(맏형의 아들)와 해후하는 것으로 소설의 시간도 멈
추게 된다. 주인공 허경욱의 사상적 좌표는 남과 북의 경계인에 위치한
다. 청춘의 한때 남과 북을 두루 체험한 대가로 청춘을 완전히 감옥에
서 소진한 허경욱은 세기말의 유럽대륙을 떠도는 어느 밤에 자본주의
체제에서 개인과 사회주의혁명체제에서 개인이 감당해야 하는 부조리
와 고통을 다음과 같이 술회한다.

인간을 이윤의 도구로 전락시킨 체제는 반인간적인 체제다. 그렇다면 인간을 조직의 도구로 전락시킨 체제는 어떠한가? 과연 어느 쪽이 더 반인간적인 것인가? 이윤의 광맥을 따라 홍수처럼 약소국으로 밀려들어가 헤아릴 수 없이 무수한 인명을 살상한 제국주의를 역사는 결코 성전에 모시지 않을 것이다. 그렇다면 인간을 이윤의 도구로부터 해방시킨다는 깃발 아래의 혁명은 헤아릴 수 없이 무수한 인명을 제물로 삼아도 되는 성스런 전당이란 말인가? 빌어먹을.(이대환, 위의 책)

그리하여 허경욱은 유전공학자의 입을 빌어 인류사회를 향하여 시니컬한 주장을 던진다.

정부여, 금융업자여, 대기업이여, 만국의 노동자여. 여러분이 진정으로 평화와 평등과 자유의 유토피아를 갈구하고 있다면, 모두가 합심하고 단결하여 아낌없이 유전공학에 투자하라. 그러면 우리가 인간의 유전자를 철저히 해부하여 '전쟁과 살육과 지배를 통해서만 삶의 진정한 매력과 의미를 느끼게 만드는 유전자'를 기필코 찾아낼 것이며, 그날 우리는 인류 평화와 평등과 자유의 이름으로 모든 인간에게서 그 유전자를 하나 남김없이 완벽하게 제거할 것이다. 이 지점에 이르러 과학은 명실상부하게 진정으로 신보다 위대해진다. 신이 인간에게 경전을 선물했지만 인간은 한번도 평화를 누리지 못한 반면, 과학은 악의 근원과 같은 그 유전자 제거를 통해 역사상 처음으로, 이 지구에 인간이란 종이 생긴 이래 최초로 완벽한 평화와 평등과 자유를 선사해 주기 때문이다.(이대환, 위의 책)

인간이 만든 사회체제와 인간이 타고난 윤리적 한계에 대한 내 주인공(허경욱)의 고뇌, 현재도 나는 그 위에서 세계와 마주서고 있으며, 이것은 '남한에 정착한 새터민 여성(표창숙)의 어느 하루'를 추적한 『큰돈과 콘돔』(실천문학사, 2008)을 쓰는 시간에도 늘 함께 있었다.

북한 인민의 탈북은 현재진행형 현상이다. 2007년 2월 16일 문화방송은 뉴스테스크에서, "오늘로서 탈북자 1만 명을 넘어섰습니다"라는 선언적 보도를 했다. 현재도 탈북자들은 두만강이나 압록강을 넘어 중국대륙, 몽골, 동남아시아를 비롯하여 세계 도처에서 유랑하는 '조선족 디아스포라' 대열에 합류하고 있다.

그들의 숫자는 아무도 정확히 헤아릴 수 없다. 그날 뉴스에서 문화방송은 '10만 명' 정도라고 보도했지만, 그 숫자는 어디까지나 추산일 뿐이었다. 30만 명 내지 40만 명에 이른다는 추정도 있다. 현존 사회주의 국가들의 연쇄적 붕괴를 20세기말에 대두한 세계적인 새로운 현실이라고 한다면, 탈북자 행렬은 20세기말에 대두한 민족적인 새로운 현실이라고 할 수 있다. 당연히 인간의 이성은 이 새로운 현실에 대한 천착과 탐구를 통해 '더 인간적인 사회체제'의 전망을 확보해야 한다. 이 사유의 현장을 떠나지 않는 것은, 아니 선도적으로 참여하는 것은 한국소설 고유의 피할 수 없는 의무이자 운명이다. 그러나 소설의 체질이 이성과 감성의 자취라고 불러도 좋은 과거(기억)에 의존하기 때문에 흔히 현실에 대한 소설의 대응은 다소 늦어질 수 있다. 현 시점에서 작가가 20세기말에 대두한 새로운 현실에 소설적으로 대응하는 일은 늦어져도 한참 늦어졌으며 더 지체할 수 없는 시한(時限)이다.

남한 작가에게 탈북자는 개성과 판단의 자유를 옭아매고 짓누르는 북한체제를 탐구할 수 있게 해주는 문제적 개인이다. 분단고착 이후 억압의 가장 요긴한 기제로써 집요하고 치밀하게 집행해오는 우상숭배의 최면, 지금도 그러한 방식으로 지탱되는 북한체제의 야만성에 대한 육탄 고발이 바로 탈북자라고 할 수 있다.

십여 년째 탈북 행렬이 이어지는 2005년 여름, 나는 5박 6일 일정으로 평양, 백두산, 묘향산 일대에서 열린 6·15민족문학인대회에 참가한 적이 있었다. 짧은 체험이었다. 그러나 북한의 전제주의가 최고 권력층의 유지와 보호를 위한 것이라는 사실은 '수령님'과 '장군님'을 숭배하는 거리의 각종 슬로건이 웅변으로 폭로하고 있었다. 내가 어린 시절에 날마다 보아야 했던 반공 표어들보다 훨씬 더 끔찍한 것이었다. 까마득한 내 기억 속의 그것들은 공산주의를 거부하라는 '반대의 강제'를 담고 있었는데, 북한의 그것들은 '순종의 맹세'를 담고 있었다. 그 대회에 남측 주석단 일원으로 참가한 염무웅이 세기말에 쓴 에세이의 몇 문장을 떠올려야 했다.

언론에 보도되는 식량난이 사실이라면 그것은 끔찍한 일이다. 그런데 그와 같은 식량난의 원천인 북한경제의 침체는 더욱 중대한 문제이다. 그러나 진정으로 심각한 문제는 현재 북한에서 벌어지고 있는 일련의 사태들이 북한이라는 국가체제가 과연 옹호될 만한 가치가 있는가에 대해 근본적으로 의문을 제기한다는 사실이다. 어떤 그럴듯한 명분과 수사로도 납득되지 않는 정권의 부자세습과 권력의 족벌화, 인간생활의 자연스러움과 인간활동의 자연발생성에 대한 무자비한 금지체계로서의 국가주의와 관료주의, 그리고 '당과 인민의 수령'에 대한 극도로 배타적인 우상숭배 등은 지난 50년간 북한이 겪어온 혹독한 시련과 항상적인 외세의 위협을 감안하더라도 우리의 상식과 이성을 넘어선다. 평생 이 부패하고 자유로운 타락사회에 살아온 나의 그릇된 관성적 판단일지 모르겠으나 나에게 북한은 숨막히는 절망과 악몽적 공포로서만 영상화된다. (《당대비평》, 1997년 가을호)

참으로 그리워해온 땅에서 참으로 낯선 회합과 여행을 마치고 돌아온 나는 한 문학지가 특집으로 기획한 '북한 방문기' 에세이를 다음과 같이 그 대회의 남측 대표였던 백낙청에게 공개 질의하는 것으로 마쳐야 했다.

우리 민족문학작가회의 작가들 대다수는 북녘에 가서는 물론이고 남녘에서도 북녘 정권에 대한 언급을 피하고 있습니다. '판단과 개성의 자유'라는 말조차 덮어두고 있습니다. 그러나 우리는 '경제개발을 위해 한국적 민주주의를 해야 한다'는 박정희 정권에 대해서도 최소한은 보편적 문학정신(휴머니즘)의 이름으로 발언했습니다. 보편적 문학정신을 포기한다면 이미 작가가 아닐 텐데, 그렇다면 남북정치관계를 해치지 말아야 한다는 전략적 판단을 존중하기 위해 남녘 작가들이 보편적 문학정신을 애써 외면한 채 침묵하는 것이 옳다고 생각합니까, 잘못이라고 생각합니까? 옳다면, 한국문학이 유독 남북관계를 다루는 자리에선 정치에 종속되어야 한다는 것인가요? (이대환, 《실천문학》, 2005년 가을호)

《창작과비평》은 2003년 봄호에 주간 최원식의 이름으로, "인민을 먹여살리는 기본이 흔들리면서 야기된 참담한 탈북행렬이 이어지는 최근 북의 상황"을 지적했으나 2006년 봄호에는 「6·15시대, 무엇을 할 것인가?」라는 특집을 기획했다. 무엇보다 나는 '6·15시대가 왔다'고

단정한 느낌을 물씬 풍기는 그 표현이 거북했다. 오기를 희망하고 있는 것과 이미 와 있다고 단정하는 것은 판이하기 때문이다. 「역사적 실험으로서의 6·15시대」라는 예리한 논문으로 특집에 참여한 사회학자(유재건)의 다음과 같은 지적이 있어서 그나마 아쉬움을 달랬다.

> 6·15선언은 이제 겨우 첫걸음을 내디딘 것에 불과하고 남북한 간의 심각한 격차로 인해 통일의 시도가 평화를 해칠 수도 있는 터에 6·15시대라는 시대인식과 미래의 과제설정은 통일지상주의에 조급증까지 가세한 것 아닌가하는 의문도 제기될 수 있다.

그 특집에 이어 백낙청은 황종연과의 '도전 인터뷰'라는 지면에서, "남과 북이라는 매우 다른 사회체제 속에 살지만 실은 동일한 분단체제 속에서 살고 있고 그렇기 때문에 동일한 체제 아래 살고 있는 만큼의 연대책임이 있다"라고 주장하고, 이에 대해 황종연은, "감동적이었다"라는 반응을 내놓았다. 하지만 나는 '황종연의 감탄에는 아무래도 아부가 좀 섞이지 않았나'라는 의구심을 품어야 했다. 백낙청의 '연대책임'에 동의하면서도 '동일한 (분단)체제'에는 동의할 수 없었던 것이다. 최소한 세 가지 이유를 들고 싶었다.

첫째로 남북 시민(인민)의 일상생활 자체가 매우 다른 양식으로 전개되기 때문에 아무리 남과 북이 똑같이 분단 현실의 지배를 받고 있다 하더라도 '매우 다른 사회체제인 바로 그만큼의 동일한 (분단)체제가 될 수 없어서' 사회학적으로도 수용되기 어려운 모순의 명제일 것이고, 둘째로 세계적 차원의 패권적 지배체제가 한반도를 관철의 대상으로 다루는 가운데 특히 미국과 중국이 벌이는 패권다툼의 주요현장이 한반도이기 때문에 이것이 '동일한 분단체제'의 한 근거는 되겠지만 그렇다고 그것으로 남과 북의 매우 다른 현실을 동일한 현실로 환치시킬 수는 없다는 것이며, 셋째는 한국의 진보적 경제학자나 사회학자들이 한국의 경제체제를 '종속'으로 분석하여 매도하기도 했으나 남한은 경제·외교·문화 등 모든 방면에서 '개방' 체제를 지향하여 괄목할 만하게 '성공한 나라'라는 세계적 평가를 받아온 반면에, 북한은 '주체'를 내세워 전제통치를 강화해오면서 여전히 개방을 두려워하며 거부하는 '폐쇄' 체제라는 매우 다른 현실을 직시해야 한다는 것이다.

요즘 남한이 북한에 개방을 요구하는 배경에는 남한경제가 새로운 성장의 전기를 확보하는 길은 '개방의 북한'으로 진출하는 것이라는 자본의 논리가 작동하고 있다는 사실을 간과할 수 없는데, 이것 역시 남북관계가 분단의 톱니바퀴에 맞물려 돌아가고 있음을 알려주는 동시에 남북의 매우 다른 체제적 이질성을 드러내준다.

남한이 군사독재의 지배를 당하고 있던 시대에 나는 백낙청의 분단체제론을 지혜의 담론으로 존중하였다. 물론 그 시대는 북한도 현재와 유사한 독재체제였다. 그래서 그 시대는 '동일한'이라는 말이 '둘 다 독재체제'라는 뜻을 포괄할 수 있었고, 또 실제로 남한의 독재체제는 북한과의 긴장국면을 조성하면 더 공고해지고, 이와 같은 이치로 북한의 독재체제는 남한이나 미국과의 긴장국면을 조성하면 더 공고해졌다. 그러나 근래의 남한 집권세력은 일본과의 종군 위안부 문제·독도 영유권 분쟁, 중국의 동북공정, 미국과의 갈등 등 민족주의를 자극하는 정치적 기제에 의해 일시적으로 지지율이 상승하는 상황을 맞이하고 있다.

단계적이고 평화적인 통일이라는 궁극의 목표를 설정해둔 '6·15선언'에 의거한 남한의 '햇볕정책'이 이른바 '퍼주기 논란'의 진원이 되면서 '남북교류의 상호주의 원칙'에 일정한 설득력을 부여하기도 하지만, '극좌'를 거부하는 진보와 '수구'를 거부하는 보수가 남북관계에서 '평화와 화해와 협력'을 제일 목표로 내세워야 하는 것처럼 남한에는 '북한과의 긴장국면 조성'으로 정치적 이득을 노리기 어렵게 하는 시민사회가 성숙되어 있고 그것으로는 경제에 도움이 못 된다는 자본의 논리도 상식에 근접할 수준으로 성장해 있다. 이러한 남한 내부의 변화를 감안해 보면, 남한이 독재체제를 극복하지 못했을 때까지는 남한과 북한을 '동일한 분단체제'로 묶을 수 있는 범위가 넓게 형성되었다는 점이 한층 더 뚜렷해진다.

분단체제론에 대한 정교한 시시비비는 관련 학계의 몫이다. 그러나 그것이 소설비평의 담론에 위치할 수 있을 뿐만 아니라, 그것을 민족 현실의 더 바른 이해를 위한 공부의 대상으로 삼을 수 있으니 작가는 적어도 그에 대하여 일독의 직관적 판단이라도 가져야 하는 것이다. 또한 사회과학의 담론은 시대적 조건과 불가분의 관계를 맺으므로(분자와 분모의 관계로 환치할 경우에는 시대적 조건이 분모다) 불변의 항시적 진리를 담보할 수 없다는 사실에 유념할 필요가 있다. 만약 어떤 담론이 시대적 조건의 변화를 유연하게 수용하지 못한다면, 그것은 시대정신의 창조력이나 지도력을 발휘할 수 없을 것이다.

여기서 한국소설이 민족 현실을 다룰 때 주의할 것은, 북한체제가 옹호될 가치가 없다고 하여 반대급부처럼 남한체제에 높은 점수를 줄 수는 없다는 사실이다. 자유분방한 그만큼 문제도 많은 남한사회의 치부, 그것과 체제의 관계, 그것이 개인의 욕망과 꿈과 영혼에 일으키는 다양한 파문, 그것을 넘어 '더 인간다운 사회로 나아가는 길'에 대한 탐색과 전망을 작가가 놓쳐서는 안 되며 의식적으로 유기해서는 더욱 안 된다고, 나는 확신한다.

소설의 어마어마한 특권

탈북자들에 대한 문학적 대응은 기본적으로 휴머니즘과 직결된 문제다. 국가 또는 정치권력의 전제적 폭압이 초래한 유민이라는 점에서 그들은 21세기의 문학적 양심이 깊은 관심을 기울이지 않을 수 없는 비극의 실존이다. 한국 작가에게는 '지금, 여기, 우리'의 현실이기도 하다. 적어도 소설의 서술 대상이 현실이라는 오랜 진리에 회의하지 않는 작가라면 현상으로서 탈북자와 현실로서 북한체제 및 민족문제를 외면할 수 없을 것이다. 이때 1980년대 한국문단에서 늠름했던 당파적 리얼리즘론이나 주체사상적 문예이론의 눈은 탈북 현상의 배후를 지배하는 총체적 현실 또는 시대적 진실을 왜곡할 가능성이 높고, 모더니즘의 눈은 거기에 천착하는 것이 불가능하다.

한국 내부로 시선을 돌리더라도 '새터민'이라 불리기도 했던 탈북자 개개인에게는 여기가 적용해야 할 현실이다. 분단체제론자가 주장하는 대로 남과 북이 '동일한 체제'라면 그들은 한국사회에서 경제적 문제 이외의 특별한 고난과 마주치지 않을 것이다. 그러나 그들에겐 모든 것이 낯설기만 하다. 그들에게 한국은 제도, 문화, 사물을 보는 시각 등 일상생활의 모든 것이 '매우 다른 사회'이다. 생김새만 같지 말씨도 다르다. 말씨의 다름은 주로 억양의 다름이며 어휘의 다름도 있다. '조선말'은 '내가 탈북자요'라는 증표와 다름없어서 그들의 심리적 소외감과 열등의식을 자극하기도 한다. '해방'시켜야 한다고 배워온 조국의 남쪽에 와서 적응해 나가는 그들에겐 말씨의 다름만 해도 정신적 압박인 것이다.

황장엽 같은 거물급이 아닌, 그저 평범한 새터민이 이 '낯설고 매우 다른 사회'에 어떻게 적응하며 어떻게 새로운 삶을 일궈나갈 것인가? 당연히 적응에 실패하여 음습한 곳에서 몸을 굴리며 희망을 포기한 채 꾸역꾸역 생존을 이어나가는 새터민도 나올 수밖에 없다. 이것은 저 1960년대나 70년대에 외국으로 이민 떠난 한국인 중 소수가 적응에 실패하여 삶을 망친 경우와 마찬가지라고 할 수 있다.

이러한 현상을 감안할 때 탈북자를 문제적 개인으로 다루는 한국소설의 상상력은 얼마든지 '절망의 새터민'을 창조하는 쪽으로 전개될 수 있으며, 이것이 한국사회의 문제적 현실을 부각하는 또 하나의 새로운 소설적 방법론으로 활용되어도 좋다.

그러나 '절망의 새터민'이 한국사회에 정착한 탈북자의 전형적 인물이어야 하는가? 이것은 틀렸다. '크게 성공한 새터민'이 한국사회에 정착한 탈북자의 전형적 인물이라는 주장이 틀린 것처럼 꼭 그만큼 틀렸다. 양자의 의도에 대해 모종의 의심을 품는 시선이 있다면, 보나마나 이 눈은 서로 대립된 담론이나 이념을 포착할 것이다.

작가의 상상력과는 별개로, 한국사회는 새터민이 잘 적응하며 살아갈 수 있는 환경을 조성할 책임이 있다. 이것은 당면한 사회적, 정치적 주요현안의 하나여야 한다. 러시아 출신의 한반도 문제 전문가인 안드레이 란코프 교수는, "한국의 탈북자들은 '작은 북한'이다. '작은 북한'을 잘 관리해야 '큰 북한'을 잘 운영할 수 있다"(동아일보 2007. 1. 29 사설) 고 조언했다.

소설의 공력이 '인물(성격) 창조'라는 목표를 포기할 수 없다고 할 때, 『큰돈과 콘돔』의 표창숙은 당차고 똘똘하면서도 소박한 인물(성격)이다. 이 낯설고 매우 다른 한국사회에서 소박한 꿈을 소중히 간직한 채 당차고 똘똘하게 운명과 대결해 나가는 새터민이 표창숙이다. 현재는 담론도 이념도 그녀의 것이 아니듯, 아직은 절망도 성공도 그녀의 것이 아니다.

『큰돈과 콘돔』의 소설적 구조는 '하루'다. 인간의 어느 '하루'에는 당대적 현실과 그의 내면세계, 일상생활, 깊은 상처, 꿈 등이 총체적으로 압축될 수 있다. 모든 개인은 과거(기억)의 누적 위에서 오늘(현실)을 살아가며 미래를 꿈꾸는 것이다.

『큰돈과 콘돔』은 요즘 한국소설이 관행적으로 분류하는 분량의 기준에서는 장편소설에 근접한다. 어떤 이론도 염두에 없이 이 소설을 창작했지만 독자가 참고로 알아둘 만한 이론이 있다.

소설 전체를 이루는 구성론적이고 문체론적인 통일의 근본 유형을 일별해 보면 대개 다음과 같다.

1. 작가의 직접적인 문학적-예술적 이야기(이야기의 다양한 변종들을 포함함)
2. 구두(口頭), 일상적인 이야기의 여러 가지 형식들의 양식화
3. 반(半)문학적이고, (서면으로 씌어진) 일상적인 이야기(편지, 일기 등)의 여러 가지 형식들
4. 문학적이고 비예술적인 작가의 구변의 여러 가지 형식들(도덕적이고 철학적이며 과학적인 논의, 수사학적인 낭송, 민족학적인 기술들, 조서상의 정보들 등)

5. 주인공들의 문체적으로 개별화된 화법들

문체상의 이러한 이질적인 단위들은 소설 속에서 쓰일 때 예술적인 체계와 결합되며 보다 높은 전체의 문체 단위에 종속되는데, 전체를 이 종속된 각각의 단위들과 동일시해서는 안 된다.(미하일 바흐찐 지음, 이득재 옮김, 『소설미학』, 1998)

소설의 역사적 재산은, 문학과 현실이 모두 똑같이 관대하게도 소설에 양도해준 엄청난 특권과 분명히 관련되어 있다. 소설은 문학을 가지고 소설이 원하는 것을 면밀하게 만든다. 소설이 소설 자체의 목적을 위해 묘사, 서술, 드라마, 에세이, 평가, 독백, 담화를 사용하지 못하게 방해하는 것은 아무것도 없다. (…) 소설은 그것이 필요하다고 판단하면서 시작품을 내포할 수도 있고 단지 시적일 수도 있다.

소설이 다른 어떤 예술형식보다 더 밀접한 관계를 유지하고 있는 현실세계로 말할 것 같으면, 그것을 충실하게 그리느냐, 변형시키느냐, 현실의 크기와 색깔을 보존하느냐, 왜곡시키느냐, 그것을 비판하느냐 하는 것은 소설의 자유이다. 소설은 현실세계의 이름으로 발언할 수도 있고, 허구세계 내부에서 소설이 현실세계를 가지고 만든 단순한 환기에 의해 삶을 변화시킨다고 주장할 수도 있다.(마르트 로베르 지음, 김치수·이윤옥 옮김, 『기원의 소설, 소설의 기원』, 1999)

위의 두 인용은 똑같이 '장편소설'을 염두에 둔 것으로, 단편소설의 미학에 준용하기는 곤란하지만(서양문학은 장편소설을 'novel'이라 부르는 반면에 한국문학이 떠받드는 단편소설을 단순히 'short story'라 부른다. 'short story'의 어감은 소설로 취급하지 않는 것 같은 뉘앙스를 풍긴다.), 현실을 유기하는 한국 젊은 소설이 경청해야 할 충고를 담고 있다. 왜냐하면 현실을 배제하는 소설적 포즈는 미하일 바흐찐의 '도덕적이고 철학적이며 과학적인 논의, 수사학적인 낭송, 민족학적인 기술들'이 소설의 전체에 유기적으로 통일되어야 하는 단위 문제의 목록에 포함되는 이유를 생각하지 않으려 하고, 마르트 로베르의 '소설이 다른 어떤 예술형식보다 더 밀접한 관계를 유지하고 있는 현실세계'라는 주장에 동의할 필요가 없어서 '그것(현실세계)을 충실하게 그리느냐, 변형시키느냐, 현실의 크기와 색깔을 보존하느냐, 왜곡시키느냐, 그것을 비판하느냐'라는 소설의 어마어마한 특권을 동경하거나 활용하려 하지 않기 때문이다.

민족 현실과 소설적 대응

소프트웨어 산업계의 황제로 불리는 빌 게이츠, 이 세계 최대 갑부는 요즘 '소외와 빈곤'을 주목한 바탕 위에서 인류사회의 현실과 미래에 대한 사색을 통해 '친절한 자본주의'나 '창조적 자본주의'를 주창하고 있는데, 한국의 대다수 젊은 소설들은 한국·민족·인류의 곤혹을 주목하지 않으며 거대 담론을 외면하는 실정이다. 나는 갑부의 영혼과 작가의 영혼이 뒤바뀐 현장을 목격하는 것 같다.

창작의 자리는 담론의 지도와 재단을 거부해야 한다. 그러나 그것은 세계적, 민족적 현실을 외면하는 것과는 완전히 다른, 별도의 고립된 방에서 고집할 일이다. 현실을 외면하는 소설은 세계관의 부재라는 비판을 받아야 한다. 세계관의 부재는 현실에 대한 창조적 재해석의 부재로 이어진다. 이러한 경우에도 새로운 기법과 형식을 창안하면서 미시적 관찰에 극단적으로 몰두하여(또는 1990년대에 출현한 하위 서사 장르들의 발랄한 장기들을 적절히 모방하거나 변용하여) 현실이 부재해도 아무런 문제가 없다고 자랑하고 우길 만한 결과물을 내놓을 수도 있다. 이들 나름의 가치를 부인해야 할 이유는 없다. 소설의 생태적 다양성의 일종으로 대접하면 된다. 그러나 작금의 한국소설에서는 그것이 새로움이라는 포장에 싸여 권장·옹호·모방되고 드디어 주류적 경향으로 대두되어 소설이 현실을 유기함으로써 소설 스스로 소설의 지위와 위엄을 훼손하고 있다. 바로 이것이 심각한 병폐다.

작가가 소설의 지위를 신장하고 소설의 위엄을 옹호하는 길은 당대의 현실세계에 대응하려는 태도를 확고히 견지하고 마르트 로베르가 안내한 것처럼 '소설에 양도된 엄청난 특권'을 충분하고도 적절하게 활용하는 것이다. 그는 이렇게도 충고했다. "이제부터 그(작가)는 학자의, 사제의, 의사의, 심리학자의, 사회학자의, 판사의, 역사가의 엄격한 직책을 겸하는 것"(앞의 책)이라고. 그런데 왜 한국의 상당수 젊은 소설들은 그러한 '엄격한 직책'을 팽개쳐야 하는가. 이 원인의 하나로는 한국소설이 지나치게 단편소설에 집중되어 있는, 진정한 novel의 세계와는 먼, 마치 국토가 왜소하니 소설도 왜소한 것 같은 '오래된 문학적 기형'까지 지적돼야 하겠으나, 무엇보다 소설의 현실복원이 급선무라고, 나는 생각한다.

알렉산드르 솔제니친의 『이반 데니소비치의 하루』를 다시 읽었다. '스탈린의 러시아'에서 지하문학으로 탄생했다가 '흐루시초프의 러시아'에서 최고 정치권력의 승인 하에 지상의 햇빛을 쪼인 이반 데니소비치의 인생.

솔제니친은 자서전 『송아지, 떡갈나무를 들이받다』에서, "흐루시초프는 문학에 관해서 한가하게 트바르도프스키와 말을 주고받는 동안 쿠바의 소련 로케트의 확대사진이 워싱턴의 게시판에 전시되어 월요일 아침에 열린 O.A.S 회의의 대표들에게 공개될 예정이었고, 그 회의에서 케네디가 그의 전례 없는 과감한 조처, 즉 소련선박 수색에 대한 동의를 얻으리라는 것을 몰랐다. 일요일만 지나면 흐루시초프는 치욕과 공포, 그리고 항복의 주간을 맞게 되어 있었다. 그리고 바로 그 마지막 토요일에 그는 『이반 데니소비치』의 출판허가를 내준 것이다"(이남규 옮김, 『송아지, 떡갈나무를 들이받다』, 1981)라고, 마침내 『이반 데니소비치의 하루』가 햇빛을 볼 수 있게 되는 긴박하고 극적인 순간을 묘사했다.

거대한 소련의 억압체제와 펜 하나로 맞서며 그 명줄 같은 급소를 찔렀던 지하의 알렉산드르 솔제니친. 과연 북한에는 지하문학과 지하작가가 존재할 것인가? 지하로 잠복해서, 자신의 생각이 같은 국가체제 속에 살고 있는 대다수 사람들의 인정을 받지 않도록 하고 그것을 피해야 하는 특이한 운명을 감내하는 가운데 현실의 파편을 재구성하여 인생과 역사의 다른 차원의 진실에 도달하려는 위대한 소설을 쓰고 있는 지하작가가 북한에도 존재할 것인가? 고독하게 숨어서 체제와 맞서는 북한의 지하문학, 지하작가를 대망해 본다.

그러나 남한 문단은 대체로 북한의 지하문학, 지하작가를 기대하지 않는 분위기다. 우상숭배의 세뇌, 전제주의와 선군(先軍)독재의 억압, 폐쇄적 주체사상의 세계관이라는 삼중 그물망에 갇힌 채 오랜 세월에 걸쳐 반복해온 자기검열의 타성이 반체제의 웅장한 문학을 꿈꾸지 못하게 할 것이란 관측이 지배적이다. 이 지점에 서면, 북한체제에 대한 문학적 형상화도 남한 문학의 몫으로 돌아오게 된다. 탈북자는 그것의 가능성을 열어주는 문제적 개인이다. 따라서 지금 여기의 남한 작가들,

특히 앞으로 세계사의 도도한 흐름 속에서 민족 현실을 미학적 서사세계로 감당해 나가야 할 남한 젊은 작가들이 현실에 대한 소설적 대응력을 회복해야 한다는 요청은 더욱 절실해지는 것이다.

---

* 글의 흐름을 조금 더 부드럽게 하기 위해 큰따옴표 없이 문장 속에 넣은 인용들의 출처를 따로 밝히지 않았는데, 그것은 이 글과 동일 제목인 저자의 문학박사학위 논문에서 확인할 수 있다.

콘돔 속에 갇힌 탈북자의 꿈

2010년 11월 11일, 한국 젊은이들이 '빼빼로 데이'라 명명한 그날, 그것이 무슨 말인가를 도저히 알 수 없는 사람들 50여 명이 어리둥절한 표정으로 인천공항에 내렸다. 태국에서 출발한 탈북자들이었다. 며칠 뒤 통일부는 "현재 한국에 들어온 북한이탈주민은 2만50여 명"이라 밝혔다. 그날로부터 여러 계절이 지나갔다. 이제 그들은 얼마나 더 불어났을까?

한국에 정착한 북한이탈주민이 2만 명을 훨씬 넘었다는 사실은 어느덧 그들이 한국사회 안에서 '작은 북한'을 형성하고 있다는 엄연한 실증이다. 그래서 오늘의 우리 앞에는 엄숙한 질문 하나가 역사의 이정표처럼 세워질 수밖에 없었다.

'한국정부는, 한국사회는, 한국시민은 북한이탈주민을 위해 무엇을 어떻게 할 것인가?'

그 해답을 풀어나가는 과정에는 마땅히 작가가 맡아야 할 고유의 몫이 있다. '탈북의 진실'을 추적하고 포착하여 미학적 상(像)으로 그려내는 일이다. 왜 그들은 탈북이라는 극단적 방법을 선택했는가? 벗어날 수 없는 디아스포라 신세로 전락할 그 위험한 길을 선택해야만 했던 진정한 이유가 무엇인가? 이것은 탈북자 문제를 다루는 작가의 출발선이어야 한다.

'진실'이라 했지만, 이 '진실'의 개념은 어떤 배후의 실체를 가리킨다. 가령, 탈북자 2만 명을 2만 개의 '탈북 사건'이라 하자. 낱낱이 저마다 다 독립적인 사건이다. 그러나 낱낱의 배후에는 그것이 반드시 일어나게 만드는 배후의 실체가 존재하기 마련이다. 이 경우에 배후의 실체란 거의 동일한 것이다. 한마디로 '당대 북한사회'라 할 수 있다. 작금의 북한사회는 지배자의 통치적 기제로써 강요되는 이데올로기, 자유와 개성에 대한 공공적인 억압, 황폐한 경제 등이 기묘하게 어우러진 '폐쇄적 억압체제' 또는 '전제주의적 독재체제'이다. 이것이 탈북의 진실이다. 다만 작가는 저널리스트와 달라서 탈북자 개개인의 운명에 대한 추적을 통해 그것을 하나의 미학적 상으로 그려내야 한다.

2008년 가을, 나는 탈북자들을 소설의 구조 속으로 불러들여 장편소설 『큰돈과 콘돔』(실천문학사)을 단행본으로 출간했다. '큰돈'을 벌고 싶지만 아이 키울 엄두를 못 내서 '콘돔'을 버리지 못하는 탈북 동거 남녀가 주인공이다.

소설에는 중국 대륙을 횡단해서 중국과 미얀마 국경의 한 지점을 '무모하게' 넘어가는 탈북자 여남은 명이 등장한다. 그들 중 의사가 한 명 있다. 부부가 함께 탈북해서 베이징 한국대사관으로 진입하려다 실패하고 그 자리에서 아내를 중국 공안에 빼앗긴 뒤 홀아비로 떠돌다 드디어 '남쪽 행'을 선택한 강형섭. 그가 미얀마 행 국경 택시를 타기 직전에 동행들이 지켜보는 가운데 다음과 같이 짧은 의식(儀式)을 집행한다.

그들은 우람한 나무 밑에 모여 있었다. 꽁초를 팽개친 강형섭이 라이터를 켰다. 동료들의 시선이 엄지만 한 불꽃에 집중되었다. 그는 왼손에 종이 한 장을 쥐고 있었다.

"이걸 위해서, 이 잘난 종이 한 장을 위해서 내 일생을 다 바쳤으니……"

라이터 불빛이 그의 얼굴에 뚜렷한 명암을 일구었다. 그의 손에 든 것은 '당원증'이었다.

"조, 선, 로, 동, 당, 당, 원, 증."

공산당을 상징하는 '낫과 망치'의 아래쪽에 찍힌 글씨를 한 자씩 끊어 읽은 그가 열여섯 살 소년을 바라보았다.

"접힌 이 종이의 안쪽에는 내 얼굴사진, 생년월일, 당증번호가 있고, 입당할 때 나를 보증한 사람의 신원도 다 적혀 있다. 이거, 너 가질래? 이걸로 진짜 같은 가짜를 하나 만들라."

소년이 도리질을 했다. 라이터가 꺼졌다.

"그래, 잘 생각했다. 최소한 고르바초프 이후로 이것은 위선의 증명서, 기득권 연명의 증명서다. 내가 아는 공산주의자의 기본윤리는 인민이 굶으면 당원도 굶어야 한다는 것이다. 당연히 당 수뇌부도 굶어야 하고 가장 높은 권력자도 굶어야 한다. 안 그러면 공산주의에 대한 모독이다. 조선 봉건시대에 백성은 굶어죽어도 임금과 사대부 양반계급이 호의호식을 했던 것인데, 우리는 그런 모순을 얼마나 가열차게 비판하고 매도했나. 그러니 이 종이는 공산주의자의 기본윤리를 실천하자고 공개적으로 제기하거나 비판하지 못하고 기득권에 연연했던 위선의 증명서,

기득권 연명의 증명서다. 개혁개방이 주석궁과 당 중앙을 집어삼키는 범아가리로 변할 수 있다는 것을 알기 때문에 '우리식'을 외치는 거고, 이런 종이들이 그 위선과 기만에 앞장서고 있는 거다. 그러니 너를 인민의 이름으로 불살라야 한다. 자, 늦었지만, 너는 화형이다."

그가 다시 라이터를 켰다. 조선로동당당원증의 '증' 옆 모서리에 불이 붙었다. 날름날름 불꽃이 피어나자 그가 왼손을 뒤집었다. 낮은 허공에서 당원증이 일그러진 붉은 꽃 한 송이 형상으로 기껏 몇 초를 버티고 있었다. 그가 그 꽃을 놓았다. 미처 다 타지 못한 당원증이 소지처럼 너울너울 살아 오르지 못하고 곧장 땅바닥에 떨어졌다. 그것을 그는 밟지 않았다. 완전히 타기를 바라는 것 같았다.

이 당원증 화형 장면은 한국에 사는 한 작가가 포착한 '탈북의 배후 실체'요 '탈북의 진실'이다. 무사히 한국사회에 들어왔으나 폐암에 짓눌린 상태에서 쓸쓸히 자기 손으로 생을 마감하는 강형섭……

물론, 『큰돈과 콘돔』은 남한사회에 팽배한 물신숭배의 폐해들에 대해서도 싸늘히 고발하고 있다. '한국소설이 민족 현실을 다룰 때 주의할 것은, 북한체제가 옹호될 가치가 없다고 하여 반대급부처럼 남한체제에 높은 점수를 줄 수는 없다는 사실이다. 자유분방한 그만큼 문제도 많은 남한사회의 치부, 그것과 체제의 관계, 그것이 개인의 욕망과 꿈과 영혼에 일으키는 다양한 파문, 그것을 넘어 더 인간다운 사회로 나아가는 길에 대한 탐색과 전망을 작가가 놓쳐서는 안 되며 의식적으로 유기해서는 더욱 안 된다'라고, 에세이 「한국소설의 현실 유기에 대한 한 작가의 생각」에서 이미 내가 밝혔다시피.

한국사회 안의 '작은 북한'이 휴전선 너머 '큰 북한'에게는 그 내부에 종양처럼 자라나는 자유주의체제이며 자본주의체제이기도 하다. 그럼에도 불구하고 물신숭배주의에 홀려버린 한국사회는 '작은 북한'을 시장질서의 낙오계층으로 버려둬야 하겠는가? 시장질서의 세계에선 어쩔 도리가 없다면서 '작은 북한'의 어른들을 노래방 도우미, 식당 허드렛일, 막노동 쪽으로 내몰아도 좋은가? 그들의 2세들이 학교에서 제대로 섞이지 못하는 그대로 내버려둬도 좋은가?

　'작은 북한'의 사람들이 이 땅에서 '사람다운 삶'을 살아가고 있을 때, 그때 가서야 비로소 '작은 북한'은 '큰 북한'에게 상당히 위협적인 세력으로 변모한다. 아니, 이러한 국가 전략적 차원은 정치나 정부의 몫이라 하더라도, 사람은 누구나 사람답게 살아갈 천부의 권리를 누려야 한다고 주장하는 것은 이것저것 다 떠나서 양심을 가진 시민의 몫이다. 바로 이것이 콘돔 속에 갇힌 북한이탈주민의 꿈을 구원할, 가장 소중한 보이지 않는 힘이다.

우울한 한국소설

한국에서는 고은 시인이 거의 유일하게 노벨문학상 후보군에 들었다 났다 한다고 알려져 있다. 올해든 내년이든 그가 받으면 한국문학은 드디어 노벨문학상 콤플렉스를 벗을 것이다.

문제는 고은 시인이 그 상을 못 받는 경우다. 과연 한국에는 고은에 필적할 만한 후배 시인들이 몇이나 존재하는가? 시 동네의 사정에 어두운 편이라 뭐라 말하기 어려운데, 소설 동네를 들여다보면 작가들과 독자대중이 손을 잡고 한국소설을 노벨문학상에서 점점 더 멀어지게 한다는 생각을 떨쳐버릴 수 없다.

물론 노벨문학상을 수상한 작가가 반드시 그 시대의 그 나라에서 가장 뛰어난 작가인 것은 아니다. 수상작도 마찬가지다. 그러나 요즘 들어서 나는 노벨문학상의 존재 자체에 대하여 감사하는 마음이 생겨났다. 적어도 그 상은 소설의 위엄을 옹호하기 때문이다.

소설의 위엄이란 무엇인가? 소설이 인간정신의 미학적 총체로서 시대정신을 선도할 때 소설의 위엄은 저절로 빛나며, 그것은 언제나 작가정신에서 탄생한다. 소설이 위엄을 상실했다는 것은 작가정신이 '많이 팔자'는 상업주의와 야합했다는 결정적인 증거이다. 독자들도 통속소설이나 요새 명찰을 달고나온 이른바 장르소설에서는 시대나 인간에 대한 고뇌를 기대하지 않는다. 거기에는 시대나 인간에 대하여 치열하게 탐구하는 작가정신이 없다는 사실을 상식적으로 알고 있는 것이다.

20세기 후반기 50년을 통틀어 소설의 위엄이 무엇이며 작가정신이 어떤 것인가를 가장 훌륭하게 보여준 작가를 꼽으라고 한다면, 나는 서슴없이 2008년 8월에 타계한 알렉산드르 솔제니친을 지명한다. 한국 독자들에게는 『이반 데니소비치의 하루』라는 소설로 널리 알려진 소비에트연방 러시아의 대표적 반체제 작가로서 노벨문학상을 수상하기도 했다.

솔제니친은 『송아지, 떡갈나무를 들이받다』라는 자서전을 남겼다. 자신의 작가정신과 소설과 삶을 〈송아지가 떡갈나무를 들이받은 것〉에 비유했지만, 실제로 그는 무자비한 스탈린 억압체제에 펜 하나로 맞서서 그것으로 그 급소를 찌른 작가였다. 스탈린 억압체제가 없었다면 솔제니친이라는 작가도 창조되지 않았을 것이다. 그만큼 솔제니친의 작가정신과 소설은 자신이 살아가는 러시아의 현실에 깊은 뿌리를 내리고 있었다.

그런데 21세기 들어 한국사회에서 대중적으로 성공한 소설들은 대체로 현실 관련성이 약화되거나 역사적인 기억을 망각하고 있으며, 독자대중은 감성적이고 가볍고 성적 자극에 능숙한 소설을 구입해 읽는다. 작가정신이 현실을 유기(遺棄)하여 상업주의에 포섭되고, 독자대중은 그것을 응원하고 지원하는 사회적 구조로서, 작가들과 독자대중이 소설의 위엄을 허물어뜨리기 위해 손을 잡은 격이다.

한국 작가나 소설이 노벨문학상을 받기 위한 일차적 관문은 어느 작가나 어떤 소설이 한국사회에서 크게 주목을 받는 일이다. 작가나 소설이 한국사회에서 그러한 존재로 대두하자면 시장질서 속에서 엄청난 승자의 위치에 올라서야 한다. 백만 부쯤 팔리는 베스트셀러를 내야 한다는 말이다. 그러나 깊이 헤아려 보자. 작가들은 현실과 민족과 인류의 곤혹에 천착하지 않고 애써 외면하기도 하고, 독자대중은 그것을 부추기는 구조 속에서 소설의 위엄을 빛내는 소설이 어떻게 사회적으로 주목받을 수 있겠는가? 그러니 한국소설이 무슨 재주로 노벨문학상에 육박해 가겠는가?

신경숙의 소설『엄마를 부탁해』가 미국 메이저 출판사를 통해 미국 독서시장에 진출했다는 사실에 대해 한국 언론들이 냄비 끓듯이 덤벼들었던 적이 있었다. 심지어 작가의 실존 어머니를 인터뷰한 신문도 있었다. 그러나 내 눈에는, 그 소설은 소설의 위엄을 회복하는 노역과는 무관한 작품이었다. 미국 언론들에 그 소설이 '한국을 대표하는 소설'이라는 선입견을 심어주지 않게 되기를 바라는 가운데 '한국에서 엄청나게 팔린 소설'로 소개되기를 바랐다. 최근에 벌어진 그녀의 표절 문제에 대해 그래서 나는 그저 무심한 편이다.

한국 독자들에게 익숙한 터키 작가는 오르한 파묵일 듯하다. 2006년 노벨문학상을 받았고『내 이름은 빨강』이라는 그의 소설이 한국어로 번역 출판되었기 때문이다. 그런데 터키에는 야사르 케말이라는 작가가 있다. 오르한 파묵보다 선배이고 오르한 파묵보다 더 좋은 평가를 받지만 그의 팔자에는 노벨상과 인연이 없었던 모양인데, 인생의 황혼을 거니는 야사르 케말은 노르웨이 릴레함메르대학 문학강연에서 이렇게 토로했다.

"우리 시대는 소설가에게 어려운 시대입니다. 거짓말과 억압, 모든 악에 대해 경고해 주는 것이 소설의 역할이기 때문입니다. 소설은 사람들에게 그들이 사람이라는 사실을 상기시켜주고 그들로 하여금 사실과 진실을 창조하도록 허락해 줍니다."

요즘 한국소설은 불가사의한 내면을 소유한 인간이 뒤죽박죽 엉켜 살아가는 현실을 제대로 읽어내지 않으니 많이 팔려보았자 어떤 문제의식이나 예리한 경고가 사회적 파장으로 번져나가는 경우를 발견할 수 없다. 한마디로 소설의 위엄을 상실해 버렸다. 이것이 우울한 한국소설의 초상이다.

도올 김용옥 교수에게 보내는 질문

아주 늦어졌지만 더 늦기 전에 물어봐야겠다. 내가 그냥 가슴에 재워 뒀던 그 말을 문득 깨운 것은 인터넷 포털사이트에 뜬 사진 한 장이었다. 사진의 배경은 서울 광화문 이순신 장군 동상 앞, 사진의 주인공은 도올 김용옥 교수. 사진에 잡힌 장군과 교수의 모습이 묘한 대비를 이루고 있었다. 뒤에서 도올을 내려다보는 충무공은 투구로 머리와 목을 가리고 갑옷을 입고 오른손에 큰 칼을 쥐고 있는데, 도올은 투구 대신 검은색 털모자와 목도리로 머리와 목을 가리고 갑옷 대신 초상집 상주 느낌을 풍기는 흰색 두루마기를 입고 오른손에는 큰 칼 대신 큼직한 방패 같은 피켓을 쥐고 있었다. 아마도 도올의 친필이었을 피켓의 전문은 이랬다.

인류사회의 古典조차 강의 못하게 하는 사회. 이 땅의 깨인 사람들아! 모두 투표장으로 가시요!

그러니까 도올은 여론조사들이 박빙 승부라 예측한 서울시장 투표일(나경원 대 박원순, 2011년 10월 26일)에 거기 나와서 1인 시위를 했던 것이다. 동·서양 고전에 통달한 것으로 알려진 늙은 교수가 무슨 사연으로 고독한 시위에 나섰던가? 그의 EBS 특강과 관련된 일이었단다. EBS와 도올은 본디 '도올 김용옥의 중용, 인간의 맛' 강의를 36부작으로 가자고 약속했는데, 갑자기 EBS가 도올에게 절반으로 줄여 18부작으로 조기 종영하겠다는 통보를 했단다. 이유는 '거친 표현 및 특정 종교에 대한 비방'이라 했고.

도올의 그 강의를 전혀 듣지 않은 나로서는 얼마나 표현이 거칠었고 얼마나 특정 종교를 비방했는가에 대하여 전혀 알지 못한다. 다만 이순신 장군 동상 앞에 고독하게 서 있는 도올의 모습은 이미 중용(中庸)의 도나 중용의 인간적인 맛으로부터 한참 떨어져 있다는 인상을 받았다. 하필 서울시장 투표일만 골라서 "투표장으로 가시요!"라는 퍼포먼스를 벌였으니 계산한 정치적인 몸짓에 불과해 보였고, 이른바 범야권이든 범좌파든 그들을 향하여 "나는 변함없이 당신들의 동지니 나를 기억하시요!" 하는 고함을 지르는 것처럼 들려오기도 했다.

이른바 스타의 언행에는 마치 자기 성감대에 강렬한 자극을 받은 양 호들갑을 떨어대는 디지털의 재빠른 손가락들이 도올의 그 사진에다 '한마디 재담'을 달아 SNS라는 사이버세계로 얼마나 퍼 날랐을까? 나도 경악했던, 나중엔 거짓이라 밝혀진 '나경원의 1억원 피부마시지'만큼 퍼 날랐을까? 그러나 이쯤에서 나는 도올에게 보내려 했던, 가슴에 재워뒀으나 도올의 그 사진이 깨워준, 아주 늦어진 질문을 던져야겠다.

"도올 교수님. 때는 노무현 대통령 말기였지요. 그때 당신은 노 대통령 평양방문단 일원으로 평양에 갔지요. 가서, 민노당 당수와 함께 평양 권력자들이 자랑해대는 '아리랑축전'을 관람하지 않았습니까? 그 소감을 당신은 서울의 한 신문에 기고했지요. 그날 그 신문을 뒤져보면 다 나오지만, 당신은 북한 어린이들, 소년소녀들이 일사분란하게 이뤄낸 거대한 카드섹션에 대해 아낌없는 찬사를 보냈습니다. 당신의 그 글을 읽은 그때, 나는 당신에게 분노했답니다. 그래서 다음과 같이 공개적으로 묻고 싶었답니다.

'도올 교수에게도 어린 손자나 손녀가 있을 것이다. 언젠가 당신의 딸이 서울 어느 호텔에서 요란하게 결혼했다는 풍문을 들었으니 지금쯤 당신의 손자손녀가 몇 살인지 몰라도, 평양의 카드섹션 조련에 동원된 그 또래라고 해보자. 만약 한국에서 당신의 귀여운 손자손녀가 몇 달 동안 공부고 놀이고 뭐고 다 박탈당하며 땡볕 운동장에 동원돼서 오로지 조국의 명예를 위하여 가끔 오줌까지 싸가면서 병사처럼 혹독하게 카드섹션 조련을 받고 있다면, 당신은 어떻게 하겠는가?'

이제라도 대답을 듣고 싶네요, 도올 교수님."

만약 한국이 그런 짓거리를 벌이고 있다면, 할아버지 도올은 손자손녀의 인권을 위하여 이순신 장군 동상 앞 퍼포먼스 정도가 아니라 '인간의 이름으로 용인할 수 없는, 천인공노하는 아이들 인권탄압과 침탈'이라 외치며 그것보다 더 주목 받을 저항에 나서야 마땅할 것이다. 혹시 도올이 침묵을 지킨다면 비겁한 할아버지이겠고 혹시 도올이 찬성을 표한다면 나쁜 할아버지이겠는데, 광화문 광장에서 홀로도 그렇게 시위할 수 있는 이 나라는 결코 그따위 카드섹션을 위하여 어린이들, 소년소녀들을 기만하거나 박해하지 않는다.

청년 부아지지의 불꽃

북아프리카 튀니지 내륙지역 시디부지드에 부아지지란 청년이 살고 있었다. 어떤 숙명이 씌었던 것일까. 그는 태어나서 곧 자랑스러운 이름을 받았다. '자랑스럽다'라는 뜻의 '아지즈(AZIZ)'에서 따온 그 이름.

그러나 부아지지는 유년 시절, 소년 시절, 청년 시절을 통틀어 좀처럼 자랑스럽다고 기억할 만한 날들을 누릴 수가 없었다. 가정 형편이 너무 어려워서 대학을 중도에 포기했다는 사실이 그것을 단적으로 증명해 준다. 책을 놓은 대신에 행상 손수레의 손잡이를 잡는 순간, 과연 그의 마음은 어떠했을까? 부질없게도 나는 노란 개나리꽃과 하얀 목련꽃이 흐드러진 유라시아대륙 동쪽 끄트머리에 앉아 엉뚱한 상상을 펼친다.

부아지지는 의지가 박약한 청년이었을까? 왜 그는 가난에 시달려야 했던 1950년대 60년대 한국의 숱한 청년들처럼 대학을 고학으로 마치고 그 저력 그대로 밀고 나가 마침내 세상의 각광을 받게 되는 '인생의 신화'에 도전하지 못했을까? 부아지지는 행상 손수레의 손잡이를 잡는 순간에 그것을 알라의 뜻이라 받아들이며 체념에 젖었을까? 아니, 그렇지는 않았을 듯하다. 그의 가슴은 알을 품고 있었을 것이다. 꿈, 희망, 환한 미래가 한 덩어리의 생명체처럼 숨 쉬는 알. 행상에 나서는 첫걸음, 부아지지는 왼손으로는 행상 손수레의 손잡이를 잡았으나 오른손으로는 단단한 가슴을 쓰다듬으며 언젠가 자신의 힘으로 그 알을 부화하겠다는 다짐을 되뇌었을 것이다.

2010년 12월 중순 어느 한낮이었다. 서울, 뉴욕, 런던, 파리, 베를린 그리고 기독교가 번성한 세계 모든 도시의 휘황한 거리에 크리스마스 캐럴이 울려 퍼지고 있었다. 날이 저물면 크리스마스트리들이 때를 만나 반짝반짝 동화 속의 나무처럼 빛나며 짧게나마 몽환의 분위기를 자아낼 것이었다. 그러나 부아지지는 그 이름과 너무 딴판으로 여전히 자랑스러워질 것 같은 삶의 면동과 조우하지 못한 채, 어쩌면 그럴 가능성의 조짐조차 맞지 못한 채, 시디부지드 도심 한 귀퉁이에 벌레처럼 붙은 초라한 행상을 지키고 있어야 했다.

부지런하고 부드러운 부아지지는 자기 행상 쪽으로 힐끗힐끗 시선을 던지며 지나가는 행인들에게 일일이 친절한 눈빛과 미소를 보냈다. 언제부터인지 그의 눈빛과 미소는 친절에서 미끄러져 비굴에 가까웠으나 그는 자신의 전락(轉落) 징조를 조금도 의식하지 못하고 있었다. 아니다. 이것은 그의 가슴이 보듬은 알을 향해 터무니없이 경멸을 보내는 짓이다. 무릇 어미는 강인하지 않는가. 무릇 모성애는 거룩하지 않는가. 알을 품었으므로 그는 이미 어미였다. 마침내 알을 부화해야 하는 그의 가슴에는 이미 모성애가 뜨거웠다. 알의 부화를 위해 그는 얼마든지 눈빛과 미소를 팔 수 있는 어미였다.

행상을 지키는 부아지지가 좀 무료해질 때는 흥정을 걸어오는 손님이 뜸한 시간이었다. 바로 그런 틈이었다. 문득 한 여자가 그의 행상 앞에 나타났다. 그 여자는 시 공무원이었다. 시디부지드는 도시다. 세계 모든 도시는 행상이나 노점상을 혐오하는 똑같은 속성을 지녔다. 이유는 뻔하다. 도시 미관을 해친다는 것이다. 물론 주변의 가게 주인들도 싫어한다. 손님을 빼앗긴다고 생각하는 것이다.

그 여자는 단속원이었다. 그 여자의 권력은 행상 손수레를 빼앗을 수 있었다. 권력의 손아귀는 강력하다. 부패한 독재자를 받들며 살아가는 국가에서 권력의 손아귀는 곧잘 잔인해진다. 그 여자의 강력한 권력 손아귀가 부아지지의 손수레를 철거시키려 했다. 그러나 그도 강해져 있었다. 생계 수단, 노동 수단을 지켜야 했다. 위기에 빠지는 가슴의 알을 지켜야 했다. 그의 저항은 아기를 지키려는 모성애의 발동처럼 무섭게 강했다. 그 여자의 보드라운 손바닥이, 그러나 강력한 권력의 손아귀가 그의 뺨을 후려갈겼다.

2010년 12월 17일 부아지지는 시디부지드 주정부 청사 앞에 외로이 섰다. 그의 가슴에서 미처 부화하지 못한 알이 홀연히 불꽃으로 터져버렸다. 분신(焚身). 그의 젊은 인생이 순식간에 활활 타올랐다. 튀니지의 부패한 독재자는 그것을 무엇이라 명명했을까?

부아지지의 분신을 재스민 혁명의 도화선이라 한다. 그의 불꽃이, 단 한 번 처절하게 자랑스러워진 그의 이름이 튀니지를 압제에서 구원하고 이집트에서 독재자 무바라크를 축출했다. 리비아의 미쳐가는 카다피를 더 미치게 만들었다.

소신공양(燒身供養), 민주주의의 제단에 삶을 태워 바친 청년 부아지지.

카다피의 리비아에서 북한 읽기

에세이 두 편을 읽었다. 귀한 글이었다. 카다피 독재의 리비아를 무너뜨린 혁명에 대해 두 작가가 쓴 '리비아의 내면에 대한 보고'라 할 만한 글로서, 북한에 대하여 다시 사색할 어떤 근거를 제공해주었다.

먼저, 아랍권의 대표적 여성 작가 파크리 살레는 다음과 같이 썼다.

독재자는 모든 정치권력을 장악할 뿐만 아니라 사상에 대해서도 완전한 통제를 하고자 한다. 이것이 바로 무아마르 알 카다피가 지난 42년 동안 자행했던 것이다. 이집트, 튀니지, 모로코, 알제리 등이 중등교육과 대학교육 제도의 토대를 확립하여 지적, 문화적 삶의 번영을 이루고 있을 때 리비아의 교육제도는 파탄에 이르고 문화는 시들어 갔다. 그 이유는 바로 혁명적 이론으로 리비아의 사상, 정치, 사회를 급진적으로 변화시키려는 망상에 사로잡힌 카다피가 자신의 『녹색서』(Green Book)에 제시된 생각과 다른 사람이나 사물에 대해 전쟁을 선포했기 때문이다.

- 계간 《ASIA》 2011년 여름호

나는 카다피의 『녹색서』를 읽지 못했다. 다만 그것이 리비아의 사상적인 경전과 같아서 시민들의 세계관 형성을 지배하는 유일 지도서가 되어 모든 지식과 과학적 탐구의 근간을 제시하는 역할까지 했다는 단편적 정보나 아는 수준이다. 그러나 이 대목에서 얼마든지 북한의 '주체사상'을 상상할 수 있다. 모든 저작물의 첫머리에 위대한 어버이 수령의 존함을 등장시키는 평양 기득권 두뇌들이 앞으로 '주체사상'을 어떻게 수정해 나갈지 몰라도 그것은 마치 카다피의 『녹색서』처럼 북한 인민들의 사상적 경전으로서 세뇌교육의 유일 지도서 역할을 해오고 있다.

과연 『녹색서』가 지배한 리비아에서 젊은이들의 삶의 태도는 어떠했을까? 이 궁금증을 A. J. 토마스라는 인도 작가가 그 뒤에 바로 이어지는 지면에서 풀어줬다.

지난 2008년 4월 포스코 창립 40주년 기념으로 포스코 후원을 받아 계간 《ASIA》가 포항공과대학교에서 개최한 '아시아 작가대회'에 참여했던 토마스는 그해 10월부터 지중해와 가까운 리비아 아지다비아의 대학 분교로 출근하게 되었다. 인도 뉴델리에서 영문 문학지인 《인도문학》 편집자로 있던 그가 그때 리비아로 옮겨간 까닭은 "급여가 매우 좋은 조건" 때문이었다.

계약서에 명시된 대로 정치와 종교는 일절 언급하지 말라는 주의를 받는 것으로부터 강의를 시작한 토마스. 그의 눈에 비친 리비아 학생들은 한마디로 "태평하고, 놀기 좋아하며, 멋 부리기 좋아하고, 게을러 보였다." 대다수가 유럽 축구 클럽 팬으로서 그 유니폼을 입고 다녔으며 먹는 것과 잠자는 것을 좋아했다.

그런데 어느 날 갑자기 그들이 믿기 어려운 변화를 일으켰다. 수천 명이 거리를 행진하며 카다피 퇴진의 구호를 외쳤다. 무기고를 탈취하여 총을 들었다. 카다피의 군대에 맞서는 그들의 얼굴에는 비장한 결의마저 서려 있었다. 중요한 공공장소마다 걸려 있던 카다피의 초상화를 끌어내리고 사정없이 훼손했다.

튀니지와 이집트에서 혁명이 일어났지만 리비아 젊은이들은 액션 영화를 감상하듯이 알자지라 방송을 통해 그저 시위를 구경이나 할 것이라 여겼던 토마스. 이 이방인의 예상은 보기 좋게 빗나갔다.

대체 무엇이 리비아 학생들을 그렇게 변화시켰을까? 물론 인간은 억압과 굴종에 대한 저항의 본성도 타고났으니 42년 독재 치하라면 그 임계 상황에 닿았을 거라고 판단할 수 있지만, 나는 토마스의 글에서 두 가지를 주목한다.

경솔한 논평가들의 주장과 달리 궁핍은 리비아의 골칫거리가 아니다. 식량은 싸다. 물보다 기름이 싸서 일반 시민들도 자동차나 소형 트럭을 소유하고 있다. 공공시설이 양호하고 위생수준이 상당히 높다.

아이러니컬한 사실은 인터넷을 처음 들여온 사람은 카다피의 둘째 아들이다. 인터넷이라는 마법사가 무슨 일을 벌일지 아무도 예상하지 못했다.

리비아는 빈곤에 허덕이는 나라가 아니다. 리비아는 인터넷이 발달해 있다. 이것이 카다피의 리비아가 삼대 세습의 북한과 매우 다른 두 조건이었다. 오랜 굶주림은 저항할 영혼의 기력마저 고갈시킨다. 정보 통제는 소통의 광장을 차단시킨다.

카다피의 리비아에는 그를 칭송하는 작가들도 있었으나 국외로 망명하여 그의 독재체제에 맞선 작가들도 있었다. 왜 북한에는 망명하는 작가들이 없는가? 절대빈곤, 절대통제와 깊은 관련이 있을 것이다.

4부

천하위공-박태준의 궤적

내가 박태준의 인생에는 작가의 진지한 시선이 오래 머물러야 한다고 확신했을 때, 그의 인생을 재구성하여 '20세기 한국의 초상'을 그려낼 수 있다고 확신했을 때, 내 주인공이 걸어온 길을 나는 마치 풍경화 속 미루나무 가로수 사이의 신작로처럼 지켜보고 있었다. 내가 보기에 내 주인공은 나에게 각인시킨 첫인상 그대로 자신의 필생을 관통하는 '맑음'으로써 포스코 신화와 위대한 생애로 가는 길을 개척했다. 작가로서 나는 무엇보다도 그 길을 혼탁한 우리 시대의 진귀한 자산으로 남기고 싶었다.

박태준, 인연을 받드는 영혼 맑은 거장(巨匠)

    부산광역시 기장군 장안읍. 동해와 남해가 몸을 섞으며 기장미역의 이름을 드높인 그 앞바다는 오영수의 단편소설 「갯마을」 같은 갯마을을 여럿 거느렸다. 이제는 모두 도회 냄새를 물씬 풍기는 동네로 변모했지만, 철의 사나이로 세계가 주목한 박태준의 고향마을 임랑리도 그런 갯마을의 하나다.

    임랑리에서 제일 높다란 것은 지킴이나무로 받들어도 좋을, 나이테를 여든 번은 감았을 우람한 곰솔이다. 해질녘이면 그 곰솔의 우듬지 그림자가 닿는 스틸하우스, 이 집이 박태준의 생가다. 주인의 성품을 나타내듯 단정하고 아담하게 꾸려진 집에서 나는 무엇보다 응접실의 두 폭짜리 병풍을 잊지 못한다. 붓으로 쓴 세련된 달필의 세 단어 때문이다.

結緣 尊緣 隨緣

나카소네 전 일본 총리의 글씨다. 인연을 맺고, 인연을 존중하고, 인연을 따른다. 처음 발견한 순간, 내 머리에는 번개가 번쩍였다. '아, 그래, 저것은 사람이 사람답게 살아가는 길이구나. 박태준 선생이 저 길로 걸어온 거로구나. 연심기묘(緣尋機妙), 좋은 인연이 더욱 좋은 인연을 부른다는 귀한 말을 붓으로 쓰기도 하던 것이 예사가 아니었구나.' 한참 지난 다음에는 '내가 먼저 배신하지 않는다'라는 내 대인관계의 원칙에 대해 참으로 부박한 표현이라는 자괴감을 맛봐야 했다.

포스코, 박태준.

이 대명사가 내 생에 어떤 연(緣)으로 다가선 때는 1968년 늦봄이었다. 포항시 대송면 송정동, 한국 최초의 쇳물을 받아내고 걸러내게 되는 그 가난만 푸짐한 모래동네에 '제선공장'이라는 깃발이 휘날린 것이었다. 그해 가을 우리 동네는 몽땅 남루한 보따리를 쌌다. 철거민 신세였다. 우리 동네에서 혼자만 현대풍을 과시해온 수녀원과 고아원도 사라져야 했다. 전후(戰後)의 빈곤이 한데에 버려놓은 고아 500여 명을 거두어 돌보는 수녀 150여 명, 이들 대식구도 머잖아 긴 이사 행렬을 이루었다. 모두가 뿔뿔이 헤어져야 하는 쓸쓸한 어느 대낮, 나는 눈이 붓도록 펑펑 울었다.

누구에게나 삶의 미래란 미지의 세계이다. 눈물을 닦으며 고향마을을 떠났던 나는 스물두 살에 처음 써본 장편소설이 어느 현상 공모에 당선돼서 소설가라는 명칭을 얻었다. 어설픈 작가 시절에는 미처 몰랐으나 그것은 당대와의 긴장을 늦출 수 없는 인간으로 살아가야 한다는 운명의 딱지와 다름없는 것이었다. 1980년대 후반, 철강공단 노조 건설 과정을 얼개로 짠 중편소설 「철의 혀」 초고를 쓰고 있었을 때(발표지면 《창작과비평》 1990년 가을호), 포항 시내에 떠도는 '포철 회장 박태준'에 대한 풍문은 나에게 자측(資側)의 전형적 인물에 대한 묘사 장면을 손쉽게 넘어갈 수 있게 해줬다. 전혀 실명(實名)을 쓰지 않은 작품이어서 따로 탐사하는 수고를 바칠 필요도 없었다.

그리고 1995년 여름이었다. 김영삼 정부가 광복절 특별사면을 검토하고 있던 무렵, 나는 한 신문에 「사람 박태준씨를 위하여」라는 칼럼을 썼다.

백 번 양보하여 설령 박태준의 정치적 과오가 63빌딩에 들어간 철근의 무게와 맞먹는다 하더라도 그가 포스코를 통해 한국 현대사에 이바지한 공적은 63빌딩을 63개나 건설할 철근의 무게와 맞먹는다.

그러니까 1993년 봄날에 정치적 보복을 당한 뒤로 해외에서 유랑의 날들을 보내고 있는 박태준 전 포스코 회장을, 김영삼 대통령이 당연히 사면해야 한다는 주장이었다. 지역의 지식인들과 함께 지역연구와 시민운동에 앞장서며 이것저것 깊이 파헤쳐보는 가운데 몇 년 전에 허구를 위해 부담 없이 차용했던 그 풍문에는 사실과 다른 점이 많다는 사실을 챙기고 있었던 것이다.

그러나 나는 그때까지도 그와 전혀 모르는 사람이었다. 악수를 나눈 적도 없었을 뿐더러 먼발치에서나마 실물을 본 적도 없었다. 그저 언론을 통해 낯익은 타인이었다.

다시 2년이 더 지나갔다. 1997년 여름, 포항에는 국회의원 보궐선거가 열렸다. 김영삼 정권의 이른바 '역사바로세우기' 법정에서 국회의원 자격을 박탈당한 허화평 의원의 빈자리에 마련된 선거였다. 무소속 박태준 후보, 민주당 총재 이기택 후보. 두 거물의 정치적 생명이 걸린 진검승부였고, 그만큼 선거운동이 드세졌다. 이즈음에 나는 이미 진보적 세계관의 조정을 거친 작가로서 고향(포항)에 눌러 살고 있었다.

고르바초프의 페레스트로이카가 지구적 지각변동을 일으켰음에도 여전히 한반도만 냉전의 섬으로 남은 그때, 나는 오래 전부터 다음과 같은 믿음을 가슴에 품은 작가였다.

인간은 사회주의를 할 수 있는 천부적 윤리의 자질이 턱없이 부족한 존재다. 이념이 인간조건을 창조하는 것이 아니라, 인간조건이 이념을 창조한다. 인민이 체제를 위해 복무하는 것이 아니라, 체제가 인민을 위해 변화해야 한다.

그렇게 세계관의 조정을 거치지 않았더라면 나는 '고향에 살고 있는 실향민'으로서 내 유년의 땅에다 '영일만의 기적'을 이룩해놓은 이른바 보수 진영의 박태준이란 걸출한 인물을 제대로 들여다보지 않았을 것이다.

4년 만에 조국으로, 포항으로 돌아온 박태준. 뜻밖에 나는 그의 실물을 직접 살필 기회를 맞았다. 그때 나는 포스텍(포항공과대학교) 설립에 얽힌 일화들을 한자리에 엮는 『노벨동산의 신화』라는 단행본을 쓰기 위해 포스텍 건설본부장을 지낸 이대공 전 포스코 부사장과 자주 인터뷰를 하고 있었는데, 하루 저녁은 그의 주선으로 박득표 전 포스코 사장과 더불어 술잔을 나누었다. 물론 선거를 준비하는 '박태준의 팔들'이 나에게 도움을 청하는 자리였다.

이튿날 오전에 나는 박태준 예비후보의 숙소를 방문하게 되었다. 그가 일흔 살의 노인이라는 점을, 나는 만나러 가는 걸음에야 떠올렸다. 그랬다. 그는 노인이었다. 최초의 악수. 억세 보이는 손이 인상적이었다. 펜이나 잡는 내 손과 달랐다. 일에 길든 손이었다.

내가 물었다.

"포철 건설 기간에는 포항시민과 친밀하지 못하셨는데, 진정으로 인사부터 하셔야 하지 않습니까?"

그가 버럭 성을 냈다.

"죽도시장에서 돗자리 깔고 큰 절을 했소. 나는 마음에 없는 짓은 안 해!"

그런데 나는 노인의 성내는 모습이 좋았다. 속에 깊숙이 따로 꼬불쳐 뒀다가 '속닥플레이'를 곧잘 벌이는 정치꾼과는 거리를 멀리 두고 살아왔다는 점을 단박에 알아차렸다. 내가 또 물었다.

"국회의원이 되면 문화에도 깊은 관심을 기울여 주시겠습니까?"

그가 통쾌하게 웃었다.

"포항에 돌아와서 문화라는 말은 당신한테 처음 들었소. 국민소득 1만 달러부터는 본격적으로 문화에 눈을 돌려서 기획도 하고 육성도 해야 하는 거요."

나는 노인의 파안대소가 매력적이었다. 웃는 모습이 아이 같았다. 버럭 성을 낼 때도 맑아 보이고 활짝 웃을 때는 더 맑아 보이는 일흔 살 노인. 그 나이의 그 맑음은 어떤 연기자도 감당할 수 없는, 맑은 영혼에서만 우러날 수 있는 것이었다.

자원봉사지만 기획과 홍보를 총괄하는 '기획상황실장'이라는 꼿발센 책임을 맡은 나는 박태준 후보에게 "겡제는 가라! 경제가 왔다!" 하는 선거 슬로건을 건의했다. 물론 '겡제'는 경제를 겡제라 발음하는 경제실정의 YS를, '경제'는 실물경제의 대가 TJ를 상징하는 말이었고, 이기택 후보와의 승부가 아니라 YS와의 승부라는 예각을 돌출한 슬로건

165

이었다.

그날의 첫 만남으로부터 8년 가까이 더 지나서 그가 희수(喜壽) 생일을 맞은 2004년 12월, 나는 굵은 사전처럼 생긴 평전 『박태준』을 주인공에게 헌정할 수 있었다. 우연히 고향에도 큰 도움이 될 선거나 거들겠다고 만났는데, 주인공이 나에게 부탁한 일도 아니요 무슨 계약을 맺은 일은 더더욱 아닌데, 대체 무엇이 나에게 평전이라는 기나긴 작업까지 완수하게 만들었을까?

주인공과 숱하게 나눈 허심탄회한 대화들이 켜켜이 내 안에 쌓여 저절로 하나의 거대한 상(像)으로 완성되었다는 사실도 털어놓아야겠지만, 조정된 나의 세계관, 나의 뇌리에 각인된 '박태준의 첫인상과 존연'을 빼놓고는 온전한 답을 찾을 수 없겠다.

'부강한 국가를 이루기 위해 헌신하자는 사내들이 모여 순수한 영혼과 뜨거운 열정으로 인생을 바쳐 창조한 불후의 예술품'이 포스코라고 생각하는 내 주인공이 21세기를 맞았을 때, 바야흐로 일흔세 살의 노인은 자신의 폐 밑에 신생아 무게로 성장한 물혹을 달고 있었다. 그것을 적출하기 위해 그가 목숨을 건 수술을 선택한 2001년 여름, 많은 자료를 섭렵한 나는 '맑은 거장(巨匠)의 노인'에 대한 평전을 집필하기 위해 그 골격과 같은 목차를 짜고 있었다.

내가 박태준의 인생에는 작가의 진지한 시선이 오래 머물러야 한다고 확신했을 때, 그의 인생을 재구성하여 '20세기 한국의 초상'을 그려낼 수 있다고 확신했을 때, 내 주인공이 걸어온 길을 나는 마치 풍경화 속 미루나무 가로수 사이의 신작로처럼 지켜보고 있었다. 내가 보기에 내 주인공은 나에게 각인시킨 첫인상 그대로 자신의 필생을 관통하는 '맑음'으로써 포스코 신화와 위대한 생애로 가는 길을 개척했다. 작가로서 나는 무엇보다도 그 길을 혼탁한 우리 시대의 진귀한 자산으로 남기고 싶었다.

내 주인공보다 한 세대 아래인 나는 그의 황혼기에 그와 결연을 했다. 이 인연을 내가 존중하며 따르고 가꾸는 길은 무엇인가? 한국 현대사의 한복판을 꿰뚫은 그의 생애를 문학과 예술과 연구의 방법론으로 당대의 거울에 비춰보는 가운데 무형의 사회적 자산으로 길이 후세에 남기는 일이다. 이것이 내가 할 수 있는 최선 존연이요 '몸에 지녀서 따르는' 최상 수연이다. 나는 작가니까.

인연을 소중히 가꾸는 사람의 영혼이 어찌 맑지 않을 수 있겠으며, 맑은 영혼이 어찌 인연을 소중히 가꾸지 않겠는가. 그리고 인연을 소중히 가꿀 줄 아는 '맑은 영혼'이 무릇 위대한 삶의 바탕을 이룬다. 요즘 나는 새삼 박태준의 '맑음과 존연'을 살피면서 현재 한국의 정계나 재계에서 좀처럼 위대한 삶을 발견할 수 없는 까닭은 아무래도 '맑음과 존연'이 부재한 탓일 것이라고 생각한다.

왜 나는 '박태준' 평전을 쓰는가?
— 평전 『박태준』(현암사, 2004)의 '작가 후기'

이 책을 쓰는 나는 기본적으로 세 가지 출발지점이 있었다. 개인적인, 시대적인, 그리고 한국인으로서의.

1968년 여름, 영일만 안쪽의 형산강 하구 옆. 나는 열한 살의 분교 4학년. 전기도 만화책도 없는 우리 갯마을엔 낯선 깃발들이 높다란 허공에 꽂혀 있었다. '제선공장', '제강공장'……. 그건 슬픈 이별의 신호였다. 친구들과 고아원의 공짜영화, 모래밭과 물새알, 바닷가 소 먹이기와 파도, 밀밭과 종달새, 강둑과 저녁놀. 푸짐한 가난만 남루한 이삿짐에 따라붙었다. 어느덧 마흔여덟 살에 다가서는 지금도 내 안의 그 깃발은 '소리 없는 아우성'으로 흔들릴 때가 있다. 나는 토박이로 포항에 살지만 '포항제철'은 돌아갈 수 없는 영원한 나의 고향이다. 포항공과대학교, 포항산업과학연구원, 포항방사광가속기는 나의 이웃이다.— 이것이 내가 이 책을 쓴 개인적 출발지점이다.

21세기 벽두, 한국사회는 '산업화와 민주화'의 토대를 만들어놓았다. 오른발은 산업화 위에, 왼발은 민주화 위에 올려두었다고 해도 좋다. 그러나 어느 한쪽 발로만 서지 못하여 안달 부리는 갈등과 대결이 득세하는 세상이다. 과거의 산업화세력은 무조건 현재의 악의 일원이요, 과거의 민주화세력은 무조건 현재의 선의 일원이란 단세포적 흑백논리가 칼바람을 일으키고, 그에 맞서는 방식도 부창부수와 같은 수준이다. 서로 존재의 정당한 근거를 확충하기 위해 '적과의 전략적 동침'을 노린 것이라는 의혹마저 불러일으킨다.

절대적 빈곤으로부터 국가주의 방식의 압축적 성장까지. 이는 20세기 후반기 한국산업화의 시발과 종점을 가리킨다. 그것은 민주주의가 수난을 극복해나간 형극의 길과 거의 일치한다. 그래서 지금 우리의 두 발이 경제와 민주주의를 밟고 서 있는 것이다. 지나간 격동의 시대는 그 한복판을 꿰뚫는 여러 걸출한 인물을 배출했고, 작가의 시선이 어느 특정한 인생에 오래 머물러 당대의 초상과 같은 전기문학을 제출했다. 대다수가 저항운동사의 산맥을 형성해온 인물의 기록이다. 당연한 현상이다. 한국사회는, 오랜 세월을 '저항'이 인간의 이름을 아름답게 빛내는 현장이었기 때문이다. 그런 한편, 빈곤이 민중을 몸서리치게 억압했던 것도 숨길 수 없는 사실이다. 바로 여기서 경제발전사의 산맥을 형성해온 인물들의 역사적 공적이 돋보이게 된다. 그들의 인생도 더러는 기록으로 제출되었다. 하지만 그들이 산업을 일으키는 현장에서 혼신의 열정을 기울인 모습과는 대조적으로, 역사기술에도 그러고 있지만 단행본 기록으로서의 대접도 소홀한 편이었다. 마치 건설의 부실공사처럼 엉성한 날림공사도 없지 않았다. 이러한 공백은 현재의 이상(理想)을 '인간의 얼굴을 한 자본주의'에 걸어둔 눈에도 바람직해 보이지 않는다.—이것이 내가 이 책을 쓴 시대적 출발지점이다.

박태준은 식민지와 전쟁, 빈곤과 부패의 시대를 관통하면서 당대의 변혁에 대한 신념을 확립했다. 그는 그의 방식으로 빈곤과 부패에 저항했다. 사람다운 삶이 보장되는 공동체를 설계하고, 자기 영역의 전체를 세계 최고로 끌어올리는 꿈을 꾸었다. 그래서 철(鐵)에 목숨을 걸었다. 그의 철은 곧 국가였다. 포철의 오너가 아니었지만, 철이 국가였기에 모든 것을 바쳤다. 장장 25년에 걸친 도전, 마침내 한국경제의 튼튼한 기둥을 세우고 포철을 세계 초일류 기업으로 키웠다. 그는 명실공히 세계 최고의 철강인에 등극했다. 이내 그 자리를 빈손으로 물러났지만 그의 머리엔 찬란한 월계관이 남았다.

일흔 살에 이르러 그는 '산업화세력과 민주화세력의 화해', '영남과 호남의 화합'을 외치며 '50년 만의 수평적 정권교체'에 앞장섰다. 필생의 저력을 쏟아 국가부도 위기사태의 IMF관리체제를 극복하는 대업에 헌신했다. 20세기의 최후를 그는 다시 '국가'에 온몸을 던졌던 것이다. 뿐만 아니라, 그는 한국 사학(私學)의 새 지평을 열고 복지제도의 모범을 만들었다. '기업이윤의 사회 환원'에 대한 전형을 세웠다. '대한민국 60년 무대'에 금자탑으로 빛나는 삶은, 그가 최후의 실존이기도 하다. 이 인물의 자취와 신념체계에는 20세기 후반기의 한국사회가 투영되어 있다. 지금, 바깥은 경제가 어렵다고 아우성이다. 통합의 리더십을 갈구한다. 오른발이나 왼발의 어느 한쪽 발로 서서 과거를 일방통행으로 재단하지 말아야 한다. 박태준의 소중한 진면목은 '경제와 과거'에 대한 올바른 이해의 길을 제시하는 장면에서도 유감없이 발현된다. 당연히 그 길은 희망의 미래로 뻗어나간다.

내가 중학생 때 읽은 앤드루 카네기의 일대기는, 철강산업으로 어마어마하게 돈 벌어 늘그막에 좋은 일 많이 한 '위대한 철강황제'로 찍혔다. 감히 범접할 수 없는 거인의 이미지로 남았다. 소년 시절의 나에겐 미국이 카네기와 같았다. 그로부터 거의 한 세대가 지난 다음에야, 머나먼 저곳 피츠버그의 카네기와 내 고향의 박태준을 나란히 세웠다. 두 인물의 키와 몸무게, 삶의 질을 견줘보았다. 어느 면으로 재고 따져도 덩치 큰 백인은 키 작은 한국인에 훨씬 못 미쳤다.ㅡ이것이 내가 이 책을 쓴 한국인으로서의 출발지점이다.

그러나 단언컨대, 주인공과 내가 남달리 깊은 인연을 맺지 않았더라면 아마 나는 이 책을 쓰지 못했을 것이다. 1997년부터 지난 8년 동안 숱한 시간을 주인공과 대화했다. 그것이 어느새 나를 기록의 자리로 이끌었다. 그의 영혼과 신념체계를 이해하고 기나긴 자취를 간추린 세월. 막걸리 잔이 놓인 날에는 나의 질문과 발언이 거침없어지기도 했다. 주인공은 더듬거리거나 피해간 적이 없었다. 기억력도 놀라웠다. 가령, 50년도 더 지난 군대시절의 특별한 체험담을 확인하기 위해 그의 장교 연표나 관련 기록물을 찾아 대조해봤을 때, 최소한 월(月)까지는 일치했다. 나도 호락호락하게 굴진 않았다. 예컨대 5·16 뒤에 반대편 장성들을 미국으로 유학 보내자고 건의했다는 그의 회고에 대해서도 나는 케케묵은 시사 잡지를 뒤적여 기어이 확인하고 말았다. 나의 믿음을 독자의 믿음으로 넘겨주려는 노력이었다. 거의 모든 대화는 나의 상상력이 만든 것이 아니라 그의 기억력, 증언한 이의 기억력에서 잠을 깨고 나왔다. 물론 기록에서 불러낸 것도 있다.

"모든 우거진 숲에는 못생긴 나무와 죽은 나무도 몇 그루 섞여 있기 마련이다. 만약 어떤 인생의 숲에 그마저 없다면, 그는 이미 인간의 경지를 초월하여 신의 경지를 살아간 사람이다. 모든 위인만 아니라 모든 성인도 그의 인생의 숲에는 반드시 못생긴 나무와 죽은 나무가 섞여있기 마련이다. 문제는 숲을 바라보는 시각이다. 숲 속의 못생긴 나무 한 그루에만 딱 초점을 맞춰서 그게 숲의 진면목이라고 우긴다면, 그것은 그렇게 고집하는 눈의 어처구니없고 더할 나위 없는 위선이다."―나는 이렇게 생각한다.

박태준의 마지막 계절

기침에 시달리는 2011년 여름

청암(靑巖) 박태준은 생애에 여든네 번째로 맞은 여름의 한 자락을 일본 홋카이도 삿포로에서 보내고 있었다. 2011년 8월, 한낮 수은주가 섭씨 25도에 닿기 어려운 피서 휴양지. 그러나 노인은 겨울철 독한 감기에 걸린 듯이 자꾸만 기침을 하고 있었다. 결코 예사로운 징후가 아니었다. 어느덧 여섯 달째 접어들었건만 사라질 낌새를 보이지 않는 몹쓸 기침이었다.

홋카이도 전통 식당. 단층 목재건물의 조그만 창 밖에는 저녁 어스름이 내리고 있었다. 따끈한 찻잔을 식탁에 내려놓은 노인이 다시 잔기침을 여남은 번 뱉었다. 나는 새삼 가슴이 짜안해져서 차가운 사케 한 잔을 단숨에 삼켰다.

"그까짓 거야 뭐 밤새도록 마시는 거지. 이 집에 좋은 사케는 아주 많소."

노인은 묘한 웃음을 지었다. '너그러운 아이 같은 표정'이라 해야 적절할까. 대한민국 육군에서 손꼽히는 호주였던 자신의 저 젊은 시절의 어느 아련한 술자리 장면이 떠오르는 모양이었다. 속절없는 세월의 머나먼 거리, 다시는 돌아갈 수 없는 그 과거로의 길. 쓸쓸한 문장 하나가 내 머릿속으로 쏜살같이 스쳐 지나갔다. 나는 거푸 한 잔을 더 비웠다.

"이틀 동안 유심히 살폈습니다만 서울에서 뵀을 때보다는 좋아진 것 같은데 아직도 기침이 떨어지지 않고………."

"이 정도만 돼도 뭐든지 할 수 있겠소."

너무 오래된 끈질긴 기침에 정말 진저리치고 있다는 괴로운 속내를 '늙어도 강인한 사나이'의 절제된 말로 표현한 것이었다.

2박3일 짧은 만남의 작별 전야, 우리의 저녁식사는 세 시간 가까이 이어졌다. 인생의 황혼을 소일하는 노인의 한국전쟁이나 포스코에 대한 추억담과 남북관계에 대한 고담준론과 인류의 미래에 대한 상상과……. 노인은 이야기 새새에 술 대신 잔기침을 하고, 작가는 이야기 새새에 잔기침 대신 술을 마셨다.

노인이 '박정희 사령관과 술 마신 일화'를 마치자 곁에 앉은 반려자(장옥자 여사)가 한마디를 거들었다.

"당신은 평생을 박정희 대통령과 살아가는 사람 아닙니까? 영혼으로 형제가 되거나 영혼으로 결혼한 부부라도 당신만큼은 못할 겁니다. 우리가 김영삼 씨하고 틀어져서 도쿄 단칸방에 살 때도 그랬어요. 새해 정월 초하룻날 아침에는 박 대통령 사진을 상 위에 모셔놓고 정장 차림으로 세배를 올리는 사람이었어요."

반려자의 웃음 섞은 투정을 노인이 진지하게 받았다.

"우리가 혁명을 계획할 때 약속한 게 있었고, 나는 또 그 약속을 철저히 지키겠다고 내 인격에 약속을 했으니, 내가 그 양반을 자주 봐야 흔들리다가도 금세 똑바로 서게 될 거 아니오?"

자기 다짐과 같은 반문, 그 끝에 그가 또 잔기침을 했다. 작가는 고개를 끄덕였다. 서울 광화문의 소담한 사무실에도, 시골 고향집 거실에도 박정희 얼굴을 놓아둔 박태준의 깊은 속뜻에 새삼 마음이 아릿해진 것이었다.

노조에 대한 대화도 나누었다. 작가가 말했다.

"오래 전에 한 번 말씀드렸습니다만, 벌써 20년쯤 지난 것 같은데, 저도 철강노조를 소설로 다뤘던 적이 있습니다."

노인이 잠시 기억을 더듬었다.

"이 선생이 그 얘기를 꺼내기도 전이었는데, 내 주변에 누구였나, 그 소설을 거론하면서 그 사람은 조심해야 한다는 충고를 해줬소."

우리는 건배 대신 하얗게 웃었다. 그리고 노인이 변함없는 소신을 밝혔다.

"나는 우리나라에 노조가 본격 등장하기 전부터 일본, 유럽, 미국 등지에서 노조를 많이 봤던 사람 아니오? 철강노조도 다 봤지. 원래 노조는 크게 두 갈래라고 봐요. 하나는 말 그대로 근로자들의 권익옹호와 확보를 위한 것이고, 또 하나는 이념투쟁, 그러니까 노동해방이다, 프롤레타리아혁명이다, 이걸 위한 것이지. 후자에 대해서 나는 아니라고 보는 사람이고, 전자에 대해서는 이해를 하는 사람인데, 무엇보다도 나는 노조가 해야 할 일들을 그보다 더 높은 차원에서 회사가 선제적으로 해줘야 한다는 생각을 해왔고 또 그렇게 실행도 했다고 자부하는 사람인데……. 특히나 제철공장은 자동차공장하고는 확연히 다르다는 사실을 유념해야 하는 거요. 자동차공장은 파업이다 해서 라인을 세웠다가 다시 하자 해서 다시 돌리면 되지만, 제철공장은 어떻게 되겠소? 제선이나 제강에서 손 놓아버리면 치명적인 손상을 입게 되고, 그러면 몇 달이고 조업이 불가능해지는데, 그러면 회사가 어떻게 되겠소?"

이윽고 자리를 파할 무렵에는 '노벨과학상'이 화제에 올랐다. 아니나 다를까, 노인은 이번에도 격정을 참지 않았다.

"내 생전에 한국인 노벨과학상 수상자가 나오면 그 사람을 초대해서 맛있는 밥 한 끼 내고 싶은데, 이 학수고대는 헛수고가 되는 건가 싶소. 포스텍 세울 때도 그 기대가 참 컸는데……. 작년에는 포스코청암재단에게 노벨과학상을 많이 받은 이스라엘 같은 나라의 교육 시스템에 대한 조사도 시켜 봤소. 일본과 축구를 해서 우리 대표팀이 2:0으로만 져도 난리치는 우리가 왜 노벨과학상에서는 17:0이 돼도 무신경한 거야? 뭔가 크게 잘못됐어. 교육부터 바로 돼야 하는 거요. 교육의 비교우위가 중요해. 교육이 일본에 앞서야 일본을 앞서는 거고 극일도 하게 되는 거 아니겠소?"

그날 밤에 나는 자정이 지나서도 혼자서 폭탄주를 기울이고 있었다. 호텔 근처 점방에서 구해온 큼직한 삿포로 생맥주, 객실 미니바에서 꺼낸 앙증맞게 생긴 양주. 이른바 '양폭'이었다. '조폭' 다음으로 증오하는 것이 '양폭'이라 주장해온 자(者)가 스스로 그 말을 허물고 말았다. 내년 여름에는 당신을 만나 뵈러 삿포로를 찾아오는 일이 없어질지 모른다. 이 불길한 예감을 쫓아내려 했다. 아니, 귓전에 켜켜이 쌓인 노인의 기침소리를 씻어내려 했다. 그것은 문학적인 감상(感傷)의 발로가 아니었다. 내가 제조한 폭탄주는 꼬박 십 년 전에 박태준이 일흔네 살의 늙은 몸으로 감당해낸 폐질환 대수술의 몇 장면을 담고 있었다.

평전 『박태준』, 그 긴 이야기의 첫머리를 나는 이렇게 열었다.

2001년 7월 하순, 뉴욕의 한낮은 찜통이었다. 어둠이 두텁게 깔린 뒤에도 더위는 좀체 식지 않았다. 열대야 현상은 우주로부터 의연히 내려온 정규군처럼 지구에서 가장 막강하다는 국가의 거대한 도시를 점령해버렸다. 그러나 평화로웠다. 뒷골목의 소란마저 더위에 지쳐 얌전해진 듯했다. 강력한 정규군의 전과(戰果)는 기껏해야 도시 기상대에 달린 화씨 온도계의 최고 신기록 갱신으로나 남을지.

그 무렵, 한국의 어느 노인이 뉴욕 코넬대학 병원에 누워 있었다. 7월 25일 오후 1시 30분, 수술실에서 중환자실로 옮겨져 빈사지경을 막 벗어난 몸이다. 왼쪽 옆구리 33센티미터를 갈라 갈비뼈 하나를 톱으로 잘라 통째로 빼낸 다음, 그 구멍으로 폐 밑에서 폐를 압박해온 풍선만 한 물혹을 끄집어내는 대수술. 소요시간 6시간 30분, 물혹 무게 3.2킬로그램. 이는 일찍이 어머니가 그를 출산하면서 겪은 격렬한 진통 시간에 견줄 만하고, 갓 태어났을 때의 그의 몸무게보다도 무거울 만한 기록이었다. 이집트 출신의, 손이 자그마한 집도의(執刀醫)는 신생아 무게의 물혹을 세계 신기록이라 했다.

그때 집도의는 환자의 물혹에는 규사(硅砂) 성분이 핵이라고 일러줬다. 규사, 아주 작은 알갱이의 흰 모래. 그 말을 들은 박태준의 동지들은 누구나 얼른 그 지독했던 영일만 모래바람을 떠올리며 이런 생각에 잠겼었다. '아, 우리 회장님에게는 그 모래가 직업병을 만들었구나…….'

여든네 살의 황혼을 소일하는 노인의 몸에 귀신처럼 달라붙어 계절이 두어 차례 바뀌어도 도무지 떨어질 줄 모르는 기침, 이 몹쓸 놈에 대하여 이제 그들은 십 년 전 코넬대학 대수술과의 관련성을 염려하고 있었다. 다시 왼쪽 폐에 심각한 문제가 일어나고 있다면 이번에는 또 어떤 결단을 내려야 할 것인가? 모두가 서로 말은 삼가고 있어도 저마다 가슴에는 우울한 질문을 간직하고 있었다.

추억이 역사에 별처럼 반짝이니

가을이 돌아왔다. 한가위를 맞아 박태준은 고향 바닷가 생가에 머물고 있었다. 기침이 삿포로에서보다 한층 악화된 상태였다. 그러나 한 주일 앞으로 다가온 행사 참여를 포기하지 않겠다고 했다. 포항제철 초창기부터 현장에서 청춘을 불사른, 이제는 함께 늙어가는 퇴역 직원들과의 만남. 그가 회장 자리에서 스스로 물러난 지 19년 만에 이뤄지는 재회. 옛 현장 친구들의 얼굴을 보고 싶다던 그의 의지가 시나브로 그의 내면에서 소원으로 변모한 것 같았다.

2011년 9월 19일 오후 7시. 포항시 효자동 '포스코 한마당 체육관'에 포항제철 초창기부터 현장에 근무했던 퇴직사원 370여 명이 모여들었다. 이윽고 박태준 포스코 명예회장이 천천히 행사장으로 들어서자 참석자 전원이 일어나서 우레 같은 박수를 보냈다. 자리를 벗어나 그의 앞으로 뛰어나온, 그와 같이 늙어가는 몇몇 직원들은 악수를 나누며 벌써 눈물을 글썽이고 목이 메었다. '창업 최고경영자와 퇴직 현장사원'의 19년 만의 재회, 이 행사의 이름은 〈보고 싶었소! 뵙고 싶었습니다!〉. 말 그대로 보고 싶어 하고 뵙고 싶어 해서 마련된 잔치였다. 세계의 기업 역사상 유례를 찾아볼 수 없는, 인간의 이름으로 만들 수 있는 따뜻한 만남이었다.

「우리의 추억이 역사에 별처럼 반짝입니다」, 이 연설을 박태준이 시작하자 마치 제목 그대로 저마다 하나의 별이 된 것처럼 젖은 눈을 반짝이더니 드디어 체육관은 눈물의 호수를 이루었다. 아, 이것이 박태준의 생애에 대미를 장식하는 마지막 공식 연설이 될 줄이야!

누구도 알 수 없고 오직 하느님만이 그것을 알고 있어서 누구도 모르게 잠시 그에게 청춘을 돌려준 것이었을까. 그는 연설을 하는 동안 간간이 북받치는 감정을 억누르느라 목이 메여 눈시울을 훔쳤다. 그러나 그놈의 끈덕지게 달라붙는 기침을 하지 않았다. 행사를 마치고 헤어지는 삼삼오오가, "우리 회장님, 대통령에 출마해도 되겠더라"는 즐거운 말을 주고받았다. '우리 회장님'이 그들의 기억에 지워질 수 없는 시절의 그 우렁찬 기백도 발산했던 것이다. 어쩌면 하느님이 그에게 마지막으로 잠시 청춘을 돌려준 것이 아니라, 그의 영혼에서 우러나온 진심이 그에게 제공한 힘이었는지…….

정말 오랜만입니다. 정말 보고 싶었소!

오늘 이 자리에서는 여러분을 그냥 '직원'이라 부르겠습니다. 그 앞에 '퇴직'이란 말을 달고 싶지 않습니다. 여러분도 저를 그냥 '회장님'이라 부르시오!

보고 싶었던 직원 여러분.

이렇게 우리가 다시 만날 수 있도록 건강을 허락해주신 조물주에게 감사를 드려야 하겠습니다. 우리가 얼마만입니까? 제가 회장 자리에서 스스로 물러난 때가 1992년 10월이었으니 어느덧 19년이라는 세월이 흘러갔습니다. 19년만의 재회입니다. 지금 저는, 만감이 교차하고 감정이 북받쳐 오릅니다.

친애하는 직원 여러분.

오늘 저녁에 우리는 추억 속으로 걸어가게 됩니다. 우리가 영일만 모래벌판에서 청춘을 불태웠던 시절을 돌이켜보면, 여러분에게 미안한 마음을 금할 수 없습니다. 그때 저는 이렇게 외쳤습니다. "우리는 희생하는 세대다." "우리의 희생과 헌신으로 조국 번영과 후세 행복을 이룰 수 있다." 여러분은 그 외침에 공감하고 기꺼이 동참했으며, 저는 솔선수범으로 앞장섰노라고 자부합니다.

오늘의 대한민국은 그때의 대한민국과 비교할 수 없을 정도로 눈부신 성장을 이루었습니다. 그 바탕, 그 동력은 바로 여러분의 피땀이었습니다. 현재 여러분의 후배들은 한국 최고 수준의 연봉을 받습니다. 그러나 저는 여러분에게 당시 한국에서 중간 수준을 유지할 수밖에 없었습니다. 여러분은 맞교대나 3조 3교대였고 비상시에는 밤잠마저 반납했습니다. 우리 임직원들에게 희생과 헌신을 요구한 저에게 위안이 있었다면, 자녀 교육과 주택 문제, 후생 복지와 문화 혜택을 당시 한국에서 최고 수준으로 보장하는 가운데, 어려운 시대에 안정된 직장을 제공하고 있다는 것이었습니다.

그런데 우리는 남들이 갖지 않은 특별한 것을 공유하고 있었습니다. 연봉이나 복지보다 더 소중한 정신적 가치, 그것은 제철보국이었습니다. 기필코 회사를 성공시켜서 조국 근대화의 견인차가 되자는 투철한 사명의식을 가슴에 품고, 실패하면 영일만에 빠져 죽자는 '우향우' 정신으로 무장하고 있었던 것입니다. 우리의 그 열정, 우리의 그 헌신, 우리의 그 단결이 마침내 '영일만의 기적'을 창출하고 '영일만의 신화'를 쓰게 되었습니다.

그러나 우리의 힘만으로는 그 기적, 그 신화를 이룰 수 없었을 것입니다. 저는 언제나 잊지 못하는 사람들이 있습니다. 여러분도 그분들을 기억하고 있을 것입니다.

가장 먼저 기억할 것은, 회사의 종자돈이 조상들의 피의 대가였다는 사실입니다. 대일청구권 자금, 그 식민지 배상금의 일부로써 포항 1기 건설을 시작할 수 있었습니다. 그래서 우리가 외친 제철보국과 우향우는 한층 더 우리의 가슴을 적시고 영혼을 울렸을 것입니다. 바로 여기서 포스코에 요구되는 고도의 윤리의식이 나옵니다.

고(故) 박정희 대통령을 잊을 수 없습니다. 제철소가 있어야 근대화에 성공할 수 있다는 그분의 일념과 기획과 의지에 의해 포항제철이 탄생했고, 그분은 저를 믿고 완전히 맡겼을 뿐만 아니라, 온갖 정치적 외풍을 막아주는 울타리 역할도 해주셨습니다. 이 사실을 우리는 망각하지 말아야 합니다.

지역사회의 이해와 협력도 기억해야 합니다. 포항제철을 위해 수많은 주민들이 정든 고향을 떠나야 했고, 신부님과 수녀님들은 귀중한 시설을 포기했으며, 포항시민은 인내와 협조를 보내주었습니다. 그래서 지역사회와 포항제철은 공생공영의 공동체로 거듭날 수 있었습니다.

해병사단은 포항제철의 든든한 이웃이었습니다. 오늘 이 자리에도 해병 의장대가 우정 출연을 하고 있습니다만, 국가 안보가 요즘보다 훨씬 더 불안했던 그 시절부터 해병사단은 우리 회사를 잘 지켜주었습니다.

일본에도 포스코를 위해 진심으로 협력해준 사람들이 있었습니다. 특히 두 분을 잊을 수 없습니다. 이미 오래 전에 고인이 되신 신일본제철의 이나야마 회장과 양명학의 대가 야스오카 선생입니다.

그리고 우리 모두가 간직해야 할 이름들이 있습니다. 여러분의 현장에는 위험이 상존했고, 크고 작은 안전사고가 발생했습니다. 조금 전에도 그분들을 위한 묵념이 있었습니다만, 조업과 건설 중에 유명을 달리

하신 분들은 우리의 마음과 포스코의 역사 속에 영원히 살아 있어야 합니다.

친애하는 직원 여러분.

인생의 황혼에 들어선 사람은 누구를 막론하고 '인생은 짧다'는 생각을 해보기 마련입니다. 저도 그런 생각에 잠길 때가 있습니다. 그러나 인생은 사람이 세운 큰뜻을 이루지 못할 정도로 짧은 것은 아닙니다. 이 자리에 모인 우리는 제철보국이라는 큰뜻을 함께 이룬 동료들입니다. 현재까지 85년에 걸친 저의 인생에서 여러분과 함께 그 큰뜻에 도전했던 세월이 가장 보람차고 가장 아름다운 날들이었습니다.

여러분은 저의 인생에 가장 보람차고 가장 아름다운 선물을 안겨준 사람들입니다. 여러분에게 진심으로 감사를 드리고, 여러분과 함께 청춘을 바쳤던 그날들에 대하여 하느님께도 감사를 드립니다.

사랑하는 직원 여러분.

우리의 추억이 포스코의 역사 속에, 조국의 현대사 속에 별처럼 반짝이고 있다는 사실을 잊지 맙시다. 그것을 우리 인생의 자부심과 긍지로 간직합시다.

여러분, 부디 건강해야 합니다. 부디 행복해야 합니다. 여러분 모두의 건승과 모든 가정의 행복을 빌면서, 포스코의 무궁한 발전을 기원합니다.

과학자의 길이 부자가 되는 길은 아니지만

보고 싶었던 얼굴들과 아쉬운 재회를 마친 박태준은 고향으로 돌아가 며칠을 더 묵고 나서 서울로 돌아갔다. 크고 작은 일정들이 기다리고 있었다. 그는 빠짐없이 참석했다. 그러나 기침에 시달려야 했다. 가을이 깊어갈수록 그의 기침은 더 심각해지고 있었다. 10월 27일 오전, 그는 오랜만에 서울 대치동 포스코센터를 찾았다. 일찍이 이십여 년 전에 손수 기획하고 결정했으나 정작 그는 한 시간도 근무해보지 못한 빌딩. 차에서 내리는 노인을 포스코 최고경영진이 정중히 맞았다. 포스코청암재단이 3기 청암과학펠로들에게 연구지원금 증서를 수여하는 식장에는 학문별 선발위원장인 오세정 서울대 교수, 노혜정 서울대 교수, 김인묵 고려대 교수, 김병현 포스텍 교수를 비롯해 3기 펠로 30명, 2기 펠로 20명 등 60여 명이 이사장(박태준)을 기다리고 있었다.

포스코청암재단이 한국에서 기초과학을 연구하는 젊고 유능한 인재들을 세계적 수준의 과학자로 육성하는 대업을 지원하기 위해 마련한 청암과학펠로십. 2009년부터 시행된 이 제도에는 한국 과학기술의 세계일류를 희원하고 한국인의 노벨과학상 수상을 염원하는 박태준의 의지와 정신이 투영돼 있다. 그는 한국 기초과학에 대한 관심을 한마디로 표명했다.

"철강산업이 국가 기간산업인 것처럼, 기초과학은 과학기술 발전의 기간이다."

청암과학펠로 선발 분야는 수학 물리학 화학 생명과학으로, 기초과학만이다. 2011년부터는 박사과정 10명, Post—doc 10명, 신진교수급 10명 등 한 기에 30명을 선발하여, 박사과정 한 사람마다 연간 2천500만원씩 3년간, Post—doc 한 사람마다 연간 3천500만원씩 2년간, 신진교수급 한 사람마다 연간 3천500만원씩 2년간 각각 지원한다. 매년 5월에 선발 공고를 하고, 8월부터 엄정한 심사를 해서, 10월 하순에 증서수여식과 워크숍을 개최한다.

2008년부터 포스코청암재단 이사장으로 봉사해온 박태준은 3기 증서수여식에서 앞날이 촉망되는 젊은 과학자들과 만나 감회 어린 격려를 했다. "산업화에 매진한 우리 세대는 실용적인 과학기술을 우선시할 수밖에 없는 환경에서 뛰어야 했고, 그것이 효율성 측면에서 큰 장점을 발휘했지만, 장기적인 투자와 지원이 요구되는 기초과학을 제대로 육성하지 못하는 결과를 남겼으며, 아직도 그 영향이 잘못된 풍토"로 남아 있다는 미안한 마음을 밝히고, "자연의 신비를 탐구하고 그 속에 숨은 원리와 법칙을 찾아내는 과학자의 길이 부자가 되려는 길은 아니지만 인류사회의 고귀한 가치를 창조하는 길이니, 그 자부심, 그 사명감이 과학자의 인생에서 나침반이 되기"를 당부했다.

청암과학펠로들은 '기침을 하는 늙은 철강왕'의 격려와 기대를 직접 눈으로 확인하면서 일제히 숙연한 표정을 지었다. 3기를 대표해서 박문정 포스텍 교수가 답사를 했다. "그 성과가 당장 어떠한 제품이나 결과물로 눈앞에 가시적으로 나타나지 않는 기초과학에 대한 투자는 긴호흡으로 멀리 보고 해야" 하는데 "포스코청암재단의 청암과학펠로십은 국내의 우수한 젊은 과학 두뇌들이 안정적으로 연구할 수 있는 여건을 만들어주는 사업"이라는 감사를 표하고, "꿈을 위한 목표를 다시 한번 되새기고 다짐을 공고히 하게" 되었다며 "길고 긴 자신과의 싸움"을 계속하겠다는 결의를 다졌다.

청암과학펠로십이 한국의 유망한 젊은 과학자들의 인생에 어떤 의미로 다가서는 것일까? 생명과학 분야의 추천위원을 맡아온 이현숙 서울대 교수가 에세이 「아름다운 청년 청암 박태준」에서 '르네상스와 메디치가'를 돌아보며 그것을 이야기했다.

르네상스의 화려한 꽃이 봉우리를 터뜨리기 직전, 이태리 투스카니 지방의 정치 경제를 통치하던 맹주들은 앞다투어 예술가들을 후원한다. 가문의 성당과 집무실의 아름다움은 그 가문의 위세가 얼마나 대단한지를 보여주는 척도였다. 급기야 메디치가의 '위대한 로렌조'는 될성부른 싹들을 데려다 교육하는 인문학 아카데미를 설립한다. 이곳 출신으로 대표적인 이가 르네상스의 거장 미켈란젤로이다. 미켈란젤로는 14세 때부터 메디치가에서 먹고 자고 교육 받았다. 로렌조는 그를 양자로까지 삼고 사랑하였다.

르네상스의 또 다른 천재 레오나르도 다빈치도 메디치가의 후원으로 소년 시절부터 조각 수업을 받았으나 동성애 논란 등 불운한 스캔들 때문에 피렌체에서 굴욕까지 당했다고 한다. 그러나 그의 재능을 아낀 메디치가가 그를 밀라노, 로마, 파리의 후원자들에게 소개하였고 그곳에서 다빈치는 불후의 걸작들을 남긴다. 메디치가가 없었다면 르네상스도 없었을 것이다.

삼 년 전, 포스코청암재단에서 청암과학펠로십을 만든다며 추천위원으로 활동해 달라는 영광스러운 청을 받았다. 나 자신도 외국에서 공부할 때 Wellcome Trust라는 세계 최대 민간 재단에서 후원을 받아 걱정 없이 연구에 매진할 수 있었기 때문에 청암과학펠로십처럼 영예로운 펠로십이 기초 과학도들에게 얼마나 큰 도움이 될지 잘 알고 있기에 흔쾌히 수락했다. 비단 경제적 도움만이 아니라 청암과학펠로라는 명예는 어느 곳에서나 당당한 이름표가 되어주니 세계 과학계에 우뚝 설 보증 수표가 될 것이다.

포스코는 철강 산업으로 나라를 일으키고 굳건히 받친다는 신념을 실천해온 세계 굴지의 기업이다. 식민지와 전쟁의 폐허였던 이 나라가 이

만큼 잘 사는 나라가 되는데 1등 공신이 포항제철이라는 데 이견을 가질 이는 없다. 철강으로 번 돈을 이제는 기초과학을 육성하여 진정한 선진국의 기틀을 다지겠다는 박태준 회장님의 뜻은 80년대 후반 대학을 다니며 군부에 대해 편견을 가진 나의 고개도 절로 숙여지게 만들었다. 당장 먹을 것이 나오지 않을 기초과학계의 젊은 연구자들을 후원하겠다는 생각은 아무나 할 수 있는 것이 아니다. 앞날을 예견하고 역사를 바꾸는 로렌조 메디치 같은 사람들이 할 수 있는 일이다.

십 년 후 청암과학펠로들이 이끌어가는 과학계를 상상하면 마음이 벅차고 설렌다. 세상은 또 바뀌어 있을 것이지만 과학계의 중심축, 나라를 받치는 인재들이 되어 있을 것이다. 그래서 생각했다. 창의적 청년 과학도들을 후원하여 나라의 기틀을 굳건히 다지겠다는 청암이야말로 가장 패기 있는 젊은이 로렌조 메디치가 아니겠는가. 그를 영원히 아름다운 청년이라고 불러도 좋으리라.

수술대 위에 세 번째 눕다

박태준은 정치에 몸담은 시절에 깊은 인연을 맺었던 오랜 두 친구와 가을여행을 계획하고 있었다. 동행은 국회의장을 역임한 박준규와 국회의원을 지낸 고재청, 기간은 11월 3일부터 11일까지, 여행지는 일본 도쿄 근처의 아따미, 이즈반도, 요꼬하마. 아따미와 이즈반도는 박태준이 유년시절을 묻은 곳이었다. 소학교, 수영대회, 밀감, 두부, '센징'이라 불린 차별에 대한 설움과 분개, 그리고 바지 같은 긴 장화를 신고 이즈반도의 기차 터널 공사장에서 일한 아버지……. 그러나 여행은 출발

당일 아침에 취소되고 말았다. 여행을 준비한 이의 갑작스런 건강악화, 정확히는 그 몹쓸 기침이 별안간 심통을 더 부려서 고통을 불러온 것이었다. 하루를 집에서 쉰 그는 이튿날 아내와 함께 강원도 평창으로 떠나기로 했다. 노부부가 가벼운 짐을 꾸리며 살가운 대화를 나눴다.

"공기 좋은 데 가서 며칠 쉬어 봅시다. 좋아질 겁니다."

"그럽시다. 다녀옵시다."

반려 장옥자는 애써 어두운 표정을 감추고 있어도 마음 한 구석이 자꾸만 허전하였다. 우리 부부가 언제 다시 여행을 떠날 수 있으려나. 이러한 회한 같은 감정이 돋아나는 그 자리는 머잖아 무덤처럼 들어앉을 슬픔의 자리인지 몰랐다.

평창에 짐을 푼 박태준은 수많은 시민들이 모인 자리에서 단상에 올라야 할 중대한 축사를 생각하고 있었다. 어쩌면 그의 생애에서 최후의 연설이 될 수도 있을 그것은 11월 14일 경북 구미시 상모동 고 박정희 대통령 생가 근처에서 열리는 '박정희 대통령 동상 제막식' 행사였다. 구미시장의 초청을 받은 그는 짧은 축사에 담을 내용에 대해 깊은 사색에 잠기곤 했다. 2008년 가을에 포항시민을 대표할 만한 최영만 포항시의회 의장이 찾아와 포항시민의 성금을 모아 형산강 다리 입구나 시내의 적절한 곳에 '박태준 동상'을 세우겠다는 제안을 했을 때, 그는 단호히 사양했었다. 대단히 감사한 일이지만 아직 박정희 대통령의 동상 하나 제대로 세우지 못한 상황에서 내가 먼저 받을 수는 없는 것이라고. 그랬던 그가 2011년 12월 3일 포스텍 개교 25주년을 맞아 포스텍 캠퍼스 내 노벨동산에 설립자 조각상을 세우겠다는 제안에 대해 오래 망설이다 그 날짜를 어렵게 수락한 것은 교내라는 점도 감안했지만 그에 앞서 박 대통령의 동상이 제막된다는 사실을 고려한 사정이었다. 평창에서 컨디션 회복을 염원하는 그는 우선 박 대통령 동상 제막식에 참석해서 축사를 하겠다는 뜻을 알렸다.

노부부의 여행은 오붓했다. 그러나 즐거운 시간을 오래 누릴 수 없었다. 그의 기침이 머잖아 엄청난 사단을 일으킬 것만 같았다. 더 이상은 그냥 기다려볼 수만 없는 지경에 도달해 있었다. 남은 것은 결심이었다. 목숨을 걸어야 하는 결심. 주치의도 가족도 그의 결심을 주문했다.

"가자. 한 번 더 하자."

그가 말했다. 그것은 목숨을 걸고 다시 수술대 위에 눕겠다는 뜻이었다.

11월 8일 이른 오후, 박태준은 연세대 세브란스병원 본관에 들어섰다. 주치의 장준 박사의 안내에 따라 움직이는 그의 걸음걸이는 평소처럼 곧은 자세였다. 그러나 그것은 사생결단의 시간을 향하여 걸어가는 걸음이었다. 그리고 박 대통령 동상 제막식에 참석할 수 없는 길로 들어서는 것이기도 했다. 그가 신형구 비서(현재 POSCO-JAPAN 근무)에게 일렀다. 구미시와 박지만(박정희 대통령의 외아들)에게 연락해서 갑작스런 내 변고를 통지해주라고.

이튿날 수술을 전제로 하는 여러 가지 검사가 선행되었다. 그는 웃는 얼굴로 의료진과 편안히 대화를 나누었다. 십여 년 전, 2001년 여름의 뉴욕 대수술이 화제에 오르기도 했다. 속으로 그는 생각했다. 그때보다 나이는 열 살을 더 먹었지만 그때나 이번에나 그게 그거지 뭐. 그의 몸은 수술을 할 수 있는 완벽한 데이터를 보여주었다. 그놈의 기침, 그것을 일으키는 왼쪽 폐만 아니라면 다른 건강상태는 까딱없다는 뜻이었다.

수술 시간은 입원 나흘째인 11월 11일 아침 7시 30분, 집도의는 흉

부외과 권위자 정경영 교수. 집도의가 모든 가능성에 대한 계획을 환자와 가족에게 설명하고 동의를 구했다. 박태준은 수술복으로 갈아입으며 문득 속으로 혼잣말을 했다. 이게 세 번째지. 그래, 세 번째구나. 메스가 그의 몸을 가르는 것이 세 번째라는 회고였다. 첫 번째는 저 1950년 혹한의 흥남 야전병원에서 마취도 없이 몸을 맡겨야 했던 맹장수술, 두 번째는 뉴욕의 대수술, 그리고 이번. 그는 입술을 굳게 다물었다.

이동식 침대에 누워 입원실에서 수술실까지 이동하는 물리적 시간은 아주 짧았다. 그러나 환자와 가족에게는 그것이 얼마나 긴 시간인가. 만감이 교차한 그 끝에 영원한 작별의 순간이 어른어른 그려지기도 하는 시간, 그럼에도 마치 나쁜 징조를 물리치려는 것처럼 누구 하나 의연한 자세를 한 치도 흐트릴 수 없는 시간.

8시 43분, 가족대기실 전광판이 박태준 환자의 수술 시작을 알렸다. 마취가 잘됐다는 신호이기도 했다. 전광판에는 열 명 넘는 성명들이 올랐다. 점심시간이 되기 전에 기존 성명들은 거의 사라지고 새로운 성명들이 나타났다. 정오를 넘기고 오후 2시를 넘겼다. 새로운 성명들도 더러 사라졌다, 그러나 오후 3시가 지나도 '박태준'은 그대로 있었다. 예정 시간을 벌써 두 시간이나 넘기고도 계속되는 수술. 환자의 상태가 진단의 소견보다 훨씬 더 심각하다는 뜻이었다. 가족대기실에는 초조와 불안이 감돌았다. 그러나 나쁜 쪽으로 생각하지 않으려 했다. 환자에게 힘을 보내려는 묵상에 잠길 뿐이었다.

오후 6시 15분. 마침내 전광판이 수술의 종료를 알려줬다. 장장 9시간 28분이나 걸린 대수술. 환자는 곧바로 중환자실로 옮겨지고, 집도의 정경영 교수와 주치의 장준 교수가 가족들을 상담실로 불렀다.

"수술은 잘됐습니다."

집도의가 낭보를 알렸다. 가족들은 감사의 한숨을 돌렸다. 그가 뻣뻣해진 손으로 그림을 그려가며 설명을 했다. 왼쪽 폐 전체와 흉막 전체를 적출했다, 십 년 전에 물혹을 적출한 그 자리에 다시 혹이 자라고 있었다…… '흉막-전폐 절제수술'은 긍정적 예측을 불러오는 쪽으로 일단락되었다.

중환자실에 누워서

11월 12일 새벽 1시 30분. 집에 돌아와 깜빡 눈을 붙이고 있던 신형구 비서가 휴대폰을 받고 부리나케 옷을 갈아입었다. 회장님께서 찾으신다는 중환자실 간호사의 연락이었다. 차를 몰아 달리는 30분 동안 젊은 비서의 가슴은 내내 쿵쾅거리고 있었다. 혹시 긴급 상황이 벌어진 것은 아닐까? 이 불안감과 초조감을 떨쳐낼 수 없었다. 새벽 2시의 중환자실은 괴괴했다. 밤 11시에 환자가 마취에서 깨어나고 가족면회가 이뤄진 다음이어서 오랜만에 창업 회장과 젊은 비서, 단 둘만 마주하는 시간이었다.

"회장님 찾으셨습니까?"

젊은 목소리가 조금 떨렸다.

"자네 왔나? 지금 몇 신가?"

환자의 목소리가 예상보다 맑게 들려서 비서는 불안한 긴장을 조금 풀었다.

"두 시입니다."

"낮이야, 밤이야?"

"새벽 두 시입니다."

긴 마취와 10시간에 육박한 수술이 시간의 혼돈을 초래했을 거라고 비서가 짐작하는 사이, 환자가 불쑥 강하게 물었다.

"유럽은 어떻게 되었나?"

비서는 깜짝 놀랐다. 죽음과 싸우는 상황에서도 세계와 국가의 문제를 먼저 떠올리는 사람! 그러나 비서는 얼른 정신을 가다듬었다.

"그리스, 이탈리아에 이어 프랑스까지 영향이 미칠 것 같습니다."

그리스에 이어 이탈리아에 재정위기가 닥치는 상황에서 그것이 프랑스로 전염되면 신용경색에 빠진 프랑스 금융기관이 해외투자자금을 회수하면서 유럽 전역으로 위기가 전파될 수 있다는 시나리오에 대한 간략한 보고였다.

"불란서가 이태리 국채를 많이 가지고 있지. 불란서나 독일까지 영향이 미치면 큰일이야. 유럽의 두 강대국마저 흔들리면 유럽 전체가 위험해져. 우리나라도 단단히 대비를 해야 돼."

자나 깨나 나라 걱정이란 말이 있지만, 어느덧 그 말이 내포하고 있던 어떤 울림마저 다 말라버린 시대이지만, 이분은 정말 특별한 분이시구나. 당신이 처한 상황과 관계없이 자동으로 설정된 채널처럼 나라에 대한 걱정과 미래에 대한 통찰이 작동되는 분이시구나. 이래서 어른이시고 큰 분이시구나. 비서는 콧잔등이 시큰했다.

빈사의 경계에 머무는 늙은 환자가 축구를 화제로 꺼냈다. 지난 여름에 홋카이도에서 열렸던 한국과 일본의 축구국가대표 평가전 때 한국이 3:0으로 완패했던 '일대 사건'이 여전히 마음에 걸려 있는 모양이었다. 대표팀을 탓하는 것이 아니었다. 한국 축구에 대한 끊임없는 애정을 드러내는 것이었다.

그리고 늙은 환자는 박정희 대통령 동상 제막식에 참석하지 못하는 아쉬움을 토로했다. 행사는 이틀 뒤였다. 인생의 막바지에 다다른 박태준, 10시간에 육박하는 대수술을 마치고 중환자실에 외로이 누운 박태준, 그의 앙상한 가슴에는 박정희에 대한 그리움이 뜨거운 덩어리로 엉겨 있었다.

"구미에는 못 가는구나⋯⋯."

원고에 담을 내용에 대한 메모와 초고 작성과 수정의 과정을 거쳐 준비해둔 짤막한 연설. 비서는 그것을 꺼내 읽어드리고 싶었으나 차마 그럴 수는 없어서 짐짓 못 들은 척 하고 말았다. 유고(遺稿)처럼 남은 거기에 박태준은 '이제는 저의 인생도 얼마 남지 않았으니 우리가 재회하여 막걸리를 나누게 되는 그날에 며칠 동안 마시며 밀리고 밀린 이야기의 보따리를 풀어놓고 싶다'는 희원을 남기는데, 다음과 같은 추억과 염려와 희망도 담고 있었다.

돌이켜보면, 63년 전 저 태릉 골짜기의 초라한 육사 강의실에서 저는 처음으로 박정희라는 특출한 분의 눈에 띄었고, 결국 그것은 저의 운명이 되었습니다. "나는 임자를 알아. 아무 소리 말고 맡아!" 이 한 말씀에 따라 저는 제철에 목숨을 걸고 삶을 바쳐야 했습니다. 지난 1992년 10월 3일, 4반세기 대역사 끝에 포항제철소와 광양제철소를 완공하고 동작동 국립묘지의 영전 앞에서 임무완수 보고를 올렸습니다. 그때, "각하께서 저를 조국 근대화의 제단으로 불러주셨다"고 토로했습니다만, 박정희라는 한 사람을 조국 근대화의 제단으로 불러낸 것은 우리의 시대였고 대한민국의 역사였습니다. 또한 그것은 각하의 피할 수 없는 운명이었습니다.

드디어 대한민국은 세계 10위권 경제강국으로 일어섰습니다. '오천년 빈곤의 대물림'을 확실하게 끝장냈습니다. 그 물적 토대 위에서 민주주의를 성장시키고, 문화를 꽃피우고, 평화통일을 추구하고, 복지사회를 다시 설계하고 있습니다. 정치 후진성, 청년실업, 남북관계 등 거대과제들을 안고 있지만, 우리의 역량과 자신감은 얼마든지 해법을 구할 것입니다.

문제는 지도력의 위기입니다. 무에서 유를 창조하는 것과 다름없었던 조국 근대화의 성공 비결은, 현명하고 근면한 국민과 사심 없고 탁월한 지도력이 좋은 짝을 이루었다는 것입니다. 21세기 대한민국은 국민의 역동성과 다양성을 '성숙한 사회'로 나아가는 힘으로 승화시킬 지도력을 부르고 있습니다.

문득 비서가 흐트러진 눈썹을 발견했다. 포스코 시절에 '호랑이 눈썹'으로 유명했던 박태준의 눈썹. 그 허옇게 센 눈썹을 가지런히 하려고 최근에도 나들이 때는 눈썹 빗을 챙기던 당신을 떠올렸다.

"회장님 눈썹이 흐트러졌습니다. 바로 하겠습니다."

"응, 그래. 바로 해."

비서는 급한 대로 손가락으로 두 눈썹을 가지런히 다듬었다.

"됐어?"

"예."

"수고했어."

날이 밝았다.

박태준에게는 새날이었다. 앞으로는 기침이 없는 황혼의 시간대를 길게 누릴 수 있을 것인가. 이른 아침부터 가족 면회가 이루어졌다. 모두가 안도하는 표정을 짓고 있었다.

강철거인, 겨울에 떠나다

11월 13일, 박태준은 일반병실로 옮겼다. 십여 년 전에 뉴욕의 이집 트인 의사가 그랬던 것처럼, 담당의가 힘이 들더라도 많이 움직이는 것이 회복에 도움이 된다는 말을 했다. 십여 년 전에 코넬대학 병원에서 그랬던 것처럼, 그는 영양제와 항생제 등을 주렁주렁 매달고 병실 복도를 걸었다. 그리고 십여 년 전에 그랬던 것처럼, 이번에도 강인한 정신력으로 타인의 도움을 거절하며 스스로 하겠다는 고집을 부렸다. 15일부터 시작한 병실 복도 걷기. 처음엔 한 바퀴, 다음엔 두 바퀴, 그 다음엔 오전과 오후에 두 바퀴씩. 운동량을 늘려가는 사이에 회복도 순조롭게 진행되고 있었다. 십여 년 전에 뉴욕에서 그랬던 것처럼, 담당의가 놀랐다. 조만간 퇴원해도 될 거라는 고무적인 의견도 들려줬다.

수술 후 12일째, 11월 22일. 드디어 외부인 면회가 허락되었다. 포스코 초창기부터 필생에 걸쳐 동고동락해온 황경로, 안병화, 박득표, 그리고 현역 포스코 최고경영진…….

"왼쪽 폐가 완전히 없어졌어."

환자의 유쾌한 목소리, 동지들과 후배들의 웃음소리. 병실은 넘치는 인정(人情)으로 마냥 따뜻했다. 바람은 자고 볕살은 오진 어느 봄날의 산모퉁이 양달 같았다. 그러나 그것이 신(神)이나 자연이 박태준에게 허락한 마지막 인간적인 시간이었을까. 이튿날 아침에 그의 몸에서 급격한 변화가 발생했다. 오한과 발열, 혈압과 맥박 상승. 담당의가 다시 그를 중환자실로 옮겼다. 급성폐렴이 덮친 것이었다. 남은 오른쪽 폐가 그놈을 극복할 것인가, 그만 지쳐서 그놈에게 먹힐 것인가. 싸움은 길었다. 호전과 악화를 반복했다. 처절한 사투였다.

12월 2일 포스텍 노벨동산에서 개교 25주년을 하루 앞두고 포스텍 설립자 청암 박태준 조각상 제막식이 열렸다. 포스텍 총장을 비롯한 보직 교수들과 포항 시민단체 대표들이 '청암 박태준 선생의 교육 공적'을 영구히 기념할 수 있는 조각상을 '성의를 모아 건립하자'는 뜻을 모아서 이뤄진 일이었다. 포항시민, 포스텍 사람들, 퇴역한 포스코 사람들을 비롯한 22,905명이 7억 원 넘는 성금을 보내왔다.

전신상과 흉상, 이 박태준 조각상은 중국 미술원장이며 세계적 작가로 꼽히는 우웨이산(吳爲山)의 작품이다. 흉상은 포스텍 박태준학술정보관 안에 자리를 잡았다. 내가 쓴 평전 『박태준』의 중국어 완역본을 읽고 주인공과 여러 차례 대화를 나눈 그는 박태준의 정신세계를 깊이 이해하고 있었다. 태연자약하고 기백과 도량이 넘치는 전신 조각상의 모습은 박태준 선생에 대한 작가의 우러러봄을 나타냈다며, 특히 젊은이들이 선생의 정신을 본받게 되기를 염원한다고 밝힌 우웨이산. 뛰어난 서예가이기도 한 그는 전신상 받침돌에 '鋼鐵巨人 教育偉人'을 바쳤다. 강철거인과 교육위인, 이것은 박태준에게 필생의 두 축이었던 제철보국과 교육보국이 최후에 남겨놓은 결실로, 그의 삶에서 고갱이 중의 고갱이를 추출해낸 두 단어였다. 건립취지문은 받침돌 뒷면에 새겼다. 나는 이렇게 썼다.

짧은 인생을 영원 조국에, 이 신념의 나침반을 따라 헤쳐 나아간 청암 박태준 선생의 일생은 제철보국 교육보국 사상을 실현하는 길이었으니,

제철보국은 철강 불모지에 포스코를 세워 세계 일류 철강기업으로 성장시킴으로써 조국 근대화의 견인차가 되고, 교육보국은 14개 유·초·중·고교를 세워 수많은 인재를 양성하고 마침내 한국 최초 연구중심대학 포스텍을 세워 세계적 명문대학으로 육성함으로써 이 나라 교육의 새 지평을 여는 횃불이 되었다. 이에 포스텍 개교 25주년을 맞아 포스텍 가족과 포항시민이 선생의 그 숭고한 정신과 탁월한 위업을 길이 기리고 받들기 위해 여기 노벨동산에 삼가 전신상을 모신다.

청암 박태준 전신 조각상의 좌우에는 이름을 빼곡히 새긴 동판들이 있다. 건립위원회가 성의를 보내온 그들에 대한 답례로 만든 것이다.

무엇을, 왜, 어떻게 기억할 것인가

12월 13일 오후 5시 20분 국내외 언론들이 긴급 뉴스를 보도했다. 박태준 타계, 향년 84세. 빈소는 연세대 세브란스병원 장례식장, 장례는 닷새의 사회장. 장지는 서울 동작동 국립 현충원 국가유공자 묘역으로 결정되었다.

고인의 유택을 마련하는 과정에는 박지만의 역할이 컸다. 박정희를 그리워한 박태준. 박정희의 아들이 고인을 아버지의 이웃으로 모셔주기 위해 뛰어다닌 것이나 다름없었다.

국내 거의 모든 언론이 한 주 내내 '청암 박태준 추모 보도'를 마련했다. 해외 여러 언론들도 그의 삶과 죽음을 비중 있게 다루었다. 과연 박태준의 죽음을 한국 시민사회는 어떻게 받아들였을까? 한 언론인의 칼럼이 압축적으로 묘사해준다.

> 박태준이 작고하고 영결식 날까지 닷새 동안 일반 시민을 포함해 각
> 계 조문객 8만7천여 명이 서울, 포항, 광양 등 전국 일곱 곳의 분향소를
> 찾았다. 우리 사회는 "세종대왕이 다시 와도 두 손 들고 떠날지 모른다"
> 라는 자조의 농담까지 나올 만큼 갈등과 반목이 심하다. 김수환 추기경,
> 성철 스님, 한경직 목사 등 극소수 원로를 빼면 이번만큼 범국민적 추모
> 열기가 뜨거웠던 적은 드물었다.
>
> — 권순활, 《동아일보》, 2012. 1. 5.

이제 박태준을 어떻게 기억할 것인가? 포스코가 준비한 조사에는,
"당신의 정신세계를 체계적으로 밝혀내서 우리 사회와 후세를 위한 공
적 자산으로 환원할 것이며 앞으로 맞을 난제에 대한 해법을 구할 것"
이라는 다짐도 포함돼 있었다. 남은 것은 실천이다. 포스코가 훌륭한
뜻과 방향을 세워야 하고, '먹물'들은 연구와 공부를 맡아야 한다. 물론
명민한 촉각을 곤두세워 정치적 풍향 탐지에 골몰한 나머지 약삭빠르
게 눈치나 살피는 '비겁한 먹물'에게는 어울리지 않는 일이다. 박태준
은 무엇보다 부패를 경멸하고 혐오했기 때문인데, 비겁함이야말로 지
식인의 '상(上)부패' 아닌가. 2008년 7월 20일 여든 살을 넘은 노인임에
도 그는 한 신문과 인터뷰에서 이렇게 말한 사람이었다. "나는 군에서
도 그랬지만 바른 일을 해서 모가지 잘리는 것이라면 언제든지 좋다고
생각했다."

박태준은 이병철·정주영과 동시대를 감당하며 탁월한 위업을 성취
했다. 그들은 하나같이 대성취를 이루었다. 그러나 박태준에게는 이병

철·정주영에게 없는 매우 독특한 무엇이 있다. 그것은 '나'를 위해 일하지 않았다는 점이다. 나의 사업을 하지 않았으며, 나의 대성취를 나의 재산이나 가족의 재산으로 여기지도 않고 만들지도 않았다는 점이다. 국가의 일을 맡아 자기 소유의 일보다 더 성실하게 더 치열하게, 세계적 유일사례로 기록될 만큼 가장 탁월하게 가장 모범적으로 성취했다는 점이다. 이 지점에서 박태준은 이병철·정주영과 갈라지게 된다. 바로 이 지점에서 송복은 박태준의 사상과 대성취를 '태준이즘(Taejoonism)'이라 명명했다. 이제 태준이즘은 지식인의 '상부패'를 진실로 경계하는 이 나라 학자들의 학구적 조명을 기다리고 있다.

대한민국의 큰 일꾼 박태준, 그에게 대한민국이 차린 '아주 지각한 예의'이자 '마지막 예의'는 서울 동작동 국립현충원에 두어 평짜리 무덤을 마련해준 일이었다. 영하 10도의 차디찬 동토 속에 묻히는 고인의 마지막 모습을 지켜보며 만해 한용운의 「님의 침묵」 결련(結聯)을 헤아리는 이들도 있었다.

우리는 만날 때에 떠날 것을 염려하는 것과 같이
떠날 때에 다시 만날 것을 믿습니다.

아아 님은 갔지만
나는 님을 보내지 아니하였습니다.

후세가 님을 보내지 아니하는 것은 당연히 님의 공적만 쳐다보고 기억하는 일이 아니다. 그의 고뇌, 그의 정신, 그의 투쟁을 체계적으로 연구하고 공부하여 사회적 자산으로 환원하고 활용하는 일이다. 다산 정약용의 실체적 공적은 어마어마한 저술들이다. 그것들이 정약용 연구의 텍스트다. 청암 박태준이 20세기 한국사에 끼친 실체적 공적은 지대하다. 다만 저술들을 남기지 않았다. 그러나 저술들은 결국 언어의 체계이고, 언어의 체계는 정신이고 사상이다. 박태준은 수많은 현장의 언어를 남겼다. 현재 박태준미래전략연구소 홈페이지에 링크된 '박태준 어록'을 국판 크기로 편집하면 일만 쪽을 넘길 것이다. 박태준 연구의 텍스트는 넉넉히 준비돼 있다. 포스코, 포스텍, 포스코의 학교들, 포스코청암재단, 한국 현대사에 끼친 지대한 공로 그리고 그의 방대한 어록⋯⋯.

2012년 4월 『청암 박태준 연구서』(도서출판 아시아) 5권이 출간되었다. 경제학, 경영학, 철학, 사회학, 심리학, 역사학을 망라한 교수와 연구원 38명이 박태준의 정신과 경영철학을 탐구한 결실이다. 앞으로도 차곡차곡 쌓여갈 것이다. 엮은이로서 나는 '머리말'에 이렇게 밝히고 있다.

2011년 12월 13일 청암 박태준은 위업을 남기고 향년 84세로 눈을 감았다. 그의 부음을 알리는 한국의 모든 언론들과 해외의 많은 언론들이 일제히 헌화하듯이 그의 이름 앞에 영웅·거인·거목이란 말을 놓았다. 시대의 고난을 돌파하여 공동체의 행복을 창조한 그의 인생에 동시대가 선물한 최후의 빛나는 영예였다. 그러나 어쩌면 그것이 망각의 늪으로 빠지는 함정일지 모른다. 영웅이란 헌사야말로 후세가 간단히 공적으로만 그를 기억하게 만들 수 있는 것이다.

영웅의 죽음은 곧잘 공적의 표상으로 되살아난다. 이것이 인간 사회의 오랜 관습이다. 세상을 떠난 영웅에게는 또 하나의 피할 수 없는 운명으로 강요된다. 여기서 그는 우상처럼 통속으로 전락하기 쉽고, 후세는 그의 정신을 망각하기 쉽다. 다만 그것을 막아낼 길목에 튼튼하고 깐깐한 바리케이드를 설치할 수는 있다. 인물 연구와 전기문학의 몫이다.

인물 연구와 전기문학은 다른 장르이다. 하지만 존재의 성격과 목적은 유사하다. 어느 쪽이든 주인공이 감당한 시대적 조건 속에서 그를 인간의 이름으로 읽어내야 한다. 작업을 진행하는 과정은, 그의 얼굴과 체온과 내면이 다시 살아나고 당대의 초상이 다시 그려지는 부활의 시간이다. 이 부활은 잊어버린 질문의 복구이기도 하다. 어떤 악조건 속에서 어떻게 위업을 이룩할 수 있었는가? 이것은 관문의 열쇠이다. 그 문을 열고 천천히 안으로 들어가야 비로소 그의 신념, 그의 고뇌, 그의 투쟁, 그의 상처가 숨을 쉬는 특정한 시대의 특수한 시공(時空)과 만날 수 있으며 드디어 그의 감정을 느끼는 가운데 그와 대화를 나누는 방에 이르게 된다.

거대한 짐을 짊어지고 흐트러짐 없이 필생을 완주하는 동안에 시대의 새 지평을 개척하면서 만인을 위하여 헌신한 영웅에 대해 공적으로만 그를 기억하는 것은 후세의 큰 결례이며 위대한 정신 유산을 잃어버리는 사회적 손실이 아닐 수 없다. 짧은 인생을 영원 조국에, 이 신념의 나침반을 따라 한 치 어긋남 없이 헤쳐 나아간 박태준의 일생은 철저한 선공후사와 솔선수범, 그리고 순애(殉愛)의 헌신으로 제철보국 교육보국을 실현하는 길이었다. 그것은 위업을 창조했다. 제철보국은 무(無)의 불모지에 포스코를 세워 세계 일류 철강기업으로 성장시킴으로써 조국 근대화의 견인차가 되고, 교육보국은 유치원·초·중·고 14개교를 세워 한국 최고 배움의 전당으로 만들었을 뿐만 아니라 마침내 한국 최초 연구중심대학 포스텍을 세워 세계적 명문대학으로 육성함으로써 이 나라 교육의 새로운 개척자가 되었다. 더구나 모든 일들이 개인적 물욕의 유혹을 스스로 제압하고 배격하면서 일류국가의 염원을 향해 나아가는 실천이었다.

그러므로 후세는 박태준의 위업에 내재된 그의 정신을 기억하고 무형의 사회적 자산으로 활용할 수 있어야 한다. 이번에 펴내는 다섯 권은 그에 대한 학문적 연구의 첫 성과를 체계화한 책으로, 이제부터 전개될 박태준 연구에 대한 선행연구의 역할을 맡으며 기존 '박태준 전기문학'과 함께 언젠가 그를 공적의 표상으로만 기억하게 될지 모르는 그 위험한 '길목'도 지켜줄 것이다.

천하위공의 길, 박태준의 길

1953년 여름, 한국전쟁이 휴전으로 멈추는 즈음에 멀쩡히 살아남은 한 청년장교가 자신의 영혼에다 조각칼로 파듯이 좌우명을 새겼다. '짧은 인생을 영원 조국에', '절대적 절망은 없다'. 1977년 5월, 조업과 건설을 동시에 감당해 나가는 영일만 포항제철에서 절박한 목소리로 외치는 한 아버지가 있었다. "우리 세대는 다음 세대를 위해 순교자적으로 희생하는 세대다." 바로 그가 박태준이었다. 그리고 그는 도무지 낡을 줄 모르는 그 좌우명, 그 신념으로 삶의 길을 개척하면서 다른 쪽으로 벗어나지 않는 일생을 완주했다.

하노이에서 길을 가리키다

2010년 1월 하순, 박태준은 3박4일 계획으로 베트남 하노이를 방문했다. 마침 하노이 시가지에는 '수도 천 년'의 경축 현수막들이 축제 분위기를 자아내고 있었다. 1010년 리타이또 황제 시절에 처음 수도로 지정된 이래 천 년째 베트남의 중심을 지켜내느라 오욕과 영광을 간직한 하노이. 오욕은 중국, 프랑스, 미국이 남긴 침략의 상처이고, 영광은 그들을 차례로 극복한 자부심이다. 하노이의 기억에 남은 가장 끔찍한 야만의 언어는 무엇일까? "하노이를 석기시대로 돌려주겠다"는 미국 장군 커티스 르메이의 호언장담일 것이다. 항미전쟁 동안 저주와 다름 없는 미군의 무자비한 폭격에 거의 석기시대로 돌려졌던 베트남의 수도, 그 중심가에 1996년 현대식 특급호텔이 들어섰다. '하노이대우호텔'이다. 여든세 살의 박태준은 한국 경제계의 후배 김우중이 세운 호텔에 여장을 풀었다. 하노이대우호텔을 세울 때만 해도 "세계는 넓고 할 일은 많다"며 글로벌 경영의 기세를 펼치는 김우중에게 그 입지를 추천한 이가 바로 박태준이었다. 왜 그는 후배에게 하노이의 요지를 추천할 수 있었을까?

박태준이 생애 처음 하노이(베트남)를 방문한 때는 1992년 11월 하순이었다. 그의 인생으로는 홀가분하고도 씁쓸한 계절이었다. 1968년 4월 1일에서 1992년 10월 1일까지, 포항제철소와 광양제철소를 완공하여 연산 2천100만 톤 조강체제를 갖춤으로써 장장 사반세기에 걸친 제철의 대역사를 성공리에 마치고 스스로 세계 최고 철의 용상(龍床)을 물러나 포스코 명예회장으로서 중국과 동남아 진출을 적극 모색하는 그의 기분은 매우 홀가분했을 것이며, 머지않아 한국 최고 권력자로 등극할 김영삼이 몸소 광양까지 찾아와 12월 대선의 '선거대책위원장'을 맡아달라고 간청했으나 끝내 거절하고 말았으니 서서히 다가오는 정치적 보복을 예견하는 그의 기분은 자못 씁쓸했을 것이다. 한국 정부와 베트남 정부의 수교 합의(1992년 12월 22일)가 한창 무르익고 있던 그때, 박태준은 정장 차림으로 하노이 바딘광장부터 찾았다.

끝 모를 줄을 이루며 광장을 에워싼 인민들, 호찌민(胡志明) 영묘의 좌우를 지키는 붉은 바탕의 흰 글씨들. 그의 궁금증을 통역이 풀어줬다. "매일 저렇게 많은 참배객들이 찾아옵니다. 먼 시골에 사는 베트남 인민들도 호 아저씨 영묘 참배를 평생의 소원으로 삼는답니다." 이미 박태준은 '호 아저씨'란 호칭에 익숙해져서 '아저씨'에 담긴 탈권위적 친화감을 느끼고 있었다. 통역이 손가락으로 정면의 선명한 두 문장을 가리켰다. "호 아저씨는 우리 사업 속에 영원히 살아 있다." "베트남 공산당이여 영원하라."

박태준은 묵묵히 호찌민을 추모했다. 청렴하며 지혜롭고, 유연하며 단호했던 지도자. '자유와 독립보다 더 중요한 것은 없다.' 그는 기억했다. 호찌민의 그 말을, 그 절대적 가치를 위해 항불전쟁과 항미전쟁에 승리한 베트남 인민의 위대한 사투를, 그리고 한국이 냉전체제의 최전선을 통과하며 산업화에 몰두한 시절에 '월남 파병'을 감행했던 뼈저린 과거의 불행을. 그래서 베트남 땅에 첫발을 디딘 그의 마음은 경건하면서 착잡했다.

1945년 9월 호찌민이 주석단 한가운데 서서 베트남 독립을 선포한 그 자리에 마련된 영묘. 평안히 잠든 노인처럼 누운 고인에게 명복을 빌어준 박태준은 가장 청렴했던 지도자의 시신을 영원히 부패하지 않게 모셔둔 성역을 나서며 문득 묘한 생각에 잠겼다. 한국에 돌아가서 가장 부패한 정치지도자의 시신을 영원히 부패하지 않게 안치한다면, 그것이 한국 정치인들의 부패 예방에 어느 정도 효과를 낼 수 있을까?

바딘광장을 떠난 박태준은 베트남 최고지도자와 만났다. '도이모이'라는 개방정책을 이끄는 두 모이 당서기. 박태준은 그의 인품과 영혼에서 호찌민의 제자다운 냄새를 맡을 수 있었다. 그것은 인민에 대한 사랑과 국가경제 발전에 대한 순수한 염원이었다. 박태준은 생각하고 있었다. 경제발전에 먼저 성공한 한국이 베트남에 투자하는 것은 베트남에 대한 한국의 엄청난 빚을 갚아나가는 길이며 한국의 도덕성을 높이는 길이라고. 주인은 경제개발 방향에 대해 묻고, 손님은 한국 경험의 장단점을 간추렸다. 손님이 보반 키엣 총리와 만나기로 약속한 시각에는 주인이 환히 여유를 부렸다. "내가 미리 말해뒀어요. 늦어도 좋으니 우리 이야기를 계속합시다." "결례가 안 되게 해놓으셨다면 안심하겠습니다." "내가 왜 이리 늦게 당신을 만나게 되었는지 원망스럽군요." 그리고 구체적 현안을 다뤘다. 연산 20만 톤 규모의 전기로 공장, 파이프 공장, 하노이-하이퐁 고속도로 건설 등이 화제에 올랐다. 베트남으로 진출하려는 박태준의 선구적 구상. 문제는 한국의 정치권력이었다. 과연 그것이 그에게 포스코 경영의 권한을 언제까지 보장할 것인가?

박태준과 두 모이의 만남은 그의 하노이대우호텔 입지 추천으로 이어졌지만, 정작 두 사람의 재회는 이뤄지지 못했다. 그의 '베트남 구상'도 무산되어야 했다. 이듬해 3월 그가 정치적 박해를 받아 기약 없는 해외 유랑에 올랐던 것이다.

다시 박태준이 베트남을 방문한 때는 첫 방문으로부터 꼬박 12년이 지난 2004년 11월이었다. 사이공(호치민)을 찾은 일흔일곱 살의 포스코 명예회장은 1993년 3월부터 1997년 5월까지 이어진 자신의 해외 유랑과 더불어 물거품처럼 사라진 '베트남 구상'을 회상했다. '그때 그런 일만 없었더라면 이 땅에서 많은 일들을 하고, 박정희 대통령 시절의 역사적 부채도 갚고, 근대화에 먼저 성공한 한국의 도덕성도 높이고, 이러한 일거삼득을……' 12년 전 베트남 지도자들과 공유했던 희망과 약속이 희수(喜壽)의 영혼에 회한을 일으켰다.

박태준은 그들과 재회하고 싶었다. 두 모이 전 서기장은 너무 늙어서 거동이 불편하다며 "진정 그리웠다"는 인사만 전해왔다. 박태준은 예를 차렸다. "너무 늦어서 미안합니다. 저에게 사연이 있었습니다." 다행히 보반 키엣 전 총리는 만날 수 있었다. 어느덧 여든 고개를 넘어선 혁명과 개혁의 노인이 말했다. "왜 이제야 왔소?" 늙은 손님이 답했다. "미안합니다." 두 노인의 포옹과 악수는 길어졌다.

박태준은 젊은 지도자들도 만났다. 매년 7퍼센트 경제성장을 거듭하여 연간 철강소비량이 500만 톤에 이르는 베트남. 그가 오앙 트렁 하이(47세) 공업부 장관에게 충고했다. "이제 제철소를 세우시오. 조선, 자동차 같은 철강 연관 산업이 일어서야 중진국에 들 수 있소." 그의 생각은 포스코 후배 경영진에 의해 '포스코의 베트남 냉연공장 건설과 일관제철소 건설 프로젝트'로 구체화되었다. 붕따우의 냉연공장은 2009년 10월에 준공되었으나, 아쉽게도 일관제철소 프로젝트는 베트남 당국과 포스코의 의견 차이로 무산되고 말았다.

2007년 6월 박태준은 세 번째로 베트남을 찾았다. 몇몇 동지들과 보름 일정으로 돌아볼 동남아, 홍콩, 중국 여행의 첫 기착지가 호치민이었다. 이번에는 특별한 목적이 없었다. 베트남의 변화와 발전 양상에 대한 궁금증을 직접 풀어보려는 방문이었다. 식사 때마다 그는 베트남의 독한 소주를 반주로 곁들였다. "아주 좋은 술"이라며 기분 좋게 여러 잔을 거푸 마시는 그의 모습은 아직 천진한 청년 같았다.

생애 네 번째로 베트남을 방문한 박태준이 하노이대우호텔에 묵는 목적은 베트남 쩨 출판사가 번역 출간한 평전『철의 사나이 박태준』출판기념회 참석과 하노이국립대학교 특별강연이었다. 출판기념회는 1

월 28일 저녁 하노이대우호텔에서 열렸다. 베트남의 고위 관료들과 대학 교수들과 철강업계 인사들, 베트남 주재 한국 대사를 비롯해 현지 한국 기업인들이 식장을 가득 메웠다. 나는 저자(著者)로서 인사를 했다.

　저는 한국에서 제법 유명한 '58개띠'입니다. 한국전쟁 후 베이비붐 세대지요. 고향 마을은 바로 포스코의 포항제철소가 들어선 곳입니다. 그 마을을 열한 살 때 떠나야 했습니다. 포스코 때문이었지요. 어른들이 낡은 트럭에 남루한 이삿짐을 싣는 즈음, 마을에는 '제선공장', '제강공장', '열연공장'이라는 깃발들이 나부끼고 있었습니다. 저게 뭐지? 저는 그저 시큰둥하게 허공의 그것들을 노려보았습니다.

　그런데 아주 나중에 듣게 됐지만, 제가 태어난 이듬해 12월 24일, 그러니까 1959년 크리스마스이브, 런던 거리에는 크리스마스트리들이 찬란히 반짝이고 구세주 찬미의 노래들이 넘쳐났을 그날, 영국 BBC가 〈a far Cry〉라는 40분짜리 다큐멘터리를 방영했다고 합니다. 런던에서는 머나먼 한국, 그 〈머나먼 울음〉은 굶주리고 헐벗은 한국 아이들의 비참한 실상을 보여주는 것이었지요. 그 아이들이 바로 저와 친구들이었다고 해도 틀리지 않습니다. 인간이라면 눈물 없이는 보지 못했을 다큐멘터리의 마지막 말이 무엇인지 아십니까? '이 아이들에게 희망은 있는가?', 이것이었습니다. 그 절망적이었던 질문에 대한 답변의 하나로서, 쉰 살을 넘어선 제가 보시다시피 조금 살진 얼굴에 점잖은 신사복을 입고 여기에 서 있다는 사실을 말씀드리고 싶습니다.

　제가 고향에서 밀려난 무렵에 나부끼고 있었던 포스코의 깃발들이 한국의 희망이요 저희 세대의 희망이었다는 사실을 깨달은 것은 그로부터 이십 년쯤 지난 뒤였습니다. 그리고 저는 서른아홉 살에 박태준 선생과 처음 만나게 되었고, 2004년 12월에 한국어판 『박태준』 평전을 펴냈습니다. 그 책은 2005년에 중국어로 번역 출판되었고, 오늘 이렇게 베트남어판이 나왔습니다. 작가가 왜 전기문학을 써야 하는가? 전기문학은 왜 있어야 하는가?

고난의 시대는 영웅을 창조하고, 영웅은 역사의 지평을 개척합니다. 그러나 인간의 얼굴과 체온을 상실한 영웅은 청동이나 대리석으로 빚은 우상처럼 공적(功績)의 표상으로 전락하게 됩니다. 이 쓸쓸한 그의 운명을 막아내려는 길목을 지키는 일, 그를 인간의 이름으로 불러내서 인간으로 읽어내고 드디어 그가 인간의 이름으로 살아가게 하는 일, 이것이 전기문학의 중요한 존재 이유의 하나라고, 저는 생각합니다.

베트남에 여러 종류의 『호찌민』 전기가 출간된 사정도 다르지 않을 것입니다. 저는 아무리 긴 세월이 흐르더라도 저의 주인공이 어떤 탁월한 위업을 남긴 인물로만 기억되는 것을 강력히 거부합니다. 그의 고뇌, 그의 정신, 그의 투쟁이 반드시 함께 기억되어야 한다는 것입니다. 한국의 가장 저명한 인물인 박정희 대통령과 저의 주인공이 국가적 대의와 시대적 사명 앞에서 어떻게 생각하고 행동했는지, 서로 얼마나 완전하게 신뢰했는지, 그것이 정신적으로 얼마나 귀중한 인생의 가치인지, 이러한 관점에서 함께 기억돼야 한다는 것입니다. 이것이 국가, 민족, 시대라는 거대한 짐을 짊어지고 필생을 완주한 인물에 대한 동시대인과 후세의 기본 예의라고 확신합니다.

이튿날 오전 11시, 하노이국립대학교 강당에는 총장과 보직 교수들, 오백여 명의 대학생들이 앉아 있었다. 순차 통역으로 한 시간 넘게 진행된 박태준의 연설은 여든세 살의 노인이 아니라 현역 지도자처럼 패기와 열정이 넘쳐났으며, 베트남과 한국, 아니 세계의 청년을 향해 던지는 그의 사상이 응축돼 있었다. 그래서였을까. 젊은 청중은 강연을 마친 노인을 향해 환호성을 지르고 열렬한 기립박수를 보냈다. 통역을 맡았던 여성(교수)이 젖은 눈빛으로 나에게 가만히 고백했다.

"빌 클린턴 전 미국 대통령, 장쩌민 전 중국 주석, 그리고 얼마 전에는 이명박 한국 대통령이 하노이대학에서 강연을 했고, 저는 그분들의 말씀을 경청했습니다. 그러나 박태준 선생의 강연처럼 저의 가슴을 울려주진 못했습니다."

과연 박태준의 어떤 말들이 베트남 젊은 엘리트들의 영혼에 잔잔한 파문을 일으키고 푸른 가슴을 일렁이게 했을까?

인간의 큰 미덕은 인생과 공동체의 행복에 대해 사색하고 고뇌하며, 실천의 길을 모색하는 것입니다. 내가 이 자리에 선 이유는, 한국의 경제개발 경험을 말하려는 것이 아닙니다. 파란만장한 격동을 헤치고 나온 경험을 바탕으로, 젊은 엘리트 여러분과 더불어 다시 한 번 인생과 역사를 성찰해보자는 것입니다. 역사에는 특정한 세대가 감당하는 시대적 고난이 있습니다. 그것은 개개인의 인생에 심대한 영향을 끼치고, 그 세대의 운명이 되기도 합니다.

이렇게 시작한 박태준의 연설은 한국과 베트남의 20세기에 대한 비교와 특정한 세대의 운명에 대한 생각으로 나아갔다.

나는 1927년에 태어났습니다. 한국에서 나의 세대는 일본 식민지에서 유년 시절과 학창 시절을 보내고, 청년 시절에 해방을 맞았습니다.

그러나 한반도는 불행했습니다. 세계적 냉전체제의 희생양으로 남북분단이 확정된 것이었습니다. 분단은 곧 처절한 전쟁으로 이어지고, 그 전쟁이 다시 휴전선이라는, 지구상에서 가장 살벌한 대결의 철책을 만들었습니다. 그때 한국에 남은 것은 민족 간의 적개심과 국토의 폐허, 국가의 빈곤과 인민의 굶주림 그리고 부패의 창궐이었습니다.

한국전쟁에 청년장교로 참전하여 '우연히, 운이 좋아서' 살아남은 나는 인생과 조국의 미래에 대해 숙고하지 않을 수 없었습니다. 폐허의 국토를 어떻게 재건할 것인가? 우리 민족을 천형(天刑)처럼 억눌러온 절대빈곤을 어떻게 극복할 것인가? 미국과 서구가 자랑하는 근대화를 어떻게 이룩할 것인가? 이 시대를 나는 어떻게 살아야 하는가? 엄중하게 좌우명부터 영혼에 새겼습니다. '짧은 인생을 영원 조국에!' '절대적 절망은 없다.' 돌이켜보면, 그 좌우명은 필생의 나침반이었습니다. 지금 이 순간에도 그것은 흔들리지 않습니다. 그것을 따라 걸어온 내 삶의 여정(旅程)에 대해 어떤 후회도 없습니다.

한국정부가 경제개발의 깃발을 올린 1961년, 한국은 1인당 국민소득 70달러로 세계에서 가장 빈곤한 국가였습니다. 당시 경제개발계획에 참여했던 나는 1968년부터 종합제철소 건설과 경영의 책임을 맡았습니다. 자본과 자원이 없고, 경험과 기술이 없는 전무(全無)의 상태에서 포스코라는 종합제철소를 시작하여, 7년쯤 지나서 어느 정도 기반을 잡은 다음, 나는 동지들에게 이렇게 말했습니다. "우리 세대는 순교자처럼 희생하는 세대다. 우리 세대는 다음 세대의 행복과 21세기 조국의 번영을 위해 순교자적으로 희생하는 세대다." 우리에게 지상과제는 '조국 근대화'였습니다. 그것은 나의 세대가 짊어진 폐허와 빈곤, 부패와 혼란을 극복하기 위한 시대적 좌표였고, 마침내 우리는 근대화에 성공했습니다. 시련의 시대를 영광의 시대로 창조한 것이었다고 자부합니다. 그러나 나의 세대는 후세에 엄청난 과제도 넘겨야 했습니다. 바로 남북분단입니다. 남북화해와 평화통일, 이 짐을 다음 세대에 넘겨주게 되어 참으로 가슴 아픕니다.

지난 백여 년 동안, 베트남에도 각 세대가 감당한 시대적 고난이 있었습니다. 편의상 여러분의 할아버지와 할머니 세대, 아버지와 어머니 세대, 그리고 여러분 세대, 이렇게 삼대로 나누어봅시다.

여러분의 할아버지와 할머니 세대는 '자유와 독립보다 더 중요한 것은 없다'는 호찌민 선생의 말씀을 실현한 세대입니다. 헤아릴 수 없는 희생과 고통을 넘어서야 했지만, 당신들의 숙명적인 비원이었던 자유와 독립을 쟁취했습니다. 그러나 1954년 7월에 베트남은 북위 17도선에서 분단되었습니다. 그때 어린 아이였을 여러분의 아버지들과 어머니들은, 통일로 가는 기나긴 전쟁이 자기 세대의 운명이 될 줄은 몰랐을 것입니다. 그분들은 자기 세대의 참혹한 운명을 감당했으며, 드디어 1975년 4월에 종전과 통일을 선언할 수 있었습니다. 그분들 세대는 휴식을 누릴 여가도 없었습니다. 전쟁에서 살아남은 사람들에게는 조국재건의 새로운 책무가 기다리고 있었기 때문입니다. 등소평의 중국이 개방의 길을 선도하고, 베트남은 1986년에 개방의 문을 열었습니다. 그것은 일대 혁신이었습니다. 모든 혁신은 다소간 혼란과 시행착오를 초래하기 마련이지만, 나는 베트남 지도부가 현명한 선택을 했다고 판단합니다. 이 자리에서 언급하자니 슬픈 일입니다만, 개방을 거부한 북한의 오늘이 그것을 반증해줍니다.

베트남은 한국보다 종전이 늦어진 그만큼 경제개발의 출발이 늦어졌습니다. 그러나 베트남은 통일국가고, 한국은 분단국가입니다. 이 자리의 '여러분 세대'는 선배 세대로부터 '자유와 독립의 통일국가'라는 위대한 기반을 물려받았습니다. 그 기반 위에서 '여러분 세대'의 시대적 좌표가 설정되어야 합니다. 현재 한국의 젊은 세대에게 '평화통일과 일류국가 완성'이라는 피할 수 없는 운명이 주어져 있다면, 베트남의 젊은 세대에게는 '경제부흥과 일류국가 완성'이라는 피할 수 없는 운명이 주어져 있습니다. 통일 문제를 고려할 경우에는, 한국의 젊은 세대가 베트남의 젊은 세대보다 더 무거운 운명을 짊어졌다고 하겠습니다.

두 나라 젊은 세대의 시대적 좌표를 제시한 박태준이 더 목청을 높여서 역설한 것은 부패척결과 자신감이었다.

세계 어느 나라를 막론하고, 한 나라가 일어서는 과정에서 무엇보다 중요한 전제조건은 지도층과 엘리트 계층이 부패하지 않고 자신감을 바탕으로 분명한 비전을 제시하는 것입니다. 물질적 유혹에 약한 것이 인간입니다. 인간은 강철처럼 강인하기도 하지만, 땡볕에 내놓은 생선처럼 부패하기도 쉽습니다. 부패는 인간 정신의 문제입니다. 지도층이나 엘리트 계층에 속한 인간이 부패하지 않는 것은 자기 정신과의 부단한 투쟁의 결실입니다. 역사 속의 모든 위인들은 끊임없이 자기 정신과 투쟁했습니다. 여러분이 훌륭한 지도자로 성장할 꿈을 간직하고 있다면, 지금부터 자기 정신과의 투쟁을 시작해야 합니다.

나는 지도층과 엘리트 계층이 자신감을 바탕으로 당대의 비전을 제시해야 한다는 주문도 했습니다. 그러나 자기 인생의 미래를 설계하지 않은 사람은 지도자가 될 수 없을 뿐만 아니라, 우연한 기회에 지도자가 된다고 해도 당대의 비전을 제시할 수 없습니다. 먼저, 개개인이 10

년 뒤의 자기 모습을 그려보라는 충고를 하고 싶습니다. 여러분은 10년 뒤의 자기 모습을 그려놓고 있습니까? 만약 그려놓았다면, 치밀하고도 정열적으로 그 길을 가야 합니다. 만약 그려놓지 않았다면, 몇날 며칠을 지새우더라도 10년 뒤의 자기 모습부터 그려야 합니다. 개개인의 비전이 모여서 국가와 시대의 새 지평을 열게 된다는 사실을 명심하기 바랍니다.

거듭 강조하지만, 개발도상국이 경제발전을 추진하는 과정에서 가장 중요한 힘은 지도층이 부패하지 않는 것과 인민의 자신감입니다. 베트남에는 20세기의 세계 지도자 중에 가장 청렴했던 호찌민 선생이 국부로 계시고, 프랑스와 미국을 물리친 자부심과 자신감이 있습니다. 문제는 그 위대한 정신적 유산을, 국가의 부강과 인민의 행복을 성취하기 위한 저력으로 활용하는 일입니다. 모든 역사에는 기복이 있지만, 지도층과 인민이 위대한 정신적 유산을 공유하고 그 바탕 위에서 손잡고 나아간다면, 반드시 일류국가를 만들 것이라고 확신합니다.

일류주의, 그 고투의 길과 천하위공

평전 『박태준』을 쓴 작가로서 내가 지켜본 박태준의 최고 매력은 무엇인가? 지장, 덕장, 용장의 리더십을 두루 갖춘 그의 탁월한 능력인가? 흔히들 그것을 꼽는다. 나도 흔쾌히 인정한다. 그러나 그것을 최고 매력으로 꼽진 않는다. 내 시선이 포착한 그의 최고 매력은 '정신적 가치'를 가치의 최상에 두는 삶의 태도였다.

박태준의 삶은 통속을 거부했다. 통속적 계산을 경멸하는 작가만큼 치열하게 자기 신념의 정신적 자계(磁界)에서 벗어나지 않았다. 주인공의 요청이나 부탁이 아니었건만 작가 스스로 평전을 쓰게 만드는 그 매력을, 그는 나에게 연인의 향기처럼 풍겼다. 내가 그를 처음 만난 것은 1997년 초여름이었다. 그로부터 15년쯤 지나서 프랑스《르몽드》가 "한국의 영웅이 떠나다"라고 박태준의 부음을 알린 2011년 12월 13일까지, 나는 그와 숱한 시간을 함께 보내며 그의 생애와 정신과 추억에 대한 온갖 대화를 나누는 '복된 기쁨'을 누렸다. 내가 그의 평전을 쓰는 작업은 인생의 황혼에 접어든 노인이 젊은이에게 제시하는 삶의 새로운 길을 따라 걸어가며 사색에 잠기는 것과 비슷한 일이었다.

나는 포항제철소가 들어선 영일만 갯마을에서 태어나 자랐다고 밝혔지만, 작가의식으로 박태준이란 이름에 깊은 관심을 기울인 때는 서른 살을 훨씬 넘긴 1990년대 초반의 어느 날부터였다. 그때까지 나는 그와 한 번쯤 악수를 나누기는커녕 먼발치에서나마 얼굴을 본 적도 없었다. 나에게 그는 신문이나 텔레비전이 알려주는 존재였다. 그런데 어쩌다 내가 그를 주목했을까. 물론 포스코에 의한 '철거민'이요 '실향민'이라는, 포스코를 바라보는 삐딱했던 시각이 엔간히 철들었다고 할 이립(而立)을 넘어선 뒤로는 오히려 남다르게 포스코를 들여다보는 태생적 인연으로 바뀌었던 것이라는 점을 빼놓을 수 없을 테지만, 무엇보다 중요한 하나는 내 세계관의 조정이었다.

내가 이립한 즈음엔 고르바초프가 지각변동의 구심점 역할을 하는 시절이었다. 동서독 분단의 장벽을 무너뜨린 독일시민이 베를린 브란덴부르크 문에 운집해 축제를 여는 밤, 그는 미모의 아내와 나란히 나타나서, "역사는 늦게 오는 자를 처벌한다"고 선언했다. 그때 나의 내면에도 무엇인가 꿍음이 일어났다. 그것은 '한국적 1980년대'를 지탱해온 사회주의적 전망과 이상이 무너지는 소리였다. 그 뒤 현존 사회주의 체제의 좌절을 주제로 삼은 사회과학 논문들이 제출되었다. 그러나 나는 작가니까 인간에게서 답을 구했다.

'인간이 선의를 지니고 있긴 해도 결코 그것이 천부적으로 크게 부족한, 사회주의를 실현할 윤리적 자질을 채워줄 수 없다는 것. 이데올로기가 인간조건을 강제하고 규율할 수 있는 한계와 그 천부의 윤리적 자질의 한계가 서로 손을 맞잡고 마치 치울 수 없고 오를 수 없는 절벽처럼 유토피아로 가는 길을 가로막고 있다는 것. 인간조건이 이데올로기를 창조한다는 것. 모든 체제는 시민의 더 인간다운 삶에 기여하기 위해 생물체처럼 변화해 나가야 한다는 것.'

박태준의 최고 매력으로 나는 정신적 가치를 최상 가치로 받드는 삶의 태도를 꼽았는데, 실제로 그의 영혼은 강철 같은 정신(신념)의 덩어리였다. 모든 공사(公事)를 철저히 그것으로 관장하고 처리했으며, 그것으로 물질적 유혹을 제압하고 배격했다. 그의 솔선수범이란 그것에 당연히 따르는 일종의 부수적 현상에 불과해 보였다. 2010년 1월 그가 하노이국립대학교에서 '부패척결의 청렴한 리더십'을 역설한 것은 필생에 걸친 실천궁행의 당당한 웅변이었다.

포스코 착공 장면에서 그가 일으킨 감동적인 일화는 저 유명한 '제철보국'과 '우향우'이다. 어려운 단어가 아니다. 제철보국이란 포항제철을 성공시켜 나라에 보답하자는 것이며, 우향우란 오른쪽으로 돌아 나아가 영일만 바다로 들어가자는 군대 제식훈련 용어다. 그러나 그 둘이 박태준의 정신 속에서 짝꿍으로 맺어지자 어마어마한 정신적 무장으로 거듭나서 포스코를 '성공의 고지'로 밀어 올리는 원동력이 되었다.

포항제철 1기 연산 103만 톤 조강체제 완공의 종자돈은 대일청구권 자금(일제식민지 배상금)의 일부였다. 박태준은 그 돈의 성격을 '조상의 혈세(피의 대가)'라 규정했다. 조상의 피의 대가로 세우는 국가적 민족적 숙원사업인 포항제철을 어떻게 실패할 수 있는가? 실패하면 조상과 국가와 민족에 죄를 짓는 것이니 죽는다고 해서 용서받을 수 있는 것도 아니지만, 그래도 실패하면 우리는 목숨을 버려야 한다. 그때는 우향우 하자. 영일만 모래벌판에서 우향우 하면 시퍼런 바다, 그 바다에 빠져 죽자. 이것이 '우향우'다. 이렇게 강렬한 정신운동에 감히 부패가 파고들 틈이 생기겠는가. 그래서 나는 평전에 썼다.

> 박태준은 비장했고 사원들은 뭉클했다. 그의 외침은 가슴과 가슴을 타고 번져나갔다. '조상의 혈세'는 민족주의를 자극했다. '우향우'는 애국주의를 고양했다. 그것은 '제철보국' 이념에 자양분이 되었다.

박태준의 강철같은 정신의 덩어리, 그 핵은 무엇인가? 그의 좌우명이 일러준다. '짧은 인생을 영원 조국에', 이것이다. 애국은 애국인데, 어떤 애국인가? 제철보국에 담은 그의 국가는 어떤 국가인가? 이것이 중요하다.

박태준은 늘 일류를 희원했다. 포항제철의 첫 쇳물 생산보다 이태 앞선 1971년 4월에 발간한 사보(社報)《쇳물》, 그 창간호에 '무엇이든지 첫째가 됩시다!'라는 휘호를 만년필로 힘차게 써준 사람, 쇳물이 나올지 안 나올지 모르는 때에 구성원들에게 세계 일등을 꿈꾸자고 외친 박태준이었다. 그리고 그는 25년 동안 불철주야의 노심초사를 바쳐 마침내 초심의 맹세대로 포스코를 세계 최고 철강기업으로 일으켜세웠다. 그의 일류란 포스코가 보여주는 총체적 일류이며, 그의 일류국가도 포스코가 보여주는 것과 같은 총체적 일류국가였다.

왜 박태준은 일류 또는 최고 수준을 고집하며 추구하고 일류국가를 희원했는가? 왜 그는 일류주의와 일류국가주의를 잠시도 놓지 못했는가? 이것은 그가 관통해온 시대적 고난과 분리할 수 없는 것이다. 그의 일생은 우리 현대사의 한복판을 꿰뚫은 역정이었다.

1927년 부산 기장의 조그만 갯마을에서 태어난 박태준. 어머니의 손을 잡고 아버지를 찾아가는 유년의 도일(渡日) 뱃길에 그는 생애 최초로 부관연락선이라는 철로 만든 근대적 괴물(문명)에게 실존을 의탁한다. 영특하고 달리기와 수영을 잘하는 아이의 귀에는 자주 "조센징"이라는 말이 들려왔다. 유소년 시절은 몸을 키우고 지식을 늘리는 그만큼 조센징이라 불리는 쓰라린 모욕에 시달려야 했다. 모욕이 그에게는 의식의 씨앗이었다. 그 씨앗은 무엇이든지 일등을 해야 차별을 덜 당한다는 방어의식과 저항의식으로 발아하여 시나브로 애국정신과 일류의식으로 성장한다. 광복이 되어 와세다대 기계공학과를 중퇴하고 가족과 함께 귀향해서 군문으로 들어설 때, 그는 부모 앞에 뜻을 밝힌다. "건국에는 건군이 있어야 합니다." 이 한마디는 되찾은 나라를 위해 살겠다는 도전의지를 응축한 말이었다.

태릉 골짜기 육사 6기생도 박태준, 여기서 열 살 손위의 박정희를 은사로 만난다. 말이 많지도, 달변도 아니었지만 카랑카랑한 목소리로 생도들을 가르치는 박정희로부터 그는 많은 영향을 받았고, 지휘관의 길을 배웠다. 박정희는 그에게 단순한 교관이 아니라 스승이 되었다. 탄도학 시간에 어려운 수학 문제를 푼 유일한 생도였던 박태준을 주목한 박정희도 그에게 단순한 생도가 아닌 제자의 자리를 마련해주었다. 존경하는 스승과 신뢰하는 제자의 관계로 출발한 그들의 사제관계는 평생토록 변하지 않았다.

박태준은 청년장교로서 6·25전쟁을 맞는다. 철원에서 서울까지 밀려나는 사흘 만에 자기 연대의 중대장 12명 중 10명이 전사한 가운데 구사일생 멀쩡히 생존한 중대장으로서 포항까지 후퇴했다가 거꾸로 청진까지 북진하지만 야전병원에서 급성맹장염 수술을 받은 몸으로 1·4후퇴의 일원이 된다. 휴전 후 육군대학을 수석으로 졸업한 그는 당시의 부패한 우리 군대에서 지독한 '딸깍발이'로 손꼽히는 대령이었다. 일절 부정부패와 타협하지 않았다. 결코 용납하지도 않았다. 그 소문이 박정희의 고막을 건드렸다. 이것은 거사를 획책하는 박정희가 1960년 부산 군수기지사령부 사령관으로 내려갈 때 그를 인사참모로 발탁하는 인연으로 맺어진다.

무수한 술잔에 시대적 고뇌를 담은 나날들. 희망을 잃은 국민, 궁핍한 조국의 현실, 무능한 권력에 대해 그들은 울분을 함께 했다. 언제까지 이렇게 비참하게 살아야 하는가, 왜 우리나라라고 못하는가. 그렇게 부산에서 함께 지낸 여섯 달 남짓. 조국을 근대화해야 한다는 열망과 신념을 공유해 나가는 동안 두 사람의 신뢰는 더욱 깊어졌다.

5·16정부에서 국가재건최고회의 의장 비서실장과 상공담당 최고위원을 역임한 박태준은 박정희의 정치참여 제안을 거절한 결과로 1965년 대한중석 사장을 맡게 된다. 그즈음부터 박정희의 특명에 따라 종합제철 프로젝트에 깊숙이 관여하던 박태준은 1967년 가을에, 마치 오천년 대물림의 절대빈곤 극복을 목메게 기다려온 우리 역사가 어떤 필연에 의해 성사시킨 일처럼, 종합제철 대임을 맡는다. 이때 박태준의 정

신세계는 '천하위공(天下爲公)'으로 확장돼 있었다. 식민지, 분단, 혼돈, 전쟁, 재분단, 폐허, 부패, 빈곤. 이것들이 불혹(不惑) 박태준의 나이테였다. 그러나 그는 저주받은 것 같은 나라를 체념해버리는 절망과 허무, 퇴폐와 좌절로 미끄러지지 않았다. 미래의 나이테를 희망과 풍요의 목록으로 채우려는 그의 도전의지에서 천하위공은 정신적 기반이었다.

천하위공이란 '천하가 모두 공적인 것이 된다', '천하는 모든 사람을 위한 것이 된다'는 뜻이다. 『예기(禮記)』 예운(禮運)편에 나오는 말이다. 중국 신해혁명을 이끈 쑨원[孫文]이 소중히 간직했다. 박태준이 "교육은 천하의 공업(公業)"이라 선언한 때는 1978년 9월이다. 하지만 그는 대한중석 사장(1965-1967)으로서 남몰래 대학 설립을 꿈꾼 때부터 천하위공을 가슴에 보듬고 있었다. 요즘 한국사회는 복지씨름이 한창인데, 포스코가 70년대와 80년대에 선구적으로 다 실행한 사원주택제도, 장학제도, 복지제도, 녹화제도 그리고 유치원·초·중·고 14개교, 포스텍(포항공대), 포항방사광가속기 등은 천하위공을 실천한 그의 모범 사례들이다.

아담 스미스가 '보이지 않는 손'을 찍어냈다. 인간사회는 때로 그 손을 혐오도 하지만 시장체제의 쇄신을 관철하면서 여전히 자본주의를 선호하고 있다. 기존 자본주의를 뜯어고쳐야 한다는 불만이 팽배할 때는 전면에다 긴 거울을 세운다. 거울에 비친 자본주의의 전신을 살피며 수술 방법을 궁구하는 것이다. 그 거울의 이름을 근대 서양은 '사회주의'라 지었다. 동양에는 까마득한 옛날부터 청동으로 만든 '천하위공' 손거울이 있었다. 인간의 선의(善意)를 신뢰하고 선양(煽揚)하는, 깨지지 않는 그 손거울을 박태준은 일생 동안 영혼의 주머니에 넣고 다녔다.

무에서 유를 창조한 포스코, 절명의 위기는 그 요람에 들이닥쳤다.

1969년 2월 미국, 영국, 프랑스, 서독(독일), 이탈리아 등 서방 5개국 철 강사들이 포스코에 대한 자금과 기술을 책임지마고 했던 약속을 세계 은행(IBRD)의 '한국 종합제철 프로젝트는 시기상조'라는 분석적 견해에 따라 헌신짝처럼 팽개친 것이었다. 자본주의의 비즈니스 시스템은 가혹하며 비정했고, 갓 태어난 포스코는 죽어야 했다. 그의 오른팔 황경로(제2대 포스코 회장 역임)가 사장의 비밀지시를 받들어 '회사 청산 계획'을 세워야 하는 상황이었다. 그러나 그는 비상한 돌파구를 찾아냈다. 대일청구권자금 일부 전용의 아이디어, 이에 대한 박정희의 재가와 지원. 박태준은 일본 각료들과 철강업계 지도자들을 설득하는 데 앞장선다. 그리고 기어코 협조를 끌어낸다. 영일만 모래벌판에 아기무덤으로 남을 뻔했던 갓난아기 포스코가 기적처럼 회생한 것이었다.

박태준은 일류국가의 밑거름이 되려는 신념을 '포스텍' 설립에도 눈부시게 발휘했다. 1985년이었다. 새로 시작한 광양제철소 건설에 들어갈 자금도 엄청난 규모였으나 그는 과감하고 단호하게 한국 최초 연구중심대학 설립을 밀어붙인다. 그때 포스코는 국정감사 대상이었다. 정치권부터 반대의견이 높았다. 내부도 마찬가지였다. 그러나 그는 흔들리지 않았다. 이미 유·초·중·고 14개교를 세워 세금의 도움 없이 최고수준으로 육성한 교육의 신개척자는 오히려 포스텍 설립의 당위성을 알리는 전도사를 자임한다. 과학기술이 일류가 아닌 나라는 일류국가가 될 수 없다. 과학기술은 경제와 국방과 국력의 근본이다. 사람을 통솔하는 것은 곧 사람을 키워내는 일이다. 교육은 천하의 공업(公業)이다. 이들은 박태준 정신의 두 축에서 제철보국과 짝을 이루는 교육보국의 뼈대였다.

2010년 영국 《더타임스》가 세계 대학 평가에서 28위로 매긴 포스텍, 그 개교를 앞둔 1986년 8월 27일 그는 포스코 내부에 웅성대는 불만의 소리를 듣고만 있지 않았다.

"회사의 사운을 걸고 시작한 포항공대 설립에 대해 당장 눈앞의 것만 생각한다면, 고생 끝에 얻은 성과가 우리에게 돌아오는 것이 아니라 다른 데에 쓰이는 것이 아닌가 하는 의구심이 발생할 소지가 있다. 그러나 포항공대는 회사 백년대계를 좌우하는 구심점이 되고 국가산업 발전에 기여하며 과학영재를 길러내는 대학이 되어야 한다. 지금 당장의 이윤 추구가 아니라 국가 장래를 위해서 큰 힘이 된다고 하는 확신을 우리 스스로 가져야 하며, 특히 간부들이 이에 대한 소신을 가져야 한다."

포스코, 포스텍과 포스코의 학교들을 통해 박태준은 제철보국·교육보국 정신을 실현했다. 일류주의도 실현했다. 또한 그것은 일류국가의 토대구축에 지대한 공헌이 되었다. 과연 그의 인생을 짧은 문장에 담을 수 있을 것인가? 그의 인생에서 가장 중요한 공적이 포스코이고, 포스코가 한국 산업화의 견인차 역할을 했으며, 산업화의 물적 토대 위에 억세고 질기게 민주화 투쟁이 전개되면서 민주주의가 성장했다는 시대적 진실을 통찰할 경우, 요람의 포스코가 절명의 위기를 극복한 장면은 한국의 운명을 밝은 쪽으로 돌려준 큰 행운이었다. 아무리 축복해도 지나치지 않다. 그 주인공이 박태준이다. 무엇이 그것을 이루었을까? 물론 조국 근대화를 향한 그의 절박한 염원부터 떠올리지만, 아이러니하게도 만약 그가 일본에서 식민지 아이와 청년으로 성장하지 않았더라면, 다시 말해 그가 일본의 실력자들과 상대하는 자리에 통역을 데려가는 처지였다면, 그의 설득은 실패했을 가능성이 높았다. 그래서 평전

『박태준』을 쓴 나는 이렇게 평가한다.

생존의 길을 찾아 일본으로 들어간 아버지의 뒤를 좇아 현해탄을 건
너갔던 수많은 식민지 아이들 가운데, 사춘기를 벗어난 무렵에 해방된
고향으로 돌아와 빈곤에 허덕이는 신생독립국의 어른으로 성장한 다음,
유소년기에 어쩔 수 없이 익혔던 일본어와 일본문화로써 가장 훌륭하고
가장 탁월하게 조국에 이바지한 인물은 박태준이다. 신학문을 배우러
일본유학을 했던 청년학도를 포함시켜도 결론은 달라지지 않을 것이다.

정치 참여를 어떻게 볼 것인가

포스코를 세계 일류기업으로 성장시킨 명성은 주인공에게 정치참여
의 문을 세 번 열어줬다. 물론, 박정희 서거 후의 일들이다.

첫 번째, 1980년. 박정희의 갑작스런 죽음(1979년 10월 26일)은 포스
코라는 한 기업의 처지에서 보면 정치적 외풍을 막아주던 튼튼한 울타
리가 사라진 대사건이었다. 포스코의 성공요인에는 박태준의 리더십을
맨 먼저 꼽는다. 하버드대학교, 스탠포드대학교, 서울대학교, 미쓰비시
종합연구소 등이 학문적으로 규명한 사실이다. 그러나 혼자의 힘으로
리더십을 맘껏 발휘할 수 있었을까. 나는 평전에서 이렇게 보았다.

박정희는 박태준의 순수하고 뜨거운 애국적 사명감만은 '범할 수 없
는 처녀성'처럼 옹호했다. 정치권력의 방면으로 기웃거리지 않고 당겨
도 단호히 뿌리친 그의 기개를 높이 보았다. 여기엔 한 인간과 한 인간

으로서, 한 사내와 한 사내로서 오직 두 사람만이 온전히 알아차릴 수 있는 서로의 빛깔과 향기가 있었을 것이다. 이러한 박정희와 박태준의 독특한 인간관계는 박태준이 자신의 리더십과 사명감을 신명나게 발현할 수 있는 '양호한 정치적 환경'을 조성해 주었다.

사심 없는 제자에 대한 박정희의 절대적인 신뢰는 박태준을 모함으로부터 지켜주었으며, 박태준이 외압을 이겨내고 포스코를 세계적인 기업으로 키워나가는 길에 큰 힘이 되었다. 천하위공이라는 박태준의 정신, 그런 제자를 끝까지 엄호해준 스승으로서 박정희가 보낸 신뢰. 이 특별한 관계는 국가 중심적 경제성장(발전주의 국가) 시대 또는 개발독재 시대라 불리는 '박정희 통치 18년'을 통틀어 '박정희의 가장 밝은 자리'에 박태준을 우뚝 서게 만들었다.

십여 년에 걸쳐 한결같이 듬직했던 포스코의 울타리가 느닷없이 사라진 암담한 시기에 새 정치권력이 박태준을 불렀고, 그는 자신이 권력에 들어가서 포스코의 울타리가 되겠다는 각오를 앞세우고 정치에 한 발을 들여놓았다.

두 번째, 1990년. 김영삼, 김종필까지 하나로 엮으려는 기획을 마친 노태우가 포스코에 거의 전념하고 있는 전국구 국회의원 박태준을 여당 대표로 끌어들였다. 그는 사양했으나 노태우는 포스코 회장의 인사권자였다. '차출당하여' 올라간 무대는 1992년 10월 차출당했던 이가 스스로 정계를 떠나는 것으로 막을 내린다.

세 번째, 1997년. 정치적 박해의 해외유랑을 끝낸 박태준이 포항 국회의원 보궐선거에 무소속 출마했다. 이번에는 순전히 자기의지였다. 그해 대선 국면에서 그는 김대중·김종필과 연대하여 헌정사상 초유의

223

수평적 정권교체를 이룩하고, 6·25전쟁 후 최대 국란이라 불린 외환위기 극복을 진두지휘하게 된다.

과연 박태준의 '정치적 인생'에 대해 부정적으로 여기는 선입견이 정당한 것인가? 동시대인의 부정적 통념은 크게 세 가지다.

하나는 '훌륭한 사람이 괜히 정치에 들어가서 몸을 더럽혔다'는 것이다. 이 세평(世評)은 박태준의 '첫 번째 정치참여'를 겨냥한 것으로, 한국 정치에 대한 국민의 일반적인 혐오증과 전두환 정권에 대한 거부감을 반영하고 있다. 그러나 그때 상황에서 그가 '차출'을 거부했다면 광양제철소는 성공을 보장할 수 없었을 것이며 포항공과대학교(포스텍)는 탄생할 수도 없었을 것이다. 그러니까 그의 첫 번째 정치참여는 한국산업화의 완성에 결정적으로 기여하고 한국 대학교육의 신기원을 개척하는 '좋은 권력'으로 재창조되었다.

다른 하나는 '훌륭한 사람이 괜히 정치에 들어가서 고생만 하고 실패기록을 남겼다'는 것이다. 이 세평은 박태준의 '두 번째 정치참여'를 겨냥한 것으로, 그가 해외 유랑을 떠나야 했던 그 이미지를 반영하고 있다. 그러나 이미지일 뿐이다. 그는 말했다. "나는 YS를 구국의 지도자로 보지 않았다. 내 양심에 따라 그의 제안을 거절했다." 만약 박태준이 속류 정치인이었다면 확실시되는 '권력 2인자'를 노리는 속류의 정치적 야합(선거대책위원장 제의에 대한 불편한 수락)을 택했을 것이다. 정말 바람직한 것은, 박태준을 파트너로 삼겠다는 권력자가 그의 눈에 '일류'로 보여야 했었다. 이도저도 아닌 조건 속에서 그는 억압을 예견하며 권력의 유혹을 뿌리쳤다.

경우도 다르고 수준도 다르지만 그 장면은 '박정희와 박태준'의 관계와 '김영삼과 박태준'의 관계가 전혀 다른 차원이라는 증거이기도 하다. 박정희는 자신의 정치적 제안을 거절한 그를 경제 방면으로 불러들인 반면, 김영삼은 그것을 거절한 그에게 보복의 칼을 들이댔다. 묘한 노릇이지만, 그를 붙잡은 경우에 한국은 계량하기 어려운 경제적 거대이득을 챙겼고, 그를 내쫓은 경우에 한국은 계량하기 어려운 경제적 외교적 거대손실을 입었다. 박태준의 해외 유랑은 그의 중국 구상, 베트남 구상, 미얀마 구상, IT사업 구상(일본 소프트뱅크 손정의와 손잡고 연간 1조원씩 10년간 투자 계획) 등을 파도에 쓸린 모래성처럼 사라지게 했다. 이로 인한 국부(國富) 손실의 계산서를 아마도 역사는 완전히 망각할 것이다.

그리고 박태준의 '세 번째 정치참여'에 대해서는 'DJ와 손잡은 것 자체가 잘못'이라는 비난의 목소리들이 있다. 박정희 통치시대에 한국 근대화는 마치 산업화와 민주화가 동일한 역사 무대에 공존할 수 없다는 것처럼 반목과 갈등의 양상으로 전개되었다. 모순 시대였다. 그러나 고희(古稀)의 박태준은 모순 시대가 아니라 '상보(相補) 시대'였다는 견해에 동의했다. 산업화와 민주화가 대립하는 가운데 상보하면서 함께 발전하고 함께 성장했다는 것이다. 그래서 그는 1997년 늦가을 외환위기 사태 속에서 펼쳐진 대통령선거를 통해 "산업화세력과 민주화세력의 화해, 영남과 호남의 화합"을 외칠 수 있었다. 그것은 50년 만의 수평적 정권교체에 이바지하고 그해 12월 5일 김대중 후보를 박정희 대통령 생가로 안내하여 두 지도자에게 늦어진 화해 자리를 마련해준다. 그가 자발적 의지로 선택했던 세 번째 정치참여는 한국 민주주의의 성장에 합리적 보수세력의 힘을 보태고 외환위기 수습의 최고 일꾼으로서 생애 마지막으로 국난극복에 이바지할 기회를 자신에게 제공했다.

전자개표기와 민주적 투명선거 덕분에 세계선거관리협의회(A-WEB,

2013년 창립) 초대 의장국이 된 한국은 2012년 영국 이코노미스트가 발표한 민주주의 지수 평가에도 167개국 중 20위에 올랐다. 일본(23위), 대만(35위)보다 앞섰다. 특히 1997년 12월과 2007년 12월에 대립적 정치세력이 선거를 통해 평화적 정권교체를 이룩함으로써 민주주의 공고화 기준(two-turnover test)을 통과하고 선진형 민주주의에 진입했다. 세계적인 이 평가에 대해 한국인의 눈과 귀는 아둔해 보인다.

박태준의 세 번째 정치 참여를 나는 평전에서 이렇게 정리하고 있다.

20세기 후반기의 한국 산업화 무대에서 단연 빼어난 주연이었던 박태준. '영일만-광양만의 신화'를 창조하는 가운데 해방 이후의 우리 역사에서 그와 동시대를 살아온 모든 방면의 모든 지도자를 통틀어 유일하게 세계가 인정하는 '세계 최고' 철강인 박태준.

1997년 10월부터 2000년 4월까지 한국이 50년 만에 수평적 정권교체를 달성하고 비참한 국가부도의 위기를 극복해낸 그 절박한 시기에, 그는 정치권력의 무대에서 과거의 순수한 열정과 화려한 경력을 바탕으로 김대중의 자문과 조연을 맡았다. 역사의 관습은 조연에 대한 대접과 평가가 지나치게 옹색하다.

진정한 극일파(克日派), 그 영혼에 맺힌 말들

일본에 친구들이 많고 일본을 잘 아는 지일파(知日派) 박태준, 그의 일본에 대한 궁극적 목표는 극일이었다. 그는 진정한 극일파(克日派)였다. 그의 시대에서 한국은 어느 분야든 일본을 넘어서야 세계 정상을 바라볼 수 있었다. 1970년대 일본은 철강뿐 아니라 총체적인 일류국가였다. 극일하지 않으면 그의 일류주의는 성취할 수 없는 허상에 불과한 것이었다.

더구나 그때 일본 철강사들의 지도를 받는 포스코로서는 반드시 일본을 넘어야 세계일류에 올라설 수 있었다. '조센징'이란 차별과 모욕이 의식의 씨앗이 되었던 박태준에게 그것은 물러설 수 없는 과제였다. 극일을 못하면 포스코가 세계일류 반열에 오를 수 없고, 이것이 안 되면 조국은 일류국가에 도달할 수 없다. 이 엄청난 장벽 앞에서 그는 침착하고 치밀하고 집요했다. 명확한 전략이 있었다. 3단계 일본관(日本觀)을 피력했다. 먼저 일본을 알아야 한다(知日), 그래서 일본을 활용해야 한다(用日), 그리고 일본을 극복해야 한다(克日). 지일-용일-극일, 이 전략이었다.

상대도 알아챘다. 일본 최장수 총리를 지낸 나카소네는 "일본에서 하나라도 더 한국에 도움이 되는 것을 가져가려는 박 선생의 애국심"에 감동했고, 미쓰비시상사 회장을 지낸 미우라 료헤이는 "우리가 비즈니스를 위해 한국을 연구하는 것처럼 박 회장은 일본을 연구하는 전략가"라고 간파했다.

'포항제철소 1기 연산 조강 103만 톤 건설'의 첫 장면에 등장하는 가장 중요한 일본인은 신일본제철 이나야마 요시히로 회장이다. 1969년 봄날 박태준은 도쿄로 날아가 그를 찾아가야만 했고 그의 마음을 열어야만 했다. 대일청구권자금의 일부를 포항제철 건설에 전용하는 과정에는 농업 분야에 배정해둔 그것의 전용에 관한 한일(韓日) 양국 정부의 재합의가 있어야 했고, 그 재합의의 전제 조건으로 일본철강업계 대표들의 포항제철에 대한 기술지원 약속이 이뤄져야 했는데, 이나야마 요시히로는 일본 철강업계 최고 리더로서 일본철강협회 회장이었던 것이다.

그때 두 사람의 만남은 이른바 '역사적 회담'으로 남았다. 이나야마 요시히로는 서방 5개국의 KISA(Korea International Steel Associates)에게서 버림받은 포스코의 절명적 위기에 관한 전후사정을 경청했다. 포항제철을 성공시키겠다는 '젊은 사장'의 뜨거운 의지와 순수한 사명감과 비즈니스 비전에 정신적 공명을 일으켰다. 그는 첫 만남에서 일본 철강업계의 전폭적 지원을 약속했다. 이것이 포항제철 건설을 지원하는 일본기술단으로 구체화되고, 그들이 허허벌판 영일만에 들어와 '경험도 기술도 전무한' 한국인들의 제철소 건설 현장에서 감독 역할을 맡는 전환점이 되었다. 포스코가 태어난 것은 1968년 4월 1일이었지만 그로부터 꼬박 이태가 지난 1970년 4월 1일에야 박정희 대통령, 김학렬 부총리, 박태준 사장이 영일만에서 착공의 발파 버튼을 누를 수 있었다. 바로 그 2년 동안은 요람의 포스코가 아기무덤으로 남을 뻔했던 위기를 극복해가는 긴박한 드라마의 시간대였다.

신일본제철을 비롯한 일본 엔지니어들로 구성된 일본기술단이 영일만 건설 현장의 감독을 맡은 상황에서 박태준의 기술력 확보에 대한 단기적 목표는 '완공과 동시에 공장을 완전히 우리 손으로 돌리는 것'이었으며, 중기적 목표는 '기술식민지에서 완전히 벗어나 기술자립을 이룩하는 것'이었고, 장기적 목표는 '세계 최고기술력을 보유하는 것'이었다.

단기적 목표 달성을 위해 박태준은 어려운 살림살이에도 직원들의 해외연수 비용을 아끼지 않았다. 하나의 기술도 놓치지 말라고 연수생들에게 보내는 그의 당부와 격려는 간곡했다. 이때도 이나야마 요시히로는 깊은 배려를 보여주었다. 박태준의 부탁을 받아 홋카이도 무로랑 제철소 전체를 포스코 연수생이 직접 돌려보게 하는 '대담한 선물'을 선사한 것이었다. 실제로 포스코는 톤당 생산단가 경쟁에서 압도적 세계 1위를 달성하며 포항제철소 1기를 완공했을 때(1973년 7월 3일), 포스코 직원들의 손으로 공장 전체를 직접 돌리는 기록을 세웠다. '영일만의 신화'를 쓰기 시작한 것이었다.

일본기술단이 영일만에서 완전히 철수한 때는 1978년 12월 포항제철소 3기를 완공(연산 조강 550만 톤 체제)한 직후였다. 그들은 글을 남겼다.

모든 역경을 딛고 포항제철은 단기간에 일본의 제철소에 버금가는 대규모 선진제철소를 건설하는 데 성공했다. 이 회사가 4기 확장을 마칠 때면 아마도 생산능력과 시설 면에서 세계 최고가 될 것이다. 고급인력과 최고경영자의 탁월한 능력이 합쳐져 포항제철은 머지않아 세계 최고가 될 것이다.

포스코가 기술자립을 확신하고 일본기술단이 그것을 인정한 무렵, 중국 덩샤오핑이 신일본제철을 방문해(1978년 10월) 이나야마 요시히로와 환담을 나누었다. 그 자리에서 중국에 포항제철과 같은 제철소를 지어달라는 덩샤오핑의 요청을 받은 이나야마 회장이, "제철소는 돈으로 짓는 것이 아니라 사람이 짓는데 중국에는 박태준 같은 인물이 없어서 포항제철 같은 제철소를 지을 수 없다"고 답하자, 덩샤오핑은 잠시 생각에 잠겼다가, "그럼 박태준을 수입하면 되겠다"고 말했다. 이것이 유명한 덩샤오핑의 '박태준 수입' 일화이며, 그로부터 십여 년 뒤에 그것은 포스코가 중국으로 진출하는 초기에 든든한 힘으로 작용한다.

일본 철강업계가 '부메랑 이론'을 들고 나와 포스코를 공격한 것은 1981년 여름이었다. 논리는 간단했다. 한마디로 일본철강업계가 포스코라는 호랑이 새끼를 키웠다는 것이었다. 세계적 불황이 철강업계를 억누르고 있는 상황에서 포항체철소 4기를 완공하고 광양제철소 건설을 추진하는 포스코와 박태준을 향하여 이나야마의 후배들은 '지원 중단'을 결의했다. 그러나 포스코는 이미 기술자립에 들어서 있었다. 그렇다고 '스승'과의 불편한 관계를 지속하는 것은 피차 이로울 것이 없었다. 박태준은 어려운 상황을 전방위적 수단으로 치밀하고 과감하게 돌파해나갔다. 영일만에서 축적한 기술과 경험을 광양만에서 꽃피워 세계 최고 제철소로 설계해 나가는 한편, '선진국이 먼저 가고, 그 뒤를 중진국이 가고, 후진국은 또 그 뒤를 따라가는 것'이라는 순환론으로 신일본제철 사이토 사장을 몰아세우고, 일선에서 은퇴한 이나야마 회장을 움직여 후배들을 타이르게 하고, 광양제철소 설비구매에 대해 유럽 철강업계와 먼저 협의하는 '사업적 방법'으로 일본철강업계를 자극하여 자중지란이 일어나게 만들었다. 광양제철소 설비계약이 진행될 즈음, 일본 철강업계는 스스로 부메랑을 거둬들였다.

세계 최고 기술력 확보라는 장기적 목표를 광양제철소 완공과 더불어 성취하고 있을 때, 박태준은 그 '순환론'을 유감없이 실천한다. 1980년대 후반 들어 현대적 제철소 건설에 후발주자로 뛰어든 중국 철강업계에 업무 매뉴얼까지 제공한 것이었다. 그는 걱정하는 후배들에게 말했다. "피할 수 없는 도리다. 우리는 더 좋은 기술로 더 앞으로 나가야지." 이를 실천하는 것처럼 포스코가 보여준 '세계 최고 기술력'의 하나는 1992년 박태준의 지시로 시작한 '파이넥스 공법에 의한 쇳물

생산 상용화 연구'를 15년 만인 2007년에 세계 최초로 성공한 쾌거이다. 세계 철강사에 새 지평을 개척한 파이넥스 공법, 이것은 기존의 고로 공법에서 가장 많은 공해를 생산하는 공정인 코크스공장과 소결공장을 짓지 않아도 되는, 그야말로 획기적인 친환경 쇳물생산 방식이다. 경제적으로도 고로에 비해 투자비와 생산원가가 각각 15퍼센트씩 절감된다. 이제 포스코에는 신일본제철이 보낸 연수생도 있다. 세월이 흘러 바야흐로 '스승'의 회사에서 '제자'의 회사로 배우러 오는 가운데, 여러 부문에 세계 최고 수준인 포스코는 '유소년기의 스승' 신일본제철과 전략적 동반관계를 맺기도 했다.

아마도 박태준이 공식 연설에서 일본을 가장 따끔하게 나무란 것은 2005년에 열린 한일국교정상화 40주년 기념 학술대회 기조연설이었을 것이다. 먼저, 그는 한일관계의 과제를 한국인의 시각에서 알아듣기 쉽게 제시했다.

일본은 한국을 가리켜 '일의대수(一衣帶水)'라 부르곤 합니다. 현해탄을 한 줄기 띠에 비유한 말입니다. 한국은 일본을 가리켜 흔히 '가깝고도 먼 나라'로 부릅니다. 가깝다는 것은 지리적 거리이고, 멀다는 것은 민족감정을 반영합니다. 한국, 일본, 중국이 쓰는 말에 '친(親)'자가 있습니다. 친교, 친숙, 친구 등 한국인은 '친'을 '사이좋다'는 뜻으로 씁니다. 매우 기분 좋은 말입니다. 그러나 '친'을 매우 기분 나쁜 뜻으로 알아듣는 경우가 있습니다. 바로 '친일'이란 말입니다. '친일'의 '친'은 묘하게도 '반민족적으로 부역하다'라고 변해 버립니다. 이것은 국교정상화 40주년 한일관계에 내재된 문제의 본질에 대한 상징입니다. 한국인의 언어정서에서 '친일'의 '친'이 '사이좋다'는 본디의 뜻을 회복할 때, 비로소 한일수교는 절친한 친구관계로 완성될 것입니다.

이어서 박태준은 작심한 것처럼 신랄한 어조로 한반도 분단에 대한 일본의 책임을 추궁하고 반성을 촉구했다.

한국전쟁의 기원은 분단입니다. 분단의 기원은 식민지지배입니다. 미소 양극 냉전체제가 타협의 산물로 한반도 분단을 강요했지만, 식민지지배라는 일본의 책임이 분단의 근원에 깔려 있습니다. 아무리 패전국이었더라도 일본은 한반도 분단의 고통을 망각하지 말아야 합니다. 해방을 맞았으나 분단에 이은 전쟁이 빈곤의 한국을 비참한 나락(奈落)으로 밀어 넣은 3년 동안, 과연 일본은 한국을 위해 무엇을 했습니까? 이 질문 앞에서 일본 지도층은 엄숙해지길 바랍니다. 한국전쟁에서 일본은 한국의 동맹국이 아니었습니다. 그때 일본은 미군의 군수기지 역할을 담당했습니다. 그것은 패전의 무기력과 잿더미 위에서 일본경제를 일으키는 절호의 기회로 활용되었습니다. 일본 노인들은 1950년대 '진무경기(神武景氣)'라는 호황시절을 잘 기억할 것입니다. '진무'는 일본국 첫 번째 임금의 원호(元號) 아닙니까? 진무경기란 말은 '유사 이래 최고 경기'라는 민심을 반영했던 것입니다. 실제로 진무경기는 막강한 일본경제 성장의 기반이 되었습니다. 한국전쟁이란 특수경기가 일본경제 회생에 신묘한 보약으로 쓰였던 것입니다. 오죽했으면 한국 지식인들이 '한국전쟁은 일본경제를 위해 일어났다'는 자탄을 했겠습니까? 그 쓰라린 목소리는 전쟁 도발자를 향한 용서 못할 원망도 담았지만, 분단의 근원에 대한 일본의 책임의식과 한국경제를 도와야 할 일본의 도덕의식을 촉구하고 있었습니다.

식민지, 분단, 전쟁, 폐허, 절대빈곤, 부정부패, 산업화와 민주화의 투쟁, 외환위기……. 박태준은 자신이 감당해낸 시대를 어떻게 기억했을까. 나는 그것을 알아낼 실마리를 두 개쯤 잡을 수 있었다.

첫째는 박태준의 책임과 무관했으나 그의 운명에 심대한 영향을 끼쳤던 식민지의 원인에 대한 그의 생각이다. 경술국치, 이 통곡할 비극에 대하여 그는 '조선이 일본에 일방적으로 얻어터지고 한입에 먹혔다'라고 곧잘 표현했다. 왜 조선은 일본을 때리진 못할망정 방어조차 못했는가? 이 문제를 거론하는 요새 한국인이 을사오적과 친일파의 멱살부터 잡아채는 것에 대하여 그는 몹시 못마땅해 했다. 반론은 이랬다.

"당시 세계정세에서 을사오적이 없었으면 조선이 일본에 안 먹혔겠소? 친일파가 없었으면 안 먹혔겠소? 물론 을사오적과 친일파 반민족자들의 죄과에 대해 역사적으로 엄히 추궁하고 징벌해야 하지만, 그들의 죄과보다 우선 따져야 할 것이 있소. 그게 뭐냐? 조선 집권층, 지도층, 사대부, 소중화(小中華)를 우주라고 착각했던 지식인들, 그들 전체의 책임부터 엄히 묻고, 다음으로 백성들의 책임도 물어야 되는 거요. 다 남의 탓이라면 내 탓은 없어지는 것 아니오? 그러니 나라 전체의 책임부터 우선적으로 엄히 묻고, 그 다음에 을사오적이다 친일파다 하는 그런 사람들의 죄과를 물어야 한다는 거요. 을사오적이니 친일파니 그런 사람들을, 집권층과 지도층과 지식인들 전체의 책임과 죄과에 대한 면죄부로 둔갑시켜서는 결코 안 된다는 거요."

둘째는 박정희 통치시대를 염두에 둔 박태준의 근대화에 대한 기억의 방식이다. 그는 "독재의 사슬도 기억케 하고 빈곤의 사슬도 기억케 하라"고 했다. "다음 세대의 행복을 위해 순교자적으로 희생하는 세대"가 자기 세대라 외치며 그 길에 앞장섰던 박태준은 정치의 억압과 빈곤의 억압으로부터 해방된 젊은이들을 향하여, 우리 역사상 최초로 출현한, 공공적 거대억압으로부터 해방된 젊은이들을 향하여 대놓고 다음과 같이 물으려 했던 것이다.

'산업화와 민주화가 원수지간처럼 으르렁거렸지만 그 기간 동안에 어느 한쪽이라도 진정성을 상실했더라면 우리가 산업화와 민주화의 성공토대를 동시에 마련할 수 있었겠는가? 젊은 자네들은 박정희에 대해 정치적 억압의 사례만 기억하려는 모양인데 그 시대가 오천 년 대물림되어온 절대빈곤의 시대가 아니었다면 현명한 국민 대다수가 영남 호남 구분할 것 없이 그러한 리더십을 용인하기나 했겠는가? 그와는 반대로, 그 시대의 조건 속에서 그러한 리더십이 아니었다면 과연 세계를 놀라게 한, 그렇게 빠른 속도의 압축적인 경제개발에 성공할 수 있었겠는가? 경제개발에 성공하지 못한 나라에서 민주주의와 복지제도가 얼마나 성장할 수 있었겠는가? 그러니 근대화 시대라는 현대사에 대한, 박정희 통치시대에 대한, 나도 모든 물욕과 사심을 버리고 일류국가의 밑거름이 되겠다는 사명감 하나에 미쳐서 헌신했던 그 시대에 대한 젊은 자네들의 기억방식이 공평해야지 않겠는가? 독재의 사슬도 기억하고 빈곤의 사슬도 기억해야 하지 않는가? 젊은 자네들의 기억이 공평하지 못하다면 나만 해도 얼마나 억울하겠는가?'

박태준은 일류주의의 길을 개척했다. 그것은 고독한 투쟁으로 공동체의 영광을 창조하는 길이었다. 그가 완주를 눈앞에 바라보는 즈음부터 비로소 동시대인들이 마치 이심전심 뒤늦게 어떤 덮여 있던 진실을 깨달은 것처럼 그를 '영웅'이라 부르고 있었다.

늙은 영웅은 영혼에 맺힌 말들을 미처 세상에 다 공개하지 못하고 눈을 감았다. 그것은 지금 내 기억에 고스란히 저장돼 있다. 이슬처럼 맺혔던 그의 말들이 내 안에는 구슬처럼 남을 것이다.

포스코 대성공에 바친 박태준의 공로가 아무리 적어도 1퍼센트는 될 것이라고 인정한 국가가 그에게 포스코 주식에서 공로주로 1퍼센트만 줬더라면, 그는 수천억 원을 소유한 재벌급 대부호로 살았을 것이다. 그러나 그는 공로주를 바라지도 않았고 한 주도 받지 않았다. 포스코가 늘 세계일류이기를 희원할 따름이었다.

박태준은 팔순을 넘어서도 통일의 실마리를 잡으려 했다. 원산 어디쯤에 종합제철소를 포스코 자금과 기술로 짓고 싶었다. "기술자야 인민군대서 차출해 포항, 광양에 데려다가 훈련시켜야지. 자금? 포스코 신인도면 은행이 줄을 서. 왜 평양이 문을 못 여나? 내가 지팡이라도 짚고 갈 건데. 제철소뿐인가? 근대화 교과서가 다 있어. 여기, 여기 말이야." 오른손 검지로 이마를 쿡쿡 찌르는 노인이 아이처럼 흥분했다.

천하위공, 그 머나먼 길을 애국정신·일류주의 두 발로 사심 없이 완주한 노인의 그 염원이 아직은 이 땅에 비원(悲願)으로 남아 있다. 산업화세력과 민주화세력의 화해, 영남과 호남의 정치적 화합도 그렇다. 이 비원들을 진실로 받들어 실현에 앞장서야 하는 이들은 누구인가?

---

* 이 글에 인용한 박태준의 하노이국립대학교 특별강연과 한일국교수립40주년 국제학술대회 기조연설은, 저자가 같은 시기에 펴낸 실록 『대한민국의 위대한 만남-박정희와 박태준』의 부록에 그 전문을 수록하고 있으며, 그 책의 '작가의 말'에 저자의 하노이 출판기념회 작가인사도 포함돼 있다는 점을 밝혀둔다. [편집부]

도둑맞은 황경로의 책들과 박태준의 500만원

요즘 젊은이들의 기억에는 지워진 이름이지만, 저 궁핍했던 1950년
대 60년대 한국에서 대졸 젊은이들이 선망한 직장의 하나가 국영기업
'대한중석'이었다. 중석(重石)은 텅스텐이다. 전구에서 불빛을 머금는 필
라멘트, 바로 그 비철금속이다. 텅스텐은 대포 포신 제작에 필수 소재
이고, 로켓이나 우주선의 주요 부품에도 쓰인다.

자원이 보잘것없는 한반도 남녘에서 중석은 그나마 일제 식민지 때
부터 명성 높았던 광물이다. 일제가 파먹다 남겨둔 한국의 중석은 해방
후 유럽과 미국에서 환영을 받았다. 일인당 국민소득이 100달러에도
훨씬 미달한 절대빈곤 시절, 오징어 따위나 수출해 달러 몇 푼을 만지
는 한국정부에게 중석은 외화벌이의 최대 품목이었다. 그래서 정치권
력이 대한중석에 개구멍을 뚫어 돈을 빼냈고, 대한중석은 정치적 스캔
들의 주인공으로 거명되곤 했다.

전쟁 중이었던 1952년 6월에 터진 이른바 '중석불 사건'은 대한중석
이 정치권력의 복마전으로 전락한 대표적 사건이었다. 정치권력이 중

석불(重石弗:중석을 수출해 벌어들인 달러)을 민간 상사에 불하해 그 달러로 밀가루와 비료를 수입하게 한 다음, 그것을 굶주리는 농민들에게 비싼 가격으로 되팔아 '더러운 돈'을 엄청나게 빼먹은 사건. 이 파렴치한 모리배 짓거리가 중석불 사건이었다.

그로부터 9년쯤 지난 1961년 3월에는 장면 총리의 민주당에서 갈라져 나와 야당으로 변신한 신민당의 김영삼 의원(뒷날의 대통령)이 '국영' 대한중석을 '민영'으로 불하하려는 정부의 계획에는 막대한 이권을 노리는 총리가 연루됐다고 폭로했다. 장면은 날조요 음모라며 펄쩍 뛰었고, 두 달 뒤에 5·16이 터져서 대한중석 민영화 계획은 무산됐다.

아무리 좋은 가격에 중석을 수출해 봤자 정치적 부패구조와 직결된 국영기업이 적자경영에서 벗어날 수는 없었다. 1964년 12월 박정희 대통령은 외화벌이의 주요 기업인 대한중석 사장에 전격적으로 박태준 전(前) 국가재건최고회의 상공담당 최고위원(뒷날의 포스코 회장)을 임명한다.

그때 대한중석은 당장 수술대 위에 올려야 하는 중환자였다. 대수술을 집도할 박태준에게 급선무 과제는 '믿고 함께 일할 유능한 인재 확보'였다. 그가 맨 먼저 잡은 인재가 그의 육사 교무처장 시절(1954-1956)에 교무과장을 지낸 황경로(뒷날의 포스코 2대 회장)였다.

황경로 대한중석 관리부장은 경력이 특이했다. 1930년 철원에서 태어나 6·25전쟁 발발 나흘 만에 교복을 벗고 대한유격대에 들었다 1·4후퇴 후 정식 임관돼 수색중대장으로 싸우고 전후에 서울대 정치학과를 졸업했는데, 박 사장에게 발탁된 즈음은 미국 육군경리학교를 유학한 '뛰어난 경리장교' 출신이라 알려져 있었다. 박태준은 '정성껏 초빙해온' 황경로에게 재무혁신을 비롯한 혁신 실무를 맡겼다.

그때 대한중석에는 4대 파벌이 건재했다. 공군파(공군 장교 출신), 재래 광산파, 광산 기술자파, 경기파(경기중·고 출신). 파벌 해체 없이는 혁신을 성공할 수 없었다. 대한중석에 과감한 쇄신의 강풍이 몰아닥쳤다. 당연히 내부에서 강한 저항이 일어났다. 음모도 꾸며졌다. 그러나 황경로는 흔들림 없이 밀고 나갈 수 있었다. 어떻게 가능했을까?

기본적으로는 황경로가 강직하고 탁월한 사람이었다. 하지만 훨씬 더 중요한 배경이 있었다. 그것은 그의 인격과 실력과 정신에 대한 박태준의 전폭적 신뢰와 완전한 옹호였다.

박태준 사장의 취임 일 년 만에 대한중석은 만성적자구조에서 탈피했다. 대한중석에 행복이 찾아온 1966년 어느 날, 황경로는 뜻밖의 불운을 겪었다. 집의 벽을 뚫고 들어온 도둑이 산더미같은 서적들을 훔쳐간 것이었다. 도둑은 귀중품이 없으니 신경질을 부리며 노역을 했을 테지만, 주인은 '사장을 보좌할 서적들(주로 일본 서적)'을 도둑맞은 사건이었다. '늘 공부하는 참모' 황경로가 그 황당한 사건을 박태준에게 털어놓았다.

이튿날이었다. 박태준은 "책을 사라"며 황경로에게 500만원을 건네줬다. 그는 도쿄나 서울에서 새 책을 구입하고 청계천 헌책방에 나가 자신의 서재에 있었던 책을 도로 사들이기도 해서 도둑맞은 책들 가운데 삼분의 일쯤을 다시 갖출 수 있었다.

이 오래된 일화를 나에게 들려준, 이제는 팔순도 껑충 넘어선 '도둑맞은 노인'은 이렇게 회고를 마무리했다.

"당시는 가난한 살림이었는데, 박 사장께서 쌀 사라는 돈은 안 주시고 책 사라는 돈은 주시더군. 박태준이라는 사람이 그런 사람인데, 그 양반의 특별한 리더십은 그런 인간적인 배경에서 나온 것이오."

5부

지나온 길, 가야할 길

한국사회는 어디로 갈 것인가. 권력쟁탈전을 좌우논쟁으로 대체시키고 권력형 부패구조도 좌우논쟁으로 감춰버린 사회. 그래서 정치인과 정자(精子)의 공통점 은 '인간될 확률이 100만 분의 1'이라는 풍자가 고소한 엔돌핀의 웃음꽃을 만발 시키는 사회. 현실과 이상의 변증법적 대화를 부단히 시도하는 지식인, 영혼의 균형과 고뇌를 가진 정치인, 그들까지 자극해야 하는 작가는 어디에서 손사래를 치고 있는가.

하인스 워드와 우리의 '민족'

한국사회는 어떤 붐을 타듯 '하인스 워드'라는 이름을 기억한 적이 있었다. 2006년 미국 슈퍼볼 최우수선수에 뽑힌 하인스 워드. 이 혼혈 흑인 영웅의 '싱글 맘'이 한국여성이란 사실 앞에 우리는 무조건 좋아했는데, '하인스 워드'라는 거울을 통해 우리 내부를 들여다보았다면 유난히 '민족'이 불거져 보였을 것이다.

『양철북』의 독일 작가 귄터 그라스는 통독(統獨) 반대운동에 앞장섰다. 한마디로 '강성대국 독일'의 배타적 민족주의를 두려워했다. 미래의 언젠가 히틀러의 파시즘이 부활할지 모른다는 경종을 울렸다. 만약 한국 작가가 '통일반대'의 목청을 높인다면? 땅벌 떼거리 같은 사이버 욕설이 쓰러뜨린 그의 이름 위에는 머잖아 돌멩이들이 무덤을 이룰 것이다. 돌멩이무덤의 한복판에다 '반민족주의자'란 깃발을 매단 죽창 하나쯤 꽂아놓으면 불가촉의 표상으로 둔갑할 수도 있을 것이다. 우리의 '민족'에 담긴 집단적 폭력, 그 위험한 운동성의 한 면모다.

'식민지시대와 분단시대 100년'을 헤쳐 나가는 고난의 역정에서

1980년대에 명료해진 적도 있지만, 민족은 곧 '외세·분단 극복'의 근거이고 의지였다. 이것이 단일민족이란 말에 생명력을 유지해주는 동시에, 한반도의 민족주의에 꾸준히 배타주의를 배양했다.

그럼에도 불구하고 남한은 독재에 저항하느라 거기에 각별히 주의할 여유를 갖지 못했다. 북한은 훨씬 심각하다. 평양정권이 외치고 또 외치는 '우리 민족끼리'의 그 민족이 바로 '반외세 자주통일'이란 대의 명분 밑의 배타적 민족주의다. 나는 2005년 여름에 평양과 백두산 일대에서 열린 남북작가대회에 참가했을 때 "반갑습네다"라는 인사만큼이나 "우리 민족끼리"라는 말을 자주 들었다. 정치적 담론의 언어가 일상언어와 변별되지 않는 지경이었다.

물론 남한의 일상생활에도 배타적 민족주의가 작동하고 있는 것은 숨길 수 없는 사실이다. 정치적 거대담론에 세뇌되지 않았지만 거의 본능적으로 그것을 드러내는 생생한 현장은 '코리안 드림'을 품고 고달픈 일터를 견뎌내거나 결혼해서 들어온 아시아 출신 외국인에 대한 모욕적 선입견과 반인간적 차별이다.

그러한 가운데 전국의 읍·면에 빠짐없이 '베트남 처녀와 결혼하세요'라는 현수막이 몇 개씩이나 걸리기도 했다. 도시의 건물에 나붙은 '임대 놓습니다'라는 현수막보다 훨씬 더 많을 것이다. 베트남 처녀는 결코 '임대'가 아니라는 점도 명시하고 있었다. 한국 남성이 '초혼'이면 더할 나위 없이 좋고 '재혼'도 그럭저럭 좋고 '늙은이'라도 괜찮다는 식의 등급 구별도 전혀 없이 초혼·재혼·늙은이 가릴 것 없이 '무조건 환영'이라 했다. 밤마다 비아그라를 삼키더라도 늦둥이를 생산하라는 출산장려의 낌새마저 풍기는 것이었다.

더 본질적인 문제는 2세다. 운 좋은 '이민족' 여성은 그나마 착한 남편을 만나는 경우는 그 품에 안겨 서러움을 녹여낸다 하더라도, 한국에서 걸음마를 배우며 인생을 시작하는 그들의 혼혈아는 우리의 습성처럼 굳은 배타적 민족주의 때문에 심각하게 상처받을 가능성에 노출돼 있다.

손톱에 매니큐어 바르고 룸 가요방으로 출근하는 젊은 여성은 넘쳐나도 손톱 밑에 흙 넣을 젊은 여성은 아예 씨 말라 버린 한국사회, 그래서 아시아의 '이민족' 여성을 아내와 어머니로 수입해 오는 한국사회는 벌써 늦었지만 더 늦기 전에 우리의 숱한 '이민족 어머니'들이 미국 '하인스 워드의 어머니'처럼 심적으로 고통스럽지 않게 해주고, 그들의 2세들이 하인스 워드의 소년시절처럼 그늘지지 않게 해줄 문화를 성숙시켜야 한다. 이 큰 변화의 첫 걸음은 저마다 내면에 도사린 배타적 민족주의의 폭력성을 인식하는 것이다.

2005년 세모였다. 쉰여섯 살 한창 나이에 재일교포 김경득 변호사가 세상을 떠났다. 아무리 소송에 져도 재일교포 인권문제의 현장을 누비며 '일본 국립대 교수직과 지방정부 공직의 일본인 국적 조항 폐지'와 '지문날인 철폐'를 위하여 온몸을 바친 인권 운동가. 그는 일본사회를 향해 "재일 조선인은 일본인이 국제화 과정에서 조우한 첫 외국인"이라 외쳤다. '작은 거인'이라 불린 김경득의 외로운 투쟁을 지켜보며 우리는 일본의 '민족'에 얼마나 분노했던가. 그 시선을 엄격히 우리의 내부로 돌려야 한다. 하루빨리.

부산저축, 돈을 위한 행진곡

문학이 내 인생에 안겨준 최상 인연은 두 스승이다. 시인 구상(具常),
소설가 신상웅(辛相雄). 요즘 대학 등록금이 너무 비싸다고 아우성인데
나는 대학시절의 두 스승과 늘 정신적으로 교감하는 것만으로도 '고통
그 자체였던 등록금'의 기억에 대한 위안으로 삼는다.

구상 시인은 2004년 5월 이승을 떠났다. 그 뒤로는 '내 기억과 고인
의 저술'이 정신적 교감의 길을 열어준다. 여전히 소주를 마시는 1938
년생 신상웅. 이 스승은 인기작가가 아니다. 문학의 상업주의를 경멸한
다. 대중이 왕창 팔아준 대다수 소설과는 작가정신의 격이 다르다. 옹
호할 가치를 옹호하는 진정한 작가다. 정직한 한국소설사는 그의 중편
소설 「히포크라테스 흉상」과 장편소설 『심야의 정담』을 예우할 수밖에
없을 것이다.

때는 1980년대 중반. 대학가에는 최루가스가 터지지 않는 날이 없
었던 것처럼 〈사랑도 명예도 이름도 남김없이/한평생 나가자던 뜨거
운 맹세〉의 「임을 위한 행진곡」이 합창으로 울려 퍼지지 않는 날이 없

었다. 신상웅 교수 강의시간. 특정 장소에 모이겠다던 학생들이 제대로 안 모이자 운동권 학생대표가 함부로 강의실 문을 열었다.

"교수님은 지금이 어느 땐데 학생들을 보내주지 않는 겁니까?" 새파란 목소리는 '변혁운동의 도덕적 우월주의'로 뭉쳐져 건방지게 훈계하는 것이었다. 신 교수가 그에게 다가갔다. "무례하게 노크도 없이 강의시간에. 예의도 모르는 놈이 어디서!" 자그만 손바닥이 매섭게 따귀를 갈겼다.

혹시나 '어용'으로 몰릴세라 숱한 교수들이 운동권 학생에게 빌빌대던 시절에 감히 그 대표를 체벌한 신 교수는 유신체제에 맞섰던 작가다. 사형선고를 받은 김지하 시인의 구명운동에 앞장선 적도 있었다. 독재자든 권력자든 상업적 유혹이든 그 앞에서 펜과 양심을 빳빳이 지켜낸 스승이 1991년 가을의 어느 저녁, 제자에게 이렇게 말했다.

"80년대 운동권 학생대표들은 교내에 설치된 커피자판기 운영권까지 손아귀에 넣었다. 그게 비리의 하나니까 자기들이 직접 맡아서 투명하게 학생회 기금으로 활용하겠다는 거였다. 그러고는 총장실 점거해서 뒤로는 학생회장 선거자금 흥정하는 놈들도 있었고……. 그때 커피자판기 운영의 투명성을 외쳤던 그들이 사회에 나가서 그 도덕성의 단 5%만 유지해줘도 앞으로 한국사회에서 부정부패는 거의 사라질 거다. 어디 지켜보겠다. 형편없는 자식들이었는지 아니었는지."

2011년 5월부터 부산저축은행 사건이 마치 급성장하는 괴물처럼 한국의 사회구조적 부패사건으로 급성장하고 있었을 때, 나는 두 가지를 생각했다. 하나는 1980년대를 풍미하더니 마침내 절정에 다다른 듯이 노무현 대통령 취임 직후 청와대를 쩌렁쩌렁 울린 「임을 위한 행진곡」이고, 또 하나는 이십여 년 전 어느 술자리에서 스승이 탄식한 '5%

짜리 도덕성'이었다.

　부산저축은행 사건의 핵으로 지목된 박 아무개 건설회사 대표는 1974년 민청학련 사건으로 구속된 적이 있었다. 징역 10년을 선고받았던 그는 요행히도 10개월 만에 석방되었다. 그의 여동생은 1979년 야학운동을 하는 가운데 연탄가스 중독으로 꽃잎처럼 떨어졌다. 이렇게 운동권 오누이의 쓰라린 사연이 유신체제의 억압의 장벽에 지울 수 없는 '민주와 저항의 벽화'로 찍혔다. 그리고 1980년 5월 광주항쟁 때 '시민군 대변인'이 계엄군의 총에 쓰러졌다. 청춘에 생을 마친 두 고인의 외로운 넋을 달래주려는 영혼결혼식이 마련되었다. 그것은 '산 자'들의 아름다운 예의였다. 거기에 한 노래가 바쳐졌다. 「임을 위한 행진곡」이다.

　김대중·노무현·이명박 정부의 '정권 삼대'를 즐겼던 부산저축은행 사건은 이른바 '운동권 권력' 중에 아주 타락한 어느 민낯들을 폭로했다. 내 스승의 예언이 슬프게 적중한 현장이기도 했다. 잘났던 도덕성의 마지막 5%마저 돈과 바꿔먹었으니…… 그들과 함께 해먹은 이명박 정부의 '똑똑한 보수적 인재들'은 어떠한가? 한마디로 영혼이 텅 비었다는 사실을 적나라하게 드러냈다.

　운동권 세도가들이나 똑똑한 보수적 인재들은 현재 한국사회의 주요 골격이다. 물신이 군림하고 지배하는 한국사회에서 양쪽 부패세력끼리 서로 손을 잡고 뭉쳐서 부산저축은행을 거점으로 삼아 '임'이 아니라 '돈'을 위한 행진곡을 불렀던 격이라고나 할까.

휘트먼과 록펠러

새로 한 해가 막 열리는 지금, 나는 손보다 크지도 두텁지도 않은 아주 낡은 책 한 권을 들고 있다. 누렇다 못해 꺼멓게 변해가는 종이에 깨알의 납 활자가 박힌 이 문고판은 1977년 백범사상연구소가 시리즈로 펴낸 『알려지지 않은 이야기』로, 미국 두 지식인이 고발한 19세기 후반 미국의 노동운동 비사(祕史)이다.

새해를 맞는답시고 무언가 흐트러진 정신을 추스르자는 뜻을 담아 오랜만에 펼친 책에서 숨을 멈춰야 하는 대목과 만났다. 청춘시절에는 미처 눈여겨보지 못했던 것이다.

미국 남북전쟁이 치열하게 전개되고 있던 1863년, 커다란 병원처럼 변한 워싱턴에서 시인 월트 휘트먼은 종군기자와 비슷한 역할을 하는 한편으로, 부상당한 북군 병사들과 고통을 같이하며 밤낮으로 그들을 돌보느라 42세밖에 되지 않은 그의 머리와 수염이 은색으로 변했다.

그러나 바로 그 시기에 300달러로 가난뱅이 청년을 구입해 징집의 무를 대행시킨 20대 초반의 앤드류 카네기, 죤 록펠러, J. P. 모건, 필립

아서 등은 전쟁 중에 한창 절정을 구가하는 경제부흥 속에서 부정한 방법으로 돈을 산더미처럼 끌어 모았고, 마침내 전쟁이 끝나자 그들은 재벌이 되어 돈을 지배하고 그것으로 세상을 지배할 만반의 태세를 갖추고 있었다. 노예해방의 남북전쟁, 제2의 미국혁명은 그들을 위해서 일어난 것 같았다.

숨을 들이쉬며 나는 스스로 묻는다. 똑같은 아비규환 현장에서 보여준 진정한 시인의 삶의 양식과 대성한 사업가의 삶의 양식이 그토록 극명한 대조를 이루었거늘, 그래도 아이들에게 휘트먼을 본받아야 한다고 떳떳하고 당당하게 주장할 수 있겠는가? 환금적(換金的) 가치가 모든 가치를 지배하는 이 '돈 세상'에서 멍청이가 아닌 다음에야 청부(淸富)라는 말을 꺼낼 수 있겠는가? 멍청이보다 더한 바보라 하더라도 어찌 청빈(淸貧)이야 말이나마 꺼낼 수 있겠는가?

경멸의 재생산을 어떻게 넘어설까요?

오늘날 좁아진 지구촌 세계를 엮어주는 것은 더 이상 특정의 이데올로기도 아니요, 팝송문화도 아니요, 더구나 국제기구나 생태계 문제도 아니다. 이 세상의 각 민족, 각 나라를 탄탄히 엮어 매고 있는 것은 전자통신망으로 얽히고 설켜 지구촌을 농락하고 있는 다국적 은행, 보험회사 그리고 투자기금회사들과 같은 '돈기계'들이다.

나보다 한 살 더 먹은 두 독일 언론인, 한스 피터 마르틴과 하랄드 슈만이 1996년에 함께 쓴 책 『세계화의 덫』에 나오는 끔찍스런 서술입니다. 그 책이 우리나라에 번역 출간된 것은 1997년 11월, 그러니까 국제통화기금(IMF)의 미셸 캉드쉬란 백인이 점령군대 우두머리처럼 김포공항에 내려서 우리나라 텔레비전에 등장하기 직전이었습니다.

세상 물정을 모르는 범부의 우스개로 들릴 수도 있겠습니다만, 만약 그 책의 한국어 번역출판이 여섯 달쯤 앞당겨졌고 그때 바로 김영삼 대통령과 그 정부의 고위인사가 그 책을 읽었더라면, 우리나라는 외환위기란 엄청난 국가적 위기, 흔히 6·25 이후 최대 국난이었다고 회고되는 그 비극적 사태를 어느 정도는 예방할 수 있었을지 모르겠습니다. 왜냐하면 1995년 미국이 치밀하고 집요한 의지로 만든 세계무역기구(WTO)의 정체와 그것이 촉발한 금융국경 붕괴가 장차 어떤 재앙을 초래할 수 있는가에 대하여, 그 책은 정책 당국자들에게 더 진지하게 더 똑바로 알아서 더 정신 차리라 하는 일깨움을 줬을 수도 있기 때문입니다.

똑똑한 두 독일인은 그 책에서 조지 소로스 같은 국제금융투기꾼이 컴퓨터 앞에 앉아서 단 1분 만에 1억 달러, 즉 단 1분 만에 1천200억 원을 번다는 사실까지도 고발하고 있습니다. 한 통계에 따르면, 그런 자본 패밀리가 미국을 중심으로 약 300개나 존재한다고 합니다. 세계를 지배하는 그들 투기자본의 야수성을 정확히 파악하고 있는 양심적인 목소리들은 세계의 모든 사람이 그들 자본 패밀리를 위해 일하고 있다며 분노합니다.

왜 이런 이야기를 앞세우느냐면, 정보화 시대를 살아간다는 우리의 삶이 실제로 지구촌을 인터넷의 거미줄로 철저히 장악하고 있는 '돈기계'들에 의해 알게 모르게 간섭·억압·지배당하고 있기 때문입니다. '세계화'란 이름의 매혹적인 포장 속에서 '20 대 80의 사회', 20퍼센트의 사람들만이 좋은 일자리를 가지고 안정된 생활 속에서 자아실현을 할 수 있고 나머지 80퍼센트의 대다수는 실업자 상태 또는 불안정한 일자리와 형편없는 음식, 매스컴에서 쏟아내는 온갖 천박한 상업적 대중문화 속에서 별 고민 없이 그럭저럭 먹고사는 사회, 하위 80퍼센트 대다수가 상위 20퍼센트에 빌붙어 먹고사는 체제로 굳어져 가는, 작금의 우리가 당면한 자본주의의 한 단면이기 때문입니다.

그러한 상황에서 우리의 귀에는 '진정한 문학'은 거의 지리멸렬해 간다는 '진정한 작가'들의 고통스런 신음소리가 들려오고 있습니다. '돈 기계'들의 세상에서 인간적 생태적 공동체적 가치를 적극적으로 옹호해야할 문학은 지금 어느 귀퉁이에 박혀 있습니까? 당대의 인간조건과 사회적 모순을 모든 예술적 창조행위의 자궁으로 믿어왔던 문학은 지금 실종신고를 냈습니까, 사망신고를 냈습니까? 내면으로의 여행과 천착을 가장 훌륭한 문학적 가치라고 주장해온 문학은 대체 지금 어느 구석에 널브러져 있는 것입니까? 존재의 온갖 도덕적 굴레로부터 해방된 삶이야말로 진정한 인간해방의 삶이라고 몽상해온 그런 문학은 이미 오래 전에 섹스중독에 빠져버리지 않았습니까?

식민지와 전쟁이 물려준 상극 분단체제였던 20세기를 어렵사리 통과해온 문학인들은 요즘 술자리에서, "진정한 문학은 박물관에 박제될 것이다."라는 탄식을 금하지 못하고 있습니다. 문학의 계몽적 역할을 더 신뢰해온 문학인일수록 그 탄식이 더 깊고 더 쓰라립니다.

모든 가치의 중심(重心)과 최고 상위에다 환금적(換金的) 가치를 옹립하는 시대, 한반도의 허리를 가로막고 있는 분단의 얼음벽을 녹이지 못하고 있는 시대. 그러나 슬픈 아이러니처럼 당대를 누구보다 당당히 짊어졌던 진정한 문학인들이 진정한 문학의 죽음을 예감하는 것입니다.

비록 어느 정도 엄살과 허망감이 묻었더라도 문학의 종말을 예언할 만한 환경은 초등학교 교실의 환경미화보다 잘 갖추어져 있습니다. 21세기를 개막한 즈음, 한 선배 작가가 일찍이 일목요연하게 토로해놓은 묘사를 옮겨보도록 하겠습니다.

문학의 독자였던 젊은층은 향락적 상품소비문화에 찌들어 버린 데다,

영상·이미지가 활자책을 압도하고, 활자책이란 것도 통속적 연애·공포·공상·추리소설 같은 것들이 팔리는 세상인지라, 본격문학이 설 자리는 아주 협소할 수밖에 없다. 물신만을 떠받드는 소비향락주의가 만연한 90년대적 상황은 앞으로 갈수록 더 심각해질 것이고, 그 척박한 토양은 마침내 문학을 고사시킬지 모른다.

    – 현기영, 《내일을 여는 작가》 2000년 가을호, 에세이 「초토의 꿈」에서

그렇다면, 이 자리의 우리가 삶의 터전을 가꾸어 나가는 지역의 문학적 상황은 어떠한가요?

한마디로 20세기적인 조건이 그대로 이월돼 있습니다. 한국사회에서 가장 낡아빠진 모순, 그러면서도 가장 튼튼한 모순의 하나는 지방의 중앙종속화입니다. 종속, 저 유신체제에 저항했던 진보적 냄새를 물씬 풍기는, 먼지가 켜켜이 내려앉은 단어입니다만, 그러나 21세기에도 중앙과 지방의 종속적 관계는 변함없이 이 나라를 지탱하는 중대한 기둥이 되고 있습니다.

정치니 예산이니 무어니 다른 모든 분야는 다 덮어두고 문학 하나만 가지고 살펴봐도 그것은 틀림없는 현실입니다.

우리가 문학판이라 부르든 문학계라 부르든 문단이라 부르든 이쪽의 거의 절대적 권력은 이른바 문예지와 그를 소유한 출판사인데, 그들 권력기관이 몽땅 어디에 있습니까? "끼리끼리 해먹는다" 하는 그들이 모두 어디에 있습니까? 서울, 우리가 서울도 하나의 지역에 불과하니 서울지역이라 불러보았자 명실상부한 중앙일 수밖에 없는 그 서울에 있습니다.

광주에는? 부산에는? 대구에는? 인천에는? 포항에는? 물론 이들 지

역에도 문예지란 이름의 잡지가 한둘씩 나오고 있습니다. 하지만 명백한 한계를 가지고 있습니다. 그것은 어디까지나 해당 지역에 거주하는 시인들, 작가들 중심의 '표현무대'일 따름입니다. 유통의 한계가 명확해서 지역에 국한돼 있습니다. 물론 문학적 권력과는 멀리 떨어져 있습니다.

그런데 중앙의 그 문학 권력기관들은 똑같이 본질적 비극성을 안고 있다는 점을 주목하지 않을 수 없습니다. 국가의 권력기관은 세금만 잘 걷히면 얼마든지 지탱할 수 있는데, 문학판의 권력기관은 장사가 안 되면 유지할 수 없다는 것, 바로 이것입니다. 1990년대 이래 우리 문학판을 유령처럼 장악하고 있는 상업주의는 그 권력기관들의 본질적 비극성과 깊이 연루돼 있습니다. 그들이 '팔아야' 살아갈 수 있다는 것은 개인이 '먹어야' 살아갈 수 있다는 것과 무엇이 다르겠습니까?

그러니 지역문학은 이중의 고통을 짊어지고 있는 셈입니다. 하나는 20세기가 유산으로 물려준 지방의 중앙종속화라는 굴레이고, 또 하나는 문학판을 주도하는 권력기관들이 지속적으로 살아남고 더 살찌기 위해 사회의 천박한 흐름에 야합할뿐더러, 그래서 더 커지고 더 세진 상업적 대중적 영향력으로 '팔릴 만한', '뜨고 싶어 환장하는' 문학인들을 유혹하고 포섭하고 더 나아가 포획하는데, 그에 맞설 아무런 준비가 돼 있지 않다는 것입니다.

이렇게 전제했을 때, 누구나 말하기 쉬운 논리의 뼈대가 드러났습니다. 지역문학은 이중의 노력을 기울일 수밖에 없다는 것이지요.

하나는 지방의 중앙종속화라는 굴레를 문화적으로 극복하기 위해 지역단위 문화인프라를 구축하는 일에 지역 문학인들이 지혜를 모으고 앞장서는 일이며, 또 하나는 현 상황의 세계사적 민족사적 문제를 올바르게 직시하고 지역이야말로 진정한 문학을 지키고 키울 수 있는 최후 보루라는 자긍심을 가지고 진정으로 수준 높은 문학작품을 창조해야 한다는 것입니다.

그러나 방금 말씀드린 '이중의 노력'은 이상적(理想的)이고 당위적인 주장에 불과하지요. 왜냐면, 지금 이 자리에 모여 있는 우리 대다수야 말로 그 두 방향과는 거꾸로 가고 있으니까요. 그렇지 않습니까? 어디 그뿐인가요? 참으로 맹랑한 허명(虛名)이나 쥐꼬리처럼 보잘것없는 단체에서 한자리 해먹기 위해 '반(反)문학적'으로 뒷일 꾸미고 뒷말 하느라 애쓰는 이들은 또 얼마나 많습니까? 문학의 이름으로 문학을 욕보이는, 문학의 이름으로 경멸할 수밖에 없는 '오래된 경멸'이지요. 문학인들이, 지역에서 문학한다는 사람들이 문학의 이름을 팔아 '오래된 경멸'의 재생산에 몰두하는 것은 지역문학의 '우울하고 수치스러운 내면 풍경'이라 하겠습니다.

물론 우리는 조용한 자기 성찰 속에서 허명이나 자리 따위가 부질없다는 것을 인식할 줄 압니다. 그러나 욕망이란 것이 문제지요. 그따위가 부질없다는 것을 잘 알지만 마치 눈앞에 있는 먹음직스런 음식을 보고 꼴깍 침을 삼키는 것처럼 꼭 그렇게 그따위들에 휘둘리곤 하지요. 그렇다고 우리가 정녕 그것을 넘어서지 못하는 것일까요? 구도의 길을 걸었던 구상(具常) 시인의 「마지막 잎새」라는 시 한 편을 가끔 음미해 보는 것도 도움이 될 거라고 생각합니다.

며칠 전만 해도 가지마다 수북이
황금빛 잎새로 눈부셨던 은행나무가

잎새 하나만을 남기고 떨고 서 있다.

병든 이웃 아낙네를 위하여
창 밖 나무에 그려서 매단
어느 늙은 무명(無名) 화가의
눈물겨운 잎새가 떠오른다.

나의 시도 그 그림 잎새처럼
삶에 지치고 외로운 한 가슴의
위로이거나 기쁨이기를 바랬었건만
도야지 꼬리만 한 허명(虛名)만 남기고서
머지않아 내 인생의 회귀(回歸)와 함께
저 마당에 떨어져 쌓인 잎새처럼
쓰레기 더미에 버려지게 되겠구나.

이 땅에 뿌리를 박은 우리 문학은 인간적 생태적 공동체적 가치를 옹호하고 신장해야 하는 절박한 과제를 떠안고 있으며, 통일시대의 인간형과 이념과 사회체제를 위대한 예술적 창조행위로 형상화해야 하는 엄중한 사명을 떠안을 수밖에 없습니다.

그래서 온갖 반문학적인 경박한 풍조 속에서 우리가 언제까지 경멸스러운 탄식만 보태고 있을 수는 없습니다. 경멸이냐 저항이냐. 이 앞에서 진정한 문학의 주류가 어떻게 형성돼야만 인간정신과 시대정신의 마지막 불씨를 끝내 지켜내야 하는 문학의 운명에 제대로 순응할 수 있겠습니까?

현기영 작가는 앞의 그 글에서, "상품과 멀티미디어가 문학을 빈사 상태에 몰아넣었다. 그러나 단언컨대 문학은 불멸이다. 과거에 몇 번 죽었던 문학은 앞으로도 몇 번 더 죽을지 모르나, 또한 그때마다 되살아날 것이다. 다만 내일 살기 위해서 오늘 죽을 뿐이다. 부패에는 반드시 그에 대한 항체(혹은 혁명)가 생기는 법, 인간 역시 부패를 통해서 새로워진다. 그리하여 인간이 존재하는 한 문학 역시 존재를 그치지 않을 것이다."라는 결론을 내리고 있습니다. 말을 듣거나 글을 읽는 것이 아니라, 차마 문학의 희망을 놓지 못하는 '진정한 작가'의 억센 손을 만지는 것 같습니다.

　　문학의 원초적 본능은 '반체제성'에 있다고 믿어온 한 작가로서 나는 문화의 핵인 '진정한 문학'의 영원성을 믿으려 합니다. 권력자들과 상업주의의 야욕이 이 세상에 배설하는 부패를 걸러낼 수 있는 힘으로서의 문화, 인간들이 쏟아내는 온갖 욕망의 덩어리인 오염물질을 스스로 정화하는 바다의 마력(魔力)과 같은 문화, 그 문화를 키우는 핵으로서의 '진정한 문학'을 더 많은 사람들이 아끼고 사랑하기를 소망할 것입니다. 설령 그것이 남가일몽의 꿈에 불과했다는 판명이 난다고 해도, 나는 존재의 이유와 희망을 포기할 수 없기에 끝내 보듬을 수밖에 없겠네요.

　　마지막으로 내 스스로 이따금씩 던지는 질문을 여러분과 공유하게 되기를 바랍니다. '우리 문학은 인간적 생태적 공동체적 가치를 옹호하고 신장해야 하는 절박한 과제를 떠안고 있으며, 통일시대의 인간형과 이념과 사회체제를 위대한 예술적 창조행위로 형상화해야 하는 엄중한 사명을 떠안을 수밖에 없다'는 나의 생각을 앞에서 말씀드렸습니다만,

우리가 진정한 문학인이라면 늘 보듬고 살아야 하는 또 하나의 자기질문이 있다고 생각합니다.

'영혼이란 무엇일까?'

이 질문이겠지요. 영혼이란 삶과 죽음, 인생의 근원, 진선미에 대한 사유를 수행하고 그 삶을 추구하는 정신일 겁니다. 구도자나 사문(沙門)의 길을 걷지 않아도 영혼이란 속세(현실)를 살아가는 인간에게 속물적 가치보다 아름다움이나 착함을 더 소중히 받들게 하는 힘이 아닐까요? 영혼은 양심에 머물면서 양심을 초월하는 것이며, 그래서 자기 구도를 넘어 사회적으로 시대적으로 확장될 수 있을 것입니다.

잘 나가든 못 나가든 영혼 응시(凝視)에 소홀한 문학인들이 도야지 꼬리같은 허명을 좇고 쥐뿔같은 자리를 탐하고 어떡하든 '뜨고 싶어서' 안달을 부리며 우리에게 경멸의 무게를 더 늘려주는 게 아니겠습니까?

영혼을 더듬어보는 김에 헤르만 헤세의 일갈도 기억해 둡시다.

모든 인간의 생애는 자기 자신에게 도달하기 위한 하나의 길이다.

우리는 어디로 갈 것인가

케이프타운은 멀었다. 인천을 이륙해 홍콩과 요하네스버그를 경유하며 꼬박 24시간을 바쳤다. 여객기는 하루 동안에 무려 두 계절을 가로질렀다. 서울은 봄인데, 거기는 가을이었다. 인도양과 대서양이 만나는 해변의 '희망봉'이란 돌덩어리를 밟아보겠다는 여행이 아니었다. 아프리카의 젊은 작가와 원로 작가를 만나야 했다. 포스코청암재단의 지원을 받는 문학지 《ASIA》 창간을 위해 글로벌 네트워크를 보강하는 것과 더불어, 한국문학의 시야를 확장하고, 그들에게서 신선한 영감도 얻고 싶었다.

내가 소중히 기억해온 아프리카 작가는 노벨문학상 수상자인 나딘 고디머와 월레 소잉카는 아니다. 치누아 아체베와 응구기와 시옹고, 노벨문학상이 이들을 비켜감으로써 그 권위에 흉터를 남겨준 작가들이다. 그러나 일상의 나에게 아프리카는 탁월한 흑인 작가들의 빛나는 이성과 감성의 이미지로 존재하지 않았다. 선입견처럼 박힌 이미지는 '무지와 기아와 질병의 대륙'이었다.

케이프타운대학 아프리카연구소 부소장인 문학평론가 하리가루바. 나이지리아 출신의 이 덩치 좋은 사십대 지식인은 마치 황색 작가의 일그러진 아프리카 이미지를 꿰뚫어본 것처럼 말했다.

"아프리카는 무지와 기아와 질병의 대륙이라는 이미지부터 벗어야 합니다."

옳은 주장, 옳은 소망이었다. 고대 아프리카에는 흥미롭고 보배로운 민담(구전문학)이 즐비했다. 당연히 고유문화가 있었다. 그러나 총을 앞세운 정복자들(백인)은 아프리카의 이미지를 '짐승 같은 원주민 집단서식처' 수준으로 완벽하게 먹칠해 버렸다. 그래서 오늘에도 아프리카 지식인은 유럽의 근대가 아프리카의 원죄(原罪)라고 생각하는 듯했다.

이 대목에서 나는 황색 작가로서 속으로 조심스레 짚어 보았다.

'과연 아프리카대륙에 민주주의와 경제발전이라는 유럽식 근대의 두 레일을 깔지 않고도 현재의 고통에서 벗어나는 길이 있을까? 아프리카 나라들도 언젠가는 유럽연합 비슷한 공동체적 연대를 이뤄야 하지 않을까?'

차마 물어볼 용기가 나지 않았다. 설령 내 말이 들어맞는다한들 무슨 방법을 강구하지 못하는 이에게는 부질없이 아픈 데나 건드리는 가시 노릇을 할 것 같았다.

일흔 살 넘은 왜소한 시인 제임슨 메튜. 젊은 날에는 신문팔이와 급사로 전전한 뒤 시인이 되어 아파르트헤이트 정권(인종차별주의 백인정권)에 저항했다는 그는 "문학은 지금 정권의 잘잘못에 대해서도 말해야 한다"고 깐깐히 주장했다.

이 올곧게 저물어가는 시인과 점심을 먹는 카페의 뒷마당에 자리 잡은 화장실, 그 허름한 문짝에 벽걸이 달력만큼 세련된 큼직한 포스터가 붙어 있었다. 그것이 순간적으로 매혹적인 여성처럼 황색 이방인의 눈길을 붙잡았다. 정기적 토론회를 알리는 포스터. 주제는 굵은 영어로 찍혀 있었다.

  TRC 이후, 우리는 어디로 갈 것인가?

  남아프리카공화국의 TRC(진실과화해위원회)는 노무현 정부가 벤치마킹 한다고 해서 한때는 한국인에게도 그다지 낯설지 않은 이름이었다. 넬슨 만델라 대통령이 1994년 설립한 TRC는 무려 342년에 걸친 백인 정권의 흑인에 대한 인권탄압 범죄를 슬기롭게 다루었다.

  드디어 남아공은 TRC 이후의 진로를 고민하는 중이었다. 정치적으로는 '레인보 네이션'을 추구한다. 무지개 나라. 흑색, 칼라드(혼혈), 백색, 황색 등 모든 인종이 대등하게 어우러지는 나라를 지향한다. 하지만 케이프타운 중심가의 럭셔리한 쇼핑센터에서 나는 흑인 손님을 한 명도 발견하기 어려웠다. 인구 90%의 흑인이 정권을 잡았으나 경제력은 10%의 백인이 장악하고 있다는 폭로였으며, TRC 이후를 고민할 수밖에 없는 실상이었다.

  남아공은 먼 길을 가고 있었다. 다행히 좋은 나침반과 이정표는 세울 듯했다. 흑인정권의 잘잘못도 흑인이 냉철히 비판하고 민주주의와 경제의 두 레일을 깔면서 '레인보 네이션'으로 나아가는…….

  한국사회는 어디로 갈 것인가. 권력쟁탈전을 좌우논쟁으로 대체시키고 권력형 부패구조도 좌우논쟁으로 감춰버린 사회. 그래서 정치인과 정자(精子)의 공통점은 '인간될 확률이 100만 분의 1'이라는 풍자가 고소한 엔돌핀의 웃음꽃을 만발시키는 사회.

현실과 이상의 변증법적 대화를 부단히 시도하는 지식인, 영혼의 균형과 고뇌를 가진 정치인, 그들까지 자극해야 하는 작가는 어디에서 손사래를 치고 있는가.

머나먼 길의 간이역을 지나며

이집트에 쳐들어가 스핑크스의 코를 날려버린 서른 살의 나폴레옹 보나파르트는 그때(1798년) 야전문고에 괴테의 출세작 『베르테르』를 소장하고 있었다. 나폴레옹보다 이십 년 먼저 태어나 그보다 십여 년 더 오래 지상에 머물렀던 볼프강 괴테. 인생의 황혼기에도 명민한 총기를 빛내며 살았던 그는 여든 살(1829년)의 어느 봄날에 제자 에커만과의 대화에서 그 사실을 아이처럼 신나게 자랑하고는 루브르 박물관을 어마어마한 약탈의 전시장으로 꾸며놓은 프랑스 전쟁영웅을 극찬한다.

"위대한 재능을 타고난 나폴레옹은 인간을 너무 잘 알고 있어서 사람들의 약점을 적절히 이용할 줄 알았고, 최고의 피아니스트가 피아노를 다루듯이 세계를 능란하게 다루었다네. 특히 위대했던 점은……."

늙은 괴테가 에커만에게 나폴레옹을 칭송한 즈음에 태어난(1828년) 레프 톨스토이는 1869년 책으로 나온 장편소설 『전쟁과 평화』에 러시아를 침공한(1812년) 중년의 나폴레옹을 등장시킨다. 전투에서 큰 부상을 당하고 거의 빈사상태에 빠진 러시아 귀족 안드레이(소설의 주요인물)의 눈을 빌려 톨스토이는 한 발 앞에 거드름 떠는 전쟁영웅을 오지게 조진다.

> 나폴레옹도 흰 구름이 떠 있는 높고 무한한 하늘에 비하면 참으로 조그맣고 하찮은 인간으로밖에 생각되지 않았다. 그 공평하고 선량한 높은 하늘에 비하면 나폴레옹의 마음을 차지하고 있는 온갖 흥미와 천박한 허영심, 승리의 기쁨 그리고 영웅인 그 자신까지도 아무런 가치 없는 조그만 존재로 생각되었다. 남의 불행으로 인해 행복을 느끼는 작달막한 인간…….

격변의 시대를 풍미했던 한 역사적 인물에 대한 독일 작가와 러시아 작가의 저토록 상반된 견해는 어디서 비롯되었을까? 서로의 차이 몇 가지를 헤아릴 수밖에 없다. 삶을 담고 있었던 시대적 사회적 조건의 차이, 세계관의 차이, 이상의 차이, 행동양식의 차이.

그런데 현재 한국사회에는 두 문호의 나폴레옹 평가보다 더 극명한 대조를 형성하는 '인물 평가'가 있다. 아직 '역사'로 정리되지 못한 '대통령 박정희'에 대한 것이다.

독재정권에 저항하며 형극의 길을 헤쳐 나왔던 대다수 민주화 운동가들에게 박정희는 여전히 화해할 수 없는 대상으로 존재하고, 새마을 운동을 구국의 결단으로 믿었던 숱한 사람들에게 박정희는 빈곤의 시대를 청산하며 한강의 기적을 지도한 영웅으로 존재한다.

그렇다고 흑과 백의 둘로만 쪼개진 것은 아니다. 결코 그렇지 않다.

그 극명한 대조가 충돌을 일으켜도 충격의 파장을 흡수하는 완충지대가 두텁게 형성돼 있다. 이들 중도파의 상식에는 박정희가 '산업화'에서 박수를 받고 '민주화'에서 비판을 받는다.

과연 셋 중 어느 쪽이 가장 두터울까? 대선 후보의 지지율을 조사하는 방식으로 대든다면 어떤 비율로 계량화될지 몰라도 중도파의 수치가 제일 높을 것이다. 그렇더라도 그것은 여론의 수준이다. 여론이 곧 역사는 아니므로 그것이 '역사의 법정에 세운 대통령 박정희'에 대한 판관의 지위에 오를 수는 없다.

내가 보기에 문제는 이것이다. '대통령 박정희 평가'에 대한 중도파가 실질적으로 두텁게 형성돼 있는 현상을 긍정적으로 보느냐 부정적으로 보느냐? 나는 긍정적으로 판단한다. 그것은 냉전적 지배이데올로기의 오랜 주술에서 풀려난 국민이 그만큼 불어났다는 숨길 수 없는 증거요, 늦어졌지만 그런 개안(開眼)들이 더 나은 곳으로 전진하려는 에너지를 키우면서 다함께 가야 하는 머나먼 도정에서 어느 간이역 하나를 또다시 통과하는 것이기 때문이다.

흑백논리가 관통하는 시대는 폭력으로 얼룩져서 불행할 수밖에 없다. 머나먼 길을 떠난 우리는 이제 빈곤과 압제의 굴레에서 벗어나는 어느 간이역 하나를 어렵사리 통과한 다음에 더 나은 시민사회와 복지사회의 역을 향해 고단한 걸음걸이로 나아가는 중이다. 단지 이 소중한 시대적 진실을 제대로 인식하지 않을 따름이다.

대통령들과 죽음의 미학

모든 생명의 생로병사는 자연의 섭리인데 오직 인간만이 죽음의 미학을 창조한다. 김대중 전 대통령 위독, 김영삼 전 대통령 문병. 그 장면은, 죽음의 미학이 증오와 질시의 해묵은 응어리를 풀어버린다는 것을 새삼 일깨웠다.

1961년부터 1979년까지 박정희 통치 18년 동안 한국사회는 산업화와 민주화의 상보(相補)관계가 상충(相衝)관계로 뒤바뀐 것 같은 극단의 시대였다. 산업화의 대척점에 민주화가, 박정희의 정치적 대척점에 김대중과 김영삼이 있었다.

민주화 투쟁의 선두에서 서로 애증이 교차했으나 죽음의 미학이 임종을 앞둔 김대중의 병석으로 김영삼을 호출했던 2009년 8월 9일, 그 장면을 지켜본 나는 물음표 하나를 똑바로 세우지 않을 수 없었다.

'설마 두 양반이 1987년 늦가을을 잊기야 했을까?'

1987년 6월항쟁이 만든 민주광장에 새로운 새벽의 사신처럼 '대통령 직선제'가 당도한 뒤, 김대중과 김영삼은 소아적으로 분열했다. 그것은 오랜 민주화 투쟁과 시대적 소명에 대한 배반이었다. 민주화 세력은 그해 12월 대선에서 패배했다. 정치적 허무주의가 한파처럼 거리를 장악했다.

그때 두 지도자의 분열은 정치적 지역감정마저 완결했다. 보나마나 다가오는 총선에도 영남과 호남은 각각 귀신에 홀린 듯이 지난 한 세대 가까이 택해온 절대적 지지 정당을 또다시 절대로 지지할 것이다. 까맣게 잊었을 테지만, 1963년 10월 15일 군복을 벗은 박정희 후보와 윤보선 후보의 대선은 서울·충청·강원에서 뒤진 박 후보가 영남과 호남의 지지를 받아 아슬아슬하게 이겼다. 그때 전남은 박 당선자에게 57.2%나 몰아줬다.

죽음의 미학에 유서나 유언을 빼놓을 수는 없다. "삶과 죽음이 모두 자연의 한 조각 아니겠는가?" 봉하마을 양지바른 품으로 돌아간 참여정부의 대통령 노무현, 그 유서 한 줄을 나는 잊지 못한다.

김대중은 유서가 있었던가? 지금, 나는 기억나지 않는다. 있었다면, 필경 민족화해와 평화통일 염원을 담았을 텐데, 부디 정치적 지역감정을 벗어던지라는 간곡한 당부도 포함했기를 바라마지 않는다. 이제는 인생의 종점에 다가서는 김영삼, 그의 유서도 민주발전과 경제번영 기원 속에 정치적 지역감정 탈피에 대한 간곡한 당부도 담게 되기를 기대해 본다.

대통령 김영삼은 '문민정권'을 표방했다. '문민'의 정치적 어원이 어디에 있든 그것은 '군사독재 종식'에 방점을 찍은 것이었다. 묘하게도 문민정권이 불러들인 국가부도 위기의 '국제통화기금 관리체제(IMF 사태)' 속에서 박정희의 사람인 김종필과 박태준의 손을 잡고 청와대로 들어간 대통령 김대중은 '민주주의와 경제의 병행발전'을 국정지표로 내

세웠다. 그것은 민주주의와 경제가 동일한 역사의 무대에서 상보관계를 이뤄야 한다는 뜻이었다. 비록 대통령 전두환·노태우의 기간을 거치긴 했어도 민주화의 두 지도자는 그렇게 박정희의 과(過)를 극복하려는 역사적 좌표를 찍었다.

박정희와 김대중, 박정희와 김영삼. 끝없이 이어져온 대물림의 절대빈곤을 극복하자는 신념이 순정했을 때, 그에 맞선 인권과 민주주의의 외침이 순정했을 때, 바로 그 순정이 산업화와 민주화가 충돌하는 가운데도 당대의 두 희원을 동시에 성취하는 위대한 역설을 창조했다. 김대중과 김영삼. 바로 그 순정에 얼룩이 짙어졌을 때 분열과 배반 그리고 패배를 낳았다.

김대중의 빈소에 찾아갔던 시민들은 죽음의 미학을 생각했을까? 그들이 계승할 것과 청산할 것을 분간하지 않았다고 한다면, 그 애도의 뜻은 분향소에 바쳐진 국화꽃 한 송이처럼 이내 시들어 버렸을 것이다.

언젠가 시민들은 김영삼의 빈소를 찾아가는 날을 맞을 것이다. 그때 애도의 발길들은 훨씬 더 성숙했으면 좋겠다. 숱한 뒤안길을 헤쳐 나와서 이제는 거울 앞에 선 중년의 누님같이, 참으로 진솔하게 현재의 큰 바탕인 박정희 통치시대의 공과(功過)에 대해 성찰하기를 희망한다. 그것이 화해와 통합의 길을 열어줄 것이다.

국민대통합의 첫걸음

"산업화세력과 민주화세력의 화해는 우리 시대의 절박한 요청이요 시대정신입니다."

이 시대적 숙원을 정치와 통치의 차원에서 처음 외친, 우리 사회의 피할 수 없는 숙명의 과제로 처음 제기한 인물은 박태준이었다. 2011년 겨울에 타계한 그가 저 당대의 난제를 내놓은 그때는 1997년 늦가을이었다. 그해 12월에는 DJT(김대중·김종필·박태준)연대의 김대중 후보가 대통령에 당선됨으로써 '수평적 정권교체'를 이루었다.

한국 헌정사상 최초의 수평적 정권교체, 그것은 우리 현대사에 새 지평을 개척한 어마어마한 사건이었다. 그러나 그때 박태준의 외침은 고독한 것이었다. 사회적 반향이 미약할 수밖에 없었다. 안타깝게도 대통령 김대중은 그의 고독한 외침을 고스란히 후대의 과제로 남겨둔 채 청와대를 나와서 이 세상을 떠났다.

그로부터 정확히 15년 세월이 흐른 2012년 12월, 박태준의 그때 고독했던 외침은 대선 국면의 한국사회 속으로 마치 거창한 메아리처럼 부활해왔다. 박근혜 후보와 문재인 후보가 서로 약속한 듯이 "대통합의 시대를 열겠다"라는 포부를 거대 공약으로 내세운 것이었다. 그리고 민주화의 상징이라 할 만한 인물들과 보수의 표본이라 할 만한 인물들의 '국민대통합에 이바지하겠다는 명분'의 정치적 행동도 이어졌다. 그들에 대해 보수냐 진보냐 따위의 진영논리에 매몰된 인간들이 몹시 서둘러서 정나미 뚝 떨어지게 '배신자'라는 딱지를 붙이기도 했고……

15년 만에 거창한 메아리처럼 돌아온 박태준의 그때 고독했던 외침은 국민대통합의 시대를 열어나가는 단초 역할을 하게 될 것인가? 박근혜 대통령 당선자는 약속한 국민대통합의 시대를 개척할 수 있을 것인가? 그런데 국민대통합의 시대를 이룩하기 위한 필수불가결의 조건은 무엇일까?

2008년 2월, 나는 신문 칼럼을 통해 이명박 대통령 당선자에게 하나의 충고를 보낸 적이 있었다. 그것은 그의 최대 공약이었던 '대운하'를 하루빨리 포기하라는 내용이었다. 그때 내 주장의 요지는 이러했다.

> 대운하가 옳은가 그른가의 논쟁은 덮어두더라도, 대운하를 강행하면 우리 사회에 도저히 메울 수 없는 거대한 골짜기를 파는 것과 마찬가지여서 국민대통합은 원천적으로 불가능해질 뿐만 아니라 통치불능의 사태를 초래할 것이다.

지금도 나는 이명박 대통령의 실패 요인에는 너무 오래, 너무 집요하게 대운하에 집착했다는 점이 포함돼야 한다고 생각한다.

박근혜 대통령이 개척해야 하는 국민대통합의 시대는 결코 녹록한 과제가 아니다. 산업화세력과 민주화세력의 갈등은 여러 갈등이 혼재된 복합갈등이기 때문이다. 엉뚱하게 영남과 호남의 갈등으로 굳어진 그것은 영·호남을 포함한 전국 어디서든 좌파와 우파의 이념대립을 낳았으며, 기성세대와 신진세대의 세대 갈등으로 번져갔고, 더 나아가 남한과 북한의 체제대결과도 밀접한 관계를 맺었다.

그러나 해법의 실마리가 없는 것도 아니다. 그것은 '대통령 박정희'를 역사 속으로 보내주는 일이다. 여기에는 민주화세력이라 자칭하는 정치적 지도력이 먼저 떨치고 나서면 좋다. 그들이 '대통령 박정희'를 역사 속으로 보내는 용단을 내리는 것이 바람직하다.

중국 덩샤오핑에게서 배울 점이 있다. 덩은 마오쩌둥에 대해 "공은 7이요, 과는 3이다"라고 정리한 뒤로 더 이상 마오를 정치적 논쟁으로 삼지 않았다. 대통령 박정희에 대해 그와 비슷한 정리를 해줬어야 할 지도자는 대통령 김대중이었다. 박정희의 사람들인 김종필과 박태준의 결정적인 도움을 받아 대통령이 된 김대중은 미적거리지도 말고, 자기 세력의 눈치도 보지 말고, 아주 의연하게 대통령 박정희에 대해 '공은 7이요, 과는 3이다'라는 정도로 정리하여 역사 속으로 보내 그만 쉬도록 해줬어야 했다. 그때로부터 십여 년 흐른 뒤에는 그의 딸이 대통령 후보에 나섬으로써 대통령 박정희의 공과에 대한 정략적인 시비가 일시적으로 드세게 재현됐을망정······.

'새 정치'를 외치는 오늘의 여야는 국민대통합을 위한 그 실마리를 잡을 수 있을까? 이명박 대통령이 '대운하'의 집착을 버리지 못했던 것처럼, 진영논리의 정치적 계산서를 버리지 못하면 그것은 불가능할 것이다. 부디 '역사적 지각사태'를 해결할 용단이 나오기를!

천성산 터널과 도롱뇽

'경부고속철도 2단계 구간(대구~부산) 개통'(2010년 11월 1일)이라는 반가운 소식을 들었을 때 불현듯 나는 천성산(해발 922m) 원효터널과 도롱뇽, 지율 스님의 단식을 떠올렸다.

지율 스님이 부산시청 앞에서 처음 단식에 돌입한 것은 2003년 2월 5일. 그때는 천성산 터널 백지화를 공약한 노무현 대통령 당선자가 정권인수위원회를 가동하는 기간이었다. 공약(公約)이 공약(空約)으로 돌아갈 거라고 판단했을까? 스님은 단식을 무려 38일이나 이어갔다. 그리고 일곱 달쯤 뒤에 2차 단식 45일, 또 일곱 달쯤 뒤에 3차 단식 58일, 또다시 두 달쯤 뒤에 100일 단식. 그 힘이 3개월씩 두 차례나 터널 공사를 멈추게 했다.

무려 241일에 걸친 단식. 가냘픈 스님이, 아니, 한 인간의 육체가 그만한 극한의 단식을 견뎌낼 수 있을까? 어쨌든 지율 스님은 건강을 되찾았다.

문제의 발단은 따로 있었다. 정부가 1994년 11월 발간한 환경영향

평가 최종보고서에 천성산의 22개 늪, 12개 계곡, 보호 동·식물 30여
종에 대한 검토가 빠진 것이었는데, 환경단체들이 그것을 들고 나섰다.
지율 스님의 1차, 2차 단식은 정부가 '터널과 생태'의 상관관계에 대
해 진지한 관심을 기울이게 만드는 역할을 했다. 대한지질학회가 부랴
부랴 '천성산 지역 자연변화 정밀조사'를 맡았다. 그러나 환경단체들은
그 보고서를 부실이라 했다.

　그 무렵에 지율 스님은 천성산 늪들에 서식하는 도롱뇽을 원고로 내
세워 원효터널 공사착공금지 가처분 소송을 냈다. 도롱뇽이 법정의 원
고라니! 속세의 장삼이사들이야 하품할 노릇이었으나 만물의 조화로운
삶을 주장하고 추구하는 생태주의적 세계관으로는 얼마든지 시도할 투
쟁의 퍼포먼스였다.

　1심의 판결 기각, 정부의 원효터널 굴착 시작, 스님의 3차 단식 돌
입. 이렇게 맞물리면서 지율 스님과 천성산 도롱뇽이 한국사회에 하나
의 사태처럼 부상하고, 급기야 정부가 법원의 최종 판결 때까지 공사
중단을 약속했다. 항고심, 재항고심도 원고 도롱뇽에게 기각 선고를 내
렸다. 인간의 법정이 파충류를 원고로 세울 수는 없었을 것이다. 한국
법원이 민사소송법 절차에 따라 원고 도롱뇽을 인간의 법정에서 내쫓
는데 대략 32개월을 소모했다. 어쩌면 법원은 법치주의의 신기원을 열
었다고 자축했을지 모른다.

　32개월 소모 안에는 6개월 공사 중단이 있었다. 그것을 잽싸게 '돈
문제'로만 계산한 쪽에서 '2조5천억 원 손실론'으로 지율 스님과 노무
현 정부를 싸잡아 공격했다. 환경단체와 정부가 공동으로 환경영향평
가에 나섰다. 그래도 쟁점이 또 불거졌다. 제아무리 대법원이라 해도
도롱뇽을 인간의 법정에 세울 수 없다는 판결을 내릴 수는 있었을지언

정 터널공사가 늪의 도롱뇽들에게 미칠 영향에 대한 판결을 내릴 수는 없었던 것인데, 이 과학적 판단을 내려줘야 할 공동조사위원회가 오직 생태분야에서만 합의에 이르지 못한 나머지 정부 추천 학자와 환경단체 추천 학자가 따로 보고서를 내고 말았던 것이다.

다행히 한국철도시설공단이 별도 용역을 의뢰하고 있었다. 충북대 강상준 교수를 단장으로 식물, 식생, 조류와 포유류, 양서류와 파충류, 육상 곤충, 저서성 대형 무척추동물, 수문환경 등 7개 분야 전문가들이 2004년 가을부터 2008년 가을까지 4년간 진행한 조사결과 보고서를 내놓았다. 그 기간은 천성산 원효터널 굴착 시작부터 굴착 완료 후 1년까지에 해당하며, 조사팀은 터널공사 구간에서 가장 가까운 밀밭늪과 법수원계곡을 중점 조사대상으로 삼았다.

그 보고서는 '조사 기간에 천성산의 자연생태는 변화가 없었다. 늪과 계곡의 물의 양은 강우량과 계절에 따라 달라졌다. 도롱뇽도 계속 관찰됐다.'는 결론을 담았다. 그때 일흔 살의 강상준 교수는 한 언론과 인터뷰에서 국민의 관심이 집중된 사안이어서 부담이 없었느냐는 질문을 받고 이렇게 답했다.

"전혀 없었다. 과학자는 있는 그대로 보여주면 된다. 반대를 위한 반대가 아니라 상생할 수 있는 대안 제시가 절실하다."

그 보고서는 '고속열차의 진동이 미칠 영향은 더 지켜봐야 한다.'라는 단서도 달았는데, 고속열차가 3만 번 넘게 원효터널을 통과한 뒤에도 도롱뇽들은 잘 먹고 잘 놀고 있다는 소식이다.

강 교수의 인터뷰를 실은 그 신문이 같은 날짜에 지율 스님과의 짧은 통화 내용도 알려줬다. "지금 천성산 인터뷰할 생각이 없다. 천성산 문제는 단발적으로 얘기하기 힘들다." 이것이었다. 그 신문은 환경단체들의 반응을 소개하진 않았다.

과거는 내 안의 소유물이 아니라 성찰의 대상이다. 정부도 그렇고 개인도 그렇다. 일본총리 아베 신조가 잘 보여주다시피, 과거를 성찰하지 않는 정부는 식민지 지배조차 정당화할 논리를 개발하게 된다. 개인도 단체도 마찬가지다. 과거를 정직하게 성찰하지 않으면 어떤 과오든 정당화할 논리를 개발하게 된다.

기필코 직접 봐야만 믿겠다면

　민주주의의 가치와 민주사회의 안녕을 위해 앞장서왔노라고 자부하는 어떤 변호사가 헌법재판관 후보로 추천받은 일이 있었다. 그 후보자는 국회 인사청문회에서 천안함 폭침에 대해 "정부 발표를 신뢰하지만 직접 보지 않았기 때문에 확신할 수 없다"고 답변했다. 그 장면을 보았을 때 문득 나는 동북아시아에 근대화의 아침이 열린 시대의 일본소설 하나를 떠올렸다.

　조선의 이광수가 출생한 1892년에 태어나 일본 근대소설사의 문제작들을 남기고 36세의 새파란 나이에 스스로 목숨을 끊은 아쿠타가와 류노스케[茶川龍之介]. 이 작가를 한국문학 연구자들은 종종 「날개」의 작가인 이상(李箱, 1910-1937)과 비교연구의 대상으로 삼는다. 일본문단의 '아쿠타가와문학상'과 한국문단의 '이상문학상'도 서로 짝을 이루는 셈이다.
　아쿠타가와의 초기작 중에 「지옥변(地獄變)」이 있다. 당대 최고의 화공(畵工)인 요시히데는 교만하고 방자한 인격의 소유자다. 그러나 자신의 그림에 대한 집착은 집요하다. 작중에서 '오취생사(五趣生死)'라는 그림을 그릴 때는 길바닥의 시체 앞에 앉아서 그대로 옮겨왔다. 그 그림에서 시체 썩는 냄새가 나더라는 말들이 나돌 정도로 생동감 있게 그려냈다.

어느 날에는 영주가 그에게 '지옥변'이라는 병풍을 그리라는 분부를 내렸다. 그림의 완성을 앞두고 그가 영주에게 아뢰었다. 하늘에서 비단수레를 탄 궁녀가 불길 속에서 검은 머리카락을 날리며 괴롭게 몸부림치는 장면을 그려야 하는데, 그런 장면을 실제로 보고 싶다고. 무엇이든 자기 눈으로 직접 본 것이 아니고는 그리지 못한다는 것이었다.

그의 청을 받은 영주는 어떻게 했을까? 아쿠타카와의 소설적 설정은 자기 인생의 예정된 자살을 암시하는 방식이었다. 영주는 그의 청을 들어주기로 한다. 그런데 궁녀로 분장시켜 불에 태워 죽이는 처녀는 바로 요시히데의 딸이었다. 당대 최고의 화공은 사랑하는 딸을 태우는 불길에서 마지막 영감을 얻어 생생한 그림을 완성한 뒤에 스스로 목숨을 끊고……

한국사회의 어떤 개인이든 "내 눈으로 직접 보지 않고서는 확신할 수 없다."라는 말을 당당히 밝힐 수 있다. 천안함 폭침에 대해서도 마찬가지다. 개인이 술자리에서 그런 말을 할 수 있다. 작가나 화가가 작품 속에서 그런 말을 할 수 있다. 재야단체가 그런 내용의 성명서를 낼 수 있다. 천안함 폭침사건과 관련된 유언비어를 인터넷에 올렸다가 기소당한 피고인의 변론을 맡은 변호사가 법정에서 그런 종류의 주장으로 검사와 맞설 수 있다. 대한민국의 헌법이 보장하는 '표현의 자유'이

자 하늘이 부여한 '판단의 자유'이기 때문이다. 이것 하나만으로도 한국체제는 북한체제보다 훨씬 좋은 제체이다. 이것 하나만으로도 한국체제는 북한체제를 훨씬 능가하는 경제와 민주주의와 문화예술의 성장을 지속적으로 추구할 수 있었다. 표현의 자유, 판단의 자유가 없는 체제는 결국 망할 수밖에 없다는 것을 역사는 숱하게 실증해주지 않는가.

그러나 헌법재판관이 그렇게 말하는 것은 대단히 심각한 문제가 아닐 수 없다. 헌법이란 무엇인가? 헌법은 국가의 정체성이며 국가의 존립 근거이다. 법치주의를 수용하는 한, 헌법은 법률 조항의 집합체가 아니다. 국가의 정체성과 존립 근거를 명문화한 경전이다. 헌법재판관은 숱한 하위법률이 '헌법에 일치냐 불일치냐'의 시비를 가려내는 존재이다. 그래서 헌법재판관은 천안함 폭침에 대하여 "정부의 발표를 신뢰하므로 북한의 소행이라고 생각한다"거나 "정부의 발표를 신뢰할 수 없으므로 북한의 소행이라고 생각하지 않는다"라고 해야 한다.

헌법재판관이 아니라 판사라 해도 그렇다. 가령, 미궁에 빠졌던 살인사건이 국과수의 과학에 의거해 범인을 체포하게 되었다고 하자. 판사가 국과수의 과학적 증거자료들에 대해 "내 눈으로 직접 보지 않아서 믿을 수 없다"고 판결하면 어떻게 되겠는가? 그럴 바에야 차라리 "국과수의 증거자료들을 믿을 수 없다"고 해야 옳지 않은가?

그 후보자는 청문회에서 왜 그렇게 답변했을까? 청문회도 통과하고 좌파세력의 지지도 유지하려는 심리적 강박증이 "정부의 발표를 신뢰하지만 직접 보지 않았기 때문에 확신할 수 없다."라는 작문 하나를 창안했던 것은 아니었을까?

그 후보자는 장관 청문회에 나온 후보자들의 '위장전입'에 대하여 매섭게 꾸짖은 당사자였다. 그런데 이번 자기 청문회를 통해서 네 번씩이나 위장전입을 했던 실적(?)이 발각되고 말았다. 왜 청문회에 나왔을까? 헌법재판관이 되어 개인과 가문의 영광을 갖고 싶기도 하고, 그렇게 제도권 내부에 진입하여 진영적인 신념을 실천할 기회를 갖고 싶기도 했을까?

그 후보자는 아무리 똑똑하더라도 스스로 헌법재판관 후보 지위를 반납하고 변호사 단체의 대변이나 해주며 그냥 변호사로 살아가는 것이 헌법과 시대에 대한 예의를 지키는 길이겠다.

'서울'과 '지방'만 있는 한국

일본 도쿄대학에서 박사학위를 받고 돌아온 친구에게 물어본 적이 있었다. 도쿄 시민들이 오사카에 다니러 갈 때 "지방 간다"는 표현을 쓰느냐고. 미국에서 몇 년 공부하고 돌아온 선배와, 6년 만에 독일에서 돌아와 교수자리를 물색하느라 "지방대라도"를 곧잘 혀에 올리는 후배에게도 똑같은 내용의 질문을 해본 적이 있었다.

세 사람의 대답은 똑같이 "아니다"였다. 다만, 친구와 선배는 설명을 더 보탰다.

친구는 "간혹 지방 간다는 표현을 쓰는 도쿄시민도 만날 수 있었지만 거의 모두가 고유지명을 사용하더라" 했다. 선배의 설명은 친구와 퍽 달랐다. 미국에서 공부하는 한국 유학생 대다수는 한국에 다녀올 일이 생긴 경우에 "한국 간다"는 말을 쓰지 않고 "서울 간다"고 한다나. 그렇다면 미국인들이 한국 여행을 떠날 때 '코리아'보다 '서울'이란 말을 더 많이 쓰느냐고, 나는 묻지 않았다. 슬그머니 재수가 없어지고 부아가 치밀었던 것이다.

우리네 서울 시민들은 어떠한가. 부산을 고속열차로 가든, 대구를 고속버스로 가든, 광주를 자가용으로 가든, 제주를 비행기로 가든, 그 어디를 무엇을 타고 가든 우선은 몽땅 싸잡아 "지방 간다"고 한다. "지방? 어디?"라고 재차 물어야 찾아갈 지방의 이름을 밝힌다.

더 우스꽝스럽게 꼴사나운 것은, 서울에 거주하는 지식인들, 특히 대학교수들, 문화계와 언론계 인사들은 그 말버릇에 관한 한 거의 전매특허를 행세한다는 점이다. 그들 중 상당수가 사실은 '지방' 출신임에도!

늦어도 너무 늦었지만, 그 고약한 말버릇 바로잡기 운동은 정부와 언론이 손잡고 나서야 옳겠다. 한국에는 '서울'과 '지방'만 있나. 빌어먹을.

문화가 뭔데

우리가 풍요로운 문화의 시대에 살고 있다는 주장은 '참말같은 거짓말'이다. 그냥 거짓말이라고 쏘아붙여선 안 된다. 반드시 '참말같은'이란 수식어를 달아야 한다. 보라. 문화가 얼마나 넘쳐나는가. 식탁문화, 쓰레기문화, 행락문화부터 기업문화, 선거문화, 정치문화에 이르기까지. 단숨에 수백 가지를 꼽을 수 있다. 화장실문화도 있잖은가. 무엇에건 문화를 갖다 붙이면 그만이다.

문화란 말이 최첨단·초강력 접착제를 지녔는지 모르겠다. 인간이 생존 그 이상의 차원에서 삶을 누리기 위하여 만든 모든 도구와 제도를 문화의 테두리 안에 가둘 수 있으니 아무리 문화를 남발해도 단속할 근거가 없다. 어쨌든 대한민국은 문화의 천국이다.

심각한 문제는 그것이 말짱 거짓말이라는 것이다. 우리를 겹겹이 에워싼, 세탁소의 빨래보다 더 넘쳐나는 그 문화들이 진짜 문화라면 왜 오늘의 우리가 이토록 야만에 시달리고 있겠는가. 아무리 문화가 넘쳐나도 야만을 길들이지 못하고 있다면 그것은 이미 진짜 문화가 아니다.

반(反)생명, 비리, 부패, 독선, 복수, 권력의 오만, 폭력, 탐욕, 배신……. 우리가 징그럽게 보아온 그것들이야말로 야만의 진풍경이다.

풍요로운 문화의 시대를 살고 있다는 것은 우리의 행복한 착각이다. 참말같은 거짓말, 화려한 속임수다.

문화정책이라 하면 왜 으레 무슨 습관처럼 고상하게도 문학과 예술부터 들먹이나. 사람이 사람답게 살아가기 위한 가치관, 저 야만을 길들이는 정신이 바로 문화의 핵이다. 이 문화가 진짜 문화다. 요새야말로 진짜 문화가 절실하다.

'빌바오'를 공부해야

　'벤치마킹(benchmarking)'이란 영어는 '버스'와 '텔레비전'이 그랬듯 어느덧 우리말의 외래어로 굳어진 말이다. 1980년대 후반에 미국 경제지《포춘》이 처음 내놨다는 이 경영학적 신조어의 핵은 '모방에 의한 재창조'다. 경쟁업체의 경영방식을 면밀히 분석하여 경쟁업체를 따라잡는다는 경영기법이니까 '모방'을 빼면 이미 죽은 말이라 하겠다.

　그때 미국 기업들이 오죽 답답했으면 벤치마킹을 외쳤으랴만, 한국의 지방자치단체도 외환위기를 겪은 뒤부터 무슨 유행에 뒤지지 않으려는 것처럼 너도나도 '벤치마킹'을 들고 나섰다. 다른 지역이나 외국의 성공사례를 찾아보고 배우려는 자세는 깊은 고민의 반영인 경우에 권장할 일이다.

　21세기의 새로운 도시를 꿈꾸는 포항, 마침내 벤치마킹이 절실한 때다. 철강, 항만, 첨단과학은 포항의 미래를 설계하는 중심 뼈대로 알려져 있다. 경제에 초점을 맞추면 포항시민은 누구나 동의할 것이다. 그러나 거기에는 삶의 질과 직결되면서도 문화적 부가가치를 비약시킬

'아름다운 도시'에 대한 고뇌가 보이지 않는다. 이대로 방치한다면, 현재의 기성세대가 다음 세대의 미래에 무관심한 '사회적 시대적 직무유기'를 범하는 격이다.

포항의 어른들은 롯데백화점 꼭대기 식당 층에 올라가 포항 시가지를 유심히 내려다볼 의무가 있다. 비 내리는 한낮이면 더 좋겠다. 지붕들의 남루한 몰골에 나는 충격을 받은 적이 있었다. 그 풍경을 떠올리면 여전히 낯이 화끈거린다. 언제까지 남루한 시가지를 방치해둘 것인가? 동빈내항과 송도 솔숲과 건물, 이들의 '아름다운 조화'만이 오래된 기존 시가지를 새로운 모습으로 태어나게 해줄 텐데, 긴 세월이 요구되는 건물 문제는 우선 색깔과 간판 크기에 관한 규정부터 제정해 시행하더라도, 동빈내항과 송도 솔숲은 시급하게 '아름다운 공간'으로 거듭나게 해야 한다. 더 늦출 수 없다.

포항이 벤치마킹 할 대상으로 나는 스페인 북부 바스크지방의 빌바오를 강력히 추천한다. 대서양 곁의 항구도시, 바스케만(灣), 시내로 흐르는 네르비온강(江) 등 자연조건부터 포항과 닮았지만, 한때 철강과 조선으로 명성을 누렸다거나 요새 항만이 활발하다는 사실도 포항을 연상시킨다.

공적 업무로 유럽에 나갔을 때, 나는 주말을 바쳐 일부러 빌바오를 찾아갔다. 비행기로 가는 방법도 있었지만, 프랑스 파리에서 야간열차를 타고 이튿날 아침에 국경과 가까운 스페인의 이룬 역에 내려 다시 버스로 한 시간 남짓 달려 빌바오에 닿았다. 거기서 프랑코의 학살을 그린 피카소의 저명한 대작 「게르니카」의 현장까지는 버스로 30분 거리라 했다.

어쩌면 포스코의 융성에 맞물려 철강과 조선의 사양길로 접어들었던 빌바오. 그러나 1997년 3월 '빌바오 구겐하임 미술관'을 개관하면서 다시 활력을 회복했을 뿐더러 '아름다운 문화도시'라는 명성까지 획득한다. 어떤 전시가 있느냐의 차원이 아니라 미술관의 겉모습에 더 호기심과 궁금증을 지닌 관광객이 연간 수백만 명 몰려든다. 미국의 금융 자본가 구겐하임 가문이 넘쳐나는 소장품을 보관할 목적으로 세계의 주요 거점에 건립해온 구겐하임 미술관을 유치하기 위해 바스코 지방 정부와 빌바오시(경상북도와 포항시에 비유됨)는 그쪽 사람들을 헌신적으로 설득하고 1억 달러(약 1천200억 원) 넘는 돈을 투자했다. 물론 본전은 벌써 다 빼먹었다.

스페인 그라나다에서 실어온 돌에다 비행기 본체에 쓰는 티타늄을 생선비늘처럼 입힌 빌바오 구겐하임 미술관. 이 20세기 최후의 명품건물은 포항 동빈내항보다 더 길게 도심으로 흐르는 네르비온강 한 지점에 정박한 커다란 선박 같기도 하고 거대한 고래 같기도 하다. 양쪽 강변도 말끔히 정비돼 있었다. 한때 조선공장이었다는 이미지를 도무지 발견할 수 없었다.

내가 찾아간 일요일. 관광객은 시시각각 색깔이 조금씩 변하다가 이윽고 가로등에 불이 들어온 즈음부터 황금빛으로 에워싸이는 미술관에 찬사를 보내기 바빴다. 시민들은 행복한 표정으로 강변을 따라 하염없이 산책을 즐기고 있었다.

'알함브라 궁전'의 그라나다와 '스페인 광장'의 세비아가 '조상이 물려준 아름다운 도시'라면 빌바오는 '오늘의 시민이 만든 아름다운 도시'였다. 빌바오가 다시 탄생한 과정에는 시민의 이해와 협조도 컸지만, 시민의 신뢰와 존중을 받는 지도자가 결정적인 역할을 했다.

인터넷에 '스페인 빌바오 구게하임 미술관'을 치면 괜찮은 정보와 사진이 등장할 것이다. 포항을 어떻게 아름답고 풍요로운 도시로 변모시켜 나갈 것인가? 무엇보다 중요한 기본조건은 '아름다운 도시'를 경제적 가치창출과 직결시킬 지도자의 안목과 의지, 실력과 열정이다.

평화주의자들의 독배

1933년 독일 총선에서 아돌프 히틀러의 나치당이 제일 다수당으로 등극했다. 대통령 힌덴부르크가 히틀러를 수상에 임명했다. 주변국에는 그 콧수염 남자를 의심하는 눈초리들이 있었다. "히틀러가 독일 지도자가 되었으니 머잖아 필연적으로 전쟁이 일어날 것이다." 이러자 히틀러는 평화를 역설했다. "평화 없이는 독일이 살아갈 수 없다." 프랑스에서 안도의 한숨이 나왔다. "평화를 원하는 유럽에서 베르사유조약이 독일의 목을 죄고 있으니 히틀러도 평화를 지킬 수밖에 없는 거지."

베르사유조약이 독일의 목을 죄고 있다는 주장은 틀린 것이 아니었다. 제1차 세계대전이 끝난 즈음 1919년 베르사유궁전에서 태어난 그것은 '평화조약'인 동시에 독일을 꽁꽁 조여 매는 사슬이었다. 전쟁배상, 군대제한, 영토축소, 해외식민지 포기 등을 담고 있었다.

'전쟁 배상금'은 전후 독일인의 삶을 곤궁 속으로 몰아넣으며 독일경제에 감당하기 어려운 고통을 요구했다. 하지만 프랑스가 히틀러의 '평화 공세'에 안도할 때는 '군대 제한'에 더 기댔을 것이다. 독일은 공군을 가질 수 없다, 육군 10만을 넘을 수 없다, 탱크를 가질 수 없다. 이러니 베르사유조약이 에누리 없이 효력을 발휘하는 동안 프랑스는 독일 군대에 대한 염려를 놓아도 좋았다.

베르사유조약 14년 만에 독일 대중이 메시아처럼 환영한 히틀러와 나치당. 인간은 개인이든 집단이든 자신을 옥죄는 사슬을 싫어한다. 그것에 저항한다. 벗어나려고 한다. 이것이 인간의 본성이다. 히틀러는 그 본성을 정치적 변혁의 역동성으로 재창조하는 정치공학 방면에서 놀라운 천재성을 발휘했다. 베르사유조약의 사슬에서 벗어나자. 이것이 히틀러에게는 중요한 국내 지지 기반이었다.

히틀러는 공군을 원했다. 민간항공기 개발을 명분으로 세워 비행기를 생산했다. 기관총만 장착하면 전투기로 바뀌는 비행기들을 만들어 조종사들도 훈련시켰다. 육군이 10만 이하에 묶여 있어서 나치 완장을 두른 청소년단을 대대적으로 조직하여 군대식 훈련을 시켰다.

1935년 3월 드디어 히틀러는 마각을 드러냈다. "베르사유조약에 규정된 공군을 가질 수 없다는 것을 파기한다." 유럽이 들썩였다. 특히 프랑스가 시끄러웠다. "독일로 쳐들어가야 한다"라는 주장이 나왔다. 그러나 프랑스 평화주의자들이 막아섰다. 독일이 비행기 몇 대 있다고 뭘하겠느냐는 것이었다. 그때 프랑스의 행정부, 의회, 학계에는 평화주의자들이 넘쳐났다. 어쩌면 그들은 평화를 옹호한 것도 아니고 비겁한 것도 아니었을지 모른다. 라 레마르크의 장편소설 『서부전선 이상 없다』에 펼쳐진 그 끔찍한 전쟁 트라우마에 몸서리치고 있었을 것이다. 일주일 뒤, 히틀러는 육군 제한 규정도 철폐한다고 선언했다. 프랑스 군부가 책상을 치고 벌떡 일어섰다. 그러나 이번에도 평화주의자들이 그들을 무마시켰다.

1936년 3월, 히틀러는 크게 한 걸음을 더 나갔다. '라인강 서남쪽에 있는 독일 영토에 독일군은 프랑스 영토를 통과해 1명도 들어갈 수 없다'라는 베르사유조약의 규정을 무시하고 거기다 독일군 1개 대대를 진주시킨다고 선언했다.

독일군 1명이 아니라 1개 대대가 프랑스 영토를 밟고 지나간다고 하자 프랑스 군부는 마치 선전포고를 들은 것처럼 당장 쳐들어가야 한다고 목청을 높였다. 그러나 '비겁한 평화'를 애호하는 평화주의자들이 목청을 가다듬어 또다시 그들을 주저앉혔다. 그따위 쓸데없는 걱정일랑 일찍 침대에 들어가서 해보라며 낄낄대기도 했던 평화주의자들은 그날 밤에도 '평화 세력의 건재'를 과시하느라 변함없이 늦은 밤까지 살롱에 모여 "유럽의 지속적인 평화를 위하여!" 와인 잔을 집어 들었다.

그때부터 거리낄 것 없이 3년 남짓 더 바쳐 최강 군대 육성에 몰입한 히틀러는 1939년 9월 마침내 어마어마한 기갑부대를 앞세워 폴란드를 침공했다. 폴란드의 40만 군대는 두 주일 만에 항복했다. 그리고 히틀러는 프랑스로 쳐들어가 두어 달 만에 끝장을 보았다. 프랑스 평화주의자들의 그 와인 잔이 실제로는 조국을 쓰러뜨리는 독배였던 것이다.

영국 처칠이 회고록에 썼다. "2차 대전은 우리가 막을 수 있는 불필요한 전쟁이었다. 만약에 우리가 전쟁을 하겠다는 결심만 하고 그 결심을 히틀러에게 정확하게 통보만 했어도 충분히 막을 수 있었던 전쟁이었다." 이 후회는 정곡을 찌른 것이었다.

"라인강 서남쪽에 독일군 1개 대대를 진주시킨다는 선언을 해놓고 프랑스 군대가 쳐들어올까 해서 48시간 동안 자지도 못하고 먹지도 못했다." 이 회고를 남긴 인간이 바로 히틀러였다.

라틴 다리, 센카쿠 열도

　라틴 다리(Latin Bridge)와 센카쿠 열도(댜오위다오). 두 이름은 아무런 상관이 없다. 지리적 거리도 아주 멀다. 라틴 다리는 발칸반도의 보스니아 사라예보에 있고, 우리 언론에서 흔히 중국명이 괄호 속에 따라붙는 센카쿠 열도는 동중국해에 있다. 그러나 2014년은 제1차 세계대전 100주년이라는 사실이 두 이름에게 새해의 짝짓기를 시켰다. 물론 그것은 동북아의 위험한 전선에 대한 강력한 경고이다. 100년 전 라틴 다리에서 일어났던 '필연을 위한 우연'이 동중국해 그 바위덩어리에서 일어나지 않는다는 법칙이 우리 시대에 존재하는가?

　20세기 벽두, 세르비아는 보스니아를 먹기 위해 기회를 노리고 있었다. 그러나 1908년 중부유럽 절대강자 오스트리아 제국이 보스니아를 무력으로 합병해 버렸다. 세르비아 민족주의자들은 복수의 총구를 닦기 시작했다. 비밀결사조직 흑수단(Black Hand)도 조직했다. 드디어 때가 왔다. 1914년 6월 28일 오스트리아 제국 합스부르크 왕가의 황태자 프란츠 페르디난트와 황태자비 소피아가 점령국 현지 민심을 살핀다며 사라예보를 방문한 것이다. 의전은 요란했다. 역에서 시청까지 카퍼레이드를 벌였다.

그 거리에서 흑수단 요원들이 황태자를 노렸다. 거사 계획은 수포로 돌아갔다. 첫 번째 암살요원은 도저히 용기가 나지 않아서 황태자 일행이 지나갈 때 감히 총을 꺼내지도 못했다. 두 번째 암살요원이 간신히 용기를 냈다. 그는 수류탄을 던졌다. 하지만 손발을 몹시 떨었는지 황태자의 뒤를 따르는 차 앞에서 폭발했다. 목표물은 멀쩡했다. 수행원만 스무 명쯤 다쳤다.

반전(反轉)의 주인공은 '인간미를 뽐내려는 황태자의 돌출행동'이었다. 환영식 중에 그가 부상당한 사람들을 위로하겠다며 병원으로 가자고 했다. 거드름을 안으로 감춘 '전하'의 주위에는 짧은 동안 감동의 전류가 강하게 흘렀을 것이다. 어쩌면 대참화의 도화선에 '우연히 불을 붙인' 멍청이는 황태자도 아니고 그에게 총을 쏜 세르비아 청년도 아니었다. 황태자의 운전사였다. 멍청하게도 병원 가는 길을 잘못 들어선 운전사가 밀야츠카강 라틴 다리 앞에 차를 세웠다. 그 자리는 '시러 식품점(Schiller's delicatessen)' 앞이기도 했다. 때마침 식품점에는 흑수단 요원 하나가 있었다. 스무 살의 대학생 가브릴로 프란치프. 요기를 하러 거기 들른 그는 황태자 암살기도를 포기하고 있었는데 문득 젊은 식욕이 뜨거운 사명감으로 바뀌는 찰나, 깜박 허기를 잊은 '피 끓는 민족주의 청년'이 갈긴 총에 황태자 부부가 즉사했다.

그렇게 라틴 다리에서 점화된 도화선이 다 타는 데는 한 달쯤 걸렸다. 발칸반도를 통째로 삼키려는 오스트리아 제국에게 황태자 부부는 희생양에 불과했다. 지중해 진출을 염원하는 러시아 제국은 발칸반도를 포기할 수 없었다. 오스트리아와 군사동맹을 맺은 독일이 러시아에

선전포고를 했다. 영국과 프랑스가 가만있을 수 없었다. 러시아에게 복수하고 싶은 오스만 투르크(터키)에게는 발칸반도가 잃어버린 영토이기도 했다.

900만 명의 목숨을 앗아간 제1차 세계대전. 그 전쟁 100주년을 맞아 유럽 언론이나 지식사회는 참담하고 잔혹한 야만의 기억을 '유럽연합(EU)'이라는 거대한 연대의 보자기로 덮어버린 채 제법 느긋하게 동북아의 위험한 전선으로 시선을 보내고 있었다. 과연 동중국해의 바위 덩어리에서는 라틴 다리의 그 '기막힌 우연'이 발생할 수 없는 것일까? 여기서 우리가 통찰할 것은 동북아의 위험한 전선이 라틴 다리의 저격과 같은 필연의 전쟁을 잉태하고 있는가라는 문제이다.

센카쿠 열도(댜오위다오)에서 '라틴 다리의 우연'이 발생한다면, 그것은 중국군대나 일본군대의 '피 끓는 민족주의'일 가능성이 가장 높다. 중국군대의 뜨거운 복수심과 일본군대의 뜨거운 자존심은 그 피를 펄펄 끓이는 중이다. 다만, 100년 전 발칸반도에 비해 동북아의 위험한 전선에는 아직까지 필연의 전쟁이 곧 홍수를 일으킬 태풍의 비구름처럼 존재하는 것 같지는 않다. 소나기 먹구름은 형성될 수 있다. 양측 어느 누군가가 깜빡 졸면서 당겨버린 민족주의의 방아쇠가 국지전을 야기할 수 있는 것이다. 그 불행한 경우에는 100년 전보다 무기의 속도가 훨씬 더 빨라졌듯이 그만치 더 빨라진 강대국 지도자끼리의 대화 속도가 확전 예방의 둑이 되긴 되겠는데, 조기 종전을 성사하자면 아무래도 쌍방 피해가 비슷해야 하겠다.

독도평화선언

독도의 주인은 파도다
독도의 사랑은 물새다
독도의 손님은 물개다

포성을 기억하는 독도는 괴롭다
무기가 지켜주는 독도는 슬프다
진실을 기다리는 독도는 외롭다

독도는 옛날처럼 파도와 물새와 물개의 듬직한 집이고 싶다
독도는 언제나 동해의 볼록한 가슴이고 싶다
독도는 가장 오래된 평화의 표상으로 남고 싶다

오, 독도여,
러일 해전의 포성에 전율했던 독도여,
1905년 그날 이전의 완전한 평화를 갈구하는 독도여.

* 이 선언은 (사)한국미래청년포럼이 채택하여 2010독도세계대학생축제 때 독도에서 낭독했다.

지은이 **이대환**

영일만 어링불, 웅대한 포항제철소가 들어서며 가뭇없이 지워버린 모래밭. 그곳에서 1958년에 태어나 열한 살까지 자라난 이대환은 파도 소리, 종달새 노래와 더불어 삶의 실핏줄을 짰다. 고달픈 영혼의 여정에 나선 때는 포항고교 1학년, 어느 날부터인가 방황의 언어들은 그의 내면에 무지개로 걸리고….

1980년(22세) 중앙대 문예창작과 4학년 때 국제PEN클럽 한국본부가 주관한 장편소설 현상 공모에 당선되지만 미련 없이 서울을 떠나 귀향한 그는 지역운동을 꾸려나가는 가운데 '생물적 존재, 사회적 존재, 정치적 존재, 영성적 존재가 하나로 뒤엉킨 존재가 인간 개체'라는 믿음으로 문학의 홍역을 감당했다.

1989년 《현대문학》지령 400호 기념 장편소설 공모에 당선되어 다시 소설쓰기에 삶의 중심을 놓았던 그의 저서에는 소설집 『조그만 깃발 하나』『생선창자 속으로 들어간 詩』, 장편소설 『말뚝이의 그림자』『새벽, 동틀 녘』『겨울의 집』『슬로우 불릿』『붉은 고래』『큰 돈과 콘돔』, 산문집 『프란치스코 교황 그리고 무지개』, 평전 『박태준』, 실록 『대한민국의 위대한 만남-박정희와 박태준』 등이 있다.

포스코경영연구소, 박태준미래전략연구소, 계간 《ASIA》, (사)포항지역사회연구소에서 일한다. 문학의 원초적 반체제성을 작가정신의 운명이라 믿어온 작가로서 그는, 펜이 당대를 활보하는 야만의 급소를 적확히 찌르게 되기를 희원하며 이번의 첫 산문집 발간과 함께 다시 주경야독에 견줄 만한 창작의 시간을 생각하는 중이다. [편집부]

프란치스코 교황 그리고 무지개 ⓒ이대환

발행일	2015년 8월 18일
펴낸이	김재범
펴낸곳	(주)아시아
지은이	이대환
편집	정수인, 김형욱, 윤단비
관리	박신영
출판등록	2006년 1월 27일 제406-2006-000004호
인쇄	한영문화사
제책	대원바인더리
종이	한솔 PNS
디자인	박종민

전화	02-821-5055
팩스	02-821-5057
주소	서울시 동작구 서달로 161-1 3층
이메일	bookasia@hanmail.net
홈페이지	www.bookasia.org

ISBN 979-11-5662-131-7 03810

이 도서의 국립중앙도서관 출판도서목록(CIP)은 서지정보유통지원시스템 홈페이지(http://seoji.nl.go.kr)와
국가자료공동목록시스템(http://www.nl.go.kr/kolisner)에서 이용하실 수 있습니다. (CIP제어번호:
CIP2015019920)